KB120119

# 의사로 한번
# 살아보겠습니다

# 의사로 한번 살아보겠습니다
열정 가득한 막내의사의 성장 이야기

초 판 1쇄 2024년 06월 14일

**지은이** 작문의
**펴낸이** 류종렬

**펴낸곳** 미다스북스
**본부장** 임종익
**편집장** 이다경, 김가영
**디자인** 윤가희, 임인영
**책임진행** 임윤정, 이예나, 김요섭, 안채원

**등록** 2001년 3월 21일 제2001-000040호
**주소** 서울시 마포구 양화로 133 서교타워 711호
**전화** 02) 322-7802~3
**팩스** 02) 6007-1845
**블로그** http://blog.naver.com/midasbooks
**전자주소** midasbooks@hanmail.net
**페이스북** https://www.facebook.com/midasbooks425
**인스타그램** https://www.instagram.com/midasbooks

ⓒ 작문의, 미다스북스 2024, *Printed in Korea*.

**ISBN** 979-11-6910-682-5  03810

값 19,000원

미다스북스는 다음세대에게 필요한 지혜와 교양을 생각합니다.

# 의사로 한번 살아보겠습니다

작문의 지음

열정 가득한 막내의사의 성장 이야기

미다스북스

## 병원의 막내 의사,
## 인턴의 성장 일기

　작년에 의과대학을 졸업해 새내기 의사가 되었고, 동시에 사회에 첫발을 내딛는 사회초년생이 되었다. 가진 것은 없었지만 열정 하나만으로 대형 대학병원에 입사했고, 그곳에서 구르고 깨지며 하나부터 열까지 배워 나갔다. 그러면서 옛날부터 계획해 오던 대로 나의 인턴 생활을 기록하기 시작했다. 병원의 일상, 행복, 분노, 삶의 고민, 미래에 대한 걱정, 그리고 인턴 생활 팁까지. 막내 의사의 병원 생활을 마치 일기를 적듯 다양한 주제로 솔직하게 기록했다. 엘리베이터를 기다리며, 밥을 먹으며, 자기 전 침대에 누워, 조금이라도 시간이 날 때 휴대폰 메모장을 켰다. 그렇게 써 내려온 나의 성장 기록들은 계절이 변해가며 점점 쌓여왔고 이제는 제법 양이 두툼해졌다.

　인턴 생활을 기록하기 시작했던 데에는 언라이팅 작가님의 『낙향문사전』

소설의 영향이 컸다. 매일 정해진 만큼 무협지를 읽을 만큼 무협지에 진심인 나는, 작가님의 소설에 나오는 '아무도 모르면 없던 일이 된다.', '기록되지 않은 것은 잊히고, 묻히는 법이다.' 이 두 문장에 깊은 감명을 받았다. 나는 사회에 내딛는 나의 첫걸음, 성장하며 겪는 여러 시행착오 그리고 새내기 의사의 초심이 잊히지 않기를 바랐다.

예나 지금이나 의사가 주인공으로 등장하는 작품들은 인기가 많다. 백척간두의 상황에서 어떻게든 환자를 살려내는 '신의 손'을 가진 의사들은 작품을 보는 사람으로 하여금 전율을 돋게 하기에 충분했다. 작품들의 영향외에도 현실 속의 대학병원 교수님들, 수많은 전문의 선생님 덕분에 우리에게 의사는 곧 환자를 생각하는 능력 있고 훌륭한 의사였다. 나 역시 국가고시에 합격하고 의사가 되었지만 나와 그분들 사이의 거리는 지구를 두바퀴 하고도 반 바퀴를 더 돌만큼 멀었다. 같은 의사였지만 결코 같은 의사가 아니었다.

나는 늘 떡진 머리에 다크서클이 턱 끝까지 내려온, 아는 것보다 모르는게 훨씬 더 많은 초보 의사이다. 그리고 실수투성이에 늘 혼나기만 하는 어리바리 인턴이다. 하지만 언젠가는 그분들처럼 훌륭한 의사가 되고자 하는 꿈이 있다. 의사로 처음 살아보기에 모든 것이 새롭고 막막하지만, 지금에만 느낄 수 있는 솔직한 생각들과 성장하는 모습을 기록으로 남기고 싶었다. 내가 나중에 어떤 의사로 성장할지는 모르지만 나 역시 처음은 아무것도 모르던 인턴이었음을 기억하고 싶었다.

1년 동안 정말 열심히 살아왔던 모든 막내 의사, 먼저 이 길을 걸어갔고

의사로 한번 살아보겠습니다

지금은 우리를 이끌어 주시는 자랑스러운 선배님들, 좋은 의사가 되기 위해 지금, 이 순간에도 열심히 공부하고 있는 의과대학 학생 후배들. 그리고 우리 모두의 가족들. 나의 막내 의사 성장 이야기가 개인적인 기록으로 남는 것을 넘어, 그들에게 공감과 향수를 불러일으키고 위로를 줄 수 있다면 더 바랄 게 없겠다.

## 목차

## PART 1
## 드디어 꿈꾸던 의사가 되었습니다

# PART 2
# 병원에서 많은 인연이 생겼습니다

# PART 3
## 초보 의사의 은밀한 사생활

# PART 4
# 마무리는 곧 새로운 시작입니다

# PART 1

# 드디어 꿈꾸던
# 의사가 되었습니다

# 제 장래 희망은
# 의사입니다

　장래 희망은 시간이 지나며 변하기 마련이다. 아마도 세상을 바라보는 나의 눈이 변해가기 때문이겠지. 코흘리개 시절 나의 눈에는 세상의 모든 것들이 흥미롭게만 보였다. 거뭇거뭇 수염이 나기 시작하던 중학생 시절에는 온 세상이 모조리 비뚤게만 보였고, 얼추 철이 들기 시작하던 고등학생 시절 나의 세상은 공부로 가득 찼다. 나이가 들어가며 내가 바라보는 세상은 변해갔고 그에 따라서 내가 되고 싶은 모습 또한 변해 갔다.

　나의 첫 장래 희망은 '소방관'이었다. 왜 소방관이 되고 싶었는지 정확한 이유는 기억나지 않는다. 어렸을 적 화재를 겪어본 적도 없었고, 진화 장면을 눈으로 본 적도 없었다. 소방관분들 덕분에 위험한 상황에서 구출되었던 적 또한 없었다. 돌이켜 생각해 보건대 그 시절의 나는 불의 강렬한 붉은색에 이끌렸던 것 같다. 그 당시 나의 영웅이었던 만화 〈벡터맨〉의 등장인물 타이거의 색깔이 빨간색이었던 것도 한몫했을 것이다.

밤에 불장난하면 자다가 오줌을 싼다는 어른들의 경고에도 불구하고, 불장난 한 번에 오줌 한 번이면 괜찮은 거래라고 생각했던 어린 시절의 나. 미술 시간 까맣게 칠한 도화지에 돋보기로 햇빛을 모아 불을 붙였고, 생일케이크에 딸려오는 성냥은 쓰지 않더라도 전부 태워버렸다. 바닷가에선 반드시 폭죽놀이를 해야 했고, 타닥타닥 소리를 내는 모닥불 앞에서 두 시간이고 세 시간이고 시간을 보내곤 했다. 불을 끄는 직업이지만 그저 불이 좋아서 소방관을 꿈꾸었던 나의 아이러니한 첫 장래 희망은 나의 세상이 변하며 점차 다른 것으로 변해갔다.


나의 다음 장래 희망은 의사였다. 여기에는 엄마를 생각하는 어린 아들의 마음이 있었다. 우리 엄마는 나를 낳은 후 류마티스 관절염[1]과 평생의 동반자가 되었다. 지금의 나보다 어렸던 20대 중반부터 지금까지 어언 30년 동안 우리 엄마는 늘 환자였다. 내가 살던 동네에는 류마티스 관절염으로 진료를 받을 수 있는 의원이 없었다. 엄마는 하는 수 없이 가장 가까운 대학병원인 천안 순천향대학교 병원이나 진료를 잘 봐주시기로 유명한 선생님이 계신 수원의 한 류마티스 내과 의원을 다니곤 했다.

어린 나를 혼자 집에 둘 수 없었던 엄마는 내 손을 잡고 함께 병원에 다녔다. 걸을 때마다 삑삑 소리가 나는 신발을 신던 나는 고작해야 유치원생

---

1 류마티스 관절염 : 손과 손목을 비롯한 여러 관절에서 염증이 나타나는 만성 염증성 자가면역질환

　　　　　　　　　　　　　　　　　　　의사로 한번 살아보겠습니다

이었다. 유치원생에게 몇 시간씩 병원을 왕복하는 일은 쉽지 않았지만, 엄마와 병원에 다녔던 그때는 지금까지 내게 좋은 기억으로 남아 있다. 거기에는 엄마의 배려가 있었다. 엄마는 투덜거리던 내 손에 병원 옆에서 팔던 풍선을 쥐어 주었고 오백 원을 넣으면 얼마간 움직이던 자동차를 타게 해주었다. 그 덕분에 엄마와 함께하는 병원 길은 내게 마치 소풍 길 같았다.

어린 나이에 만성질환에 걸린 우리 엄마는 영양제도 아닌 치료 약을 매일 몇 알씩 먹어야 했다. 그런 몸으로 어린 두 아들을 키우는 것이 얼마나 힘들었을까. 병원에 가는 날 가끔씩 내게 "우리 아들이 나중에 엄마 치료해 주면 좋겠다." 하고 건네던 엄마의 말 한마디는 어린 나의 마음에 의사라는 장래 희망을 심기에 충분했다.


그러나 의사라는 장래 희망은 곧바로 나의 마음속에 꽃을 피우지는 못했다. 엄마를 생각했던 마음이 컸다고는 하지만 그 어린 시절부터 열심히 공부하기란 쉽지 않았다. 따뜻한 효심은 사춘기라는 일생일대의 시기와 맞물리며 점차 마음의 구석으로 밀려났다. 중학생 시절 나는 게임 중독이었다. 병원에서 진단받았던 것은 아니지만, 그때의 나는 분명히 게임 중독이었다. 학교에 있으나 집에 있으나, 눈을 뜨고 있으나 감고 있으나 머릿속에는 늘 게임뿐이었다. 국어 영어 수학 대신에 당시 유행했던 게임들이 머릿속을 가득 채웠고 미래를 위해서는 수학 문제를 풀어야 한다던 선생님들의 말씀은 귀에 들어오지 않았다.

공부를 잘하는 친구들은 예습과 복습을 철저히 했지만 나는 유행하던 아이템과 스킬들을 철저히 복습했다. 새벽 5시부터 일어나 게임을 한 뒤 학교에 갔을 정도로 그 당시 내 삶의 이유는 게임이었다. 물론 그때에도 장래 희망을 묻는 어른들의 질문에 나는 의사가 되고 싶다고 답했지만 그다지 진심은 아니었다. 질문을 하셨으니 답을 해야 한다는 의무감에서 나온 대답이었을 뿐, 나에게는 당장 눈앞의 게임이 더 중요했다.

그랬던 나의 게임 인생은 해킹이라는 인생의 전환점을 맞이하며 무너져 버렸다. 지금 돌이켜보면 정말 다행이지만 게임에 인생을 쏟아붓던 중학생에게는 하늘이 무너지는 사건이었다. 아이템이 모두 사라진 게임 캐릭터를 보니 나의 일부를 도려낸 것처럼 아팠다. 그러나 아픔은 곧 허무함으로 이어졌다. 게임을 하던 지난 시간이 마치 존재하지 않았던 것처럼 느껴졌다. 나의 보물이었던 게임 아이템들은 그저 데이터 조각일 뿐이었고 게임과 관련된 모든 것들이 부질없게 느껴졌다. 그렇게 나는 성장통을 겪으며 인생을 다른 시선으로 바라보기 시작했다.

그 후 나의 인생은 180도 바뀌었다. 마침, 고등학생이 될 시점에 나는 게임에 쏟던 시간과 열정을 공부에 쏟기 시작했다. 고등학교에 입학하고 며칠 후 나는 담임선생님과 일대일 진로 상담을 했다. 선생님께서는 내게 장래 희망이 무엇인지, 어느 대학교에 진학하고 싶은지 물어보셨고, 나름 열심히 공부하고 있던 나는 자신감 있게 대답했다. "수도권 의과대학에 가겠습니다."

그 대답의 결과는 처참했다. 팩트로 무장된 담임선생님께서는 허세만 가득했던 나를 곤죽으로 만들었다. 의사가 되는 길은 생각 했던 것보다 훨씬

의사로 한번 살아보겠습니다

험난했다. 공부를 잘해야 의사가 될 수 있다고만 알고 있었지, 구체적으로 얼마나 공부를 잘해야 하는지는 모르고 있었다. 그저 반에서 1등을 하면 의사 될 수 있을 줄 알았는데 현실의 벽은 더 높았다. 내가 다니던 고등학교는 2~3년에 한 명꼴로 의대에 진학하던 지방의 일반 고등학교였다. 전교에서 1등을 하더라도 의과대학에 가지 못할 확률이 더 높았다. 이런 시골에서 대한민국에서 가장 공부를 잘하는 사람들만 갈 수 있다는 의과대학에 도전하는 것은 마치 사막에서 바늘을 찾는 것 같았다. 불가능하지는 않지만, 가능성이 너무 희박해서 사람을 절로 지치게 만드는 것 같았다.

그러나 현실을 알고 나자, 마음속에서 무언가 끓어올랐다. 나는 한때 게임에 미쳐 있었을 정도로 무언가에 몰입할 줄 알았고 경쟁을 좋아했다. 힘들어 보이는 목표에 도전하는 것을 즐겼고, 끝내 이루어 냈을 때의 쾌감을 사랑했다. 그리고 나는 언더독의 반란을 좋아했다. 나는 충청남도 아산시에서 자랐다. 아산보다는 온양이라는 지명이 더욱 유명한 나의 고향은 천안이라는 충청남도 최대의 도시와 맞붙어 있다. 그러다 보니 중학생 때부터 선생님들은 우리의 경쟁심을 고취한다는 명목으로 아산과 천안을 비교하곤 했다.

"천안 애들은 너희가 이렇게 놀고 있을 때 공부한다. 그 친구들은 너네랑은 차원이 다른 애들이야. 그런 천안 애들도 서울 애들한테 상대가 안 되는데, 천안 애들한테도 안 되는 너희들이 나중에 뭘 하겠냐. 아산 애들은 진짜 답이 없다."

지금 세상에는 상상도 할 수 없는 일이지만 그때만 해도 이런 비교는 너무 당연했다. 거기에 내가 중학교 2학년이었을 무렵, 우리 중학교가 성취도평가 전국 꼴등이라는 업적을 이루어 버린 탓에 교장 선생님도, 선생님들도, 학생들 스스로도 우리를 포기하는 분위기였다. 공부를 잘하던 친구들은 아산을 떠나 천안으로 유학을 떠나던 이런 환경은 시골 놈도 해낼 수 있다는 언더독의 반란을 품기에 충분했다.

열심히 공부했지만, 학년이 높아지면서 의과대학에 입학하는 것이 얼마나 어려운 것인지를 더욱 실감했다. 내신과 수능을 양손에 들고 3년 내내 외줄을 타는 것 같았고, 한쪽이라도 부실해지면 외줄에서 떨어져 의과대학 입학을 포기해야 했다. 이상과 현실의 간격을 좁히기 위한 고군분투에 지쳐갈 무렵, 내 성향과 잘 맞는 '선생님'이라는 또 다른 직업이 매력적인 후보로 떠올랐다. 현실과 타협하느냐, 꿈을 끝까지 밀고 나가느냐는 당시 내 인생 최대의 고민이었다. 불확실한 미래로 머리를 싸매며 고민하던 중 한 친구가 가볍게 "그럼 의사 선생님을 해"라는 말을 던졌다. 그 말을 듣자, 머릿속에서 종이 울렸다. 간단한 말장난이었지만 그 어떤 조언보다도 효과적이었다. 그 친구 덕분에 나는 선생님이 아니라 '의사' 선생님이 되고 싶다는 확신을 가졌고 더 이상 흔들리지 않을 수 있었다.


나에게는 의사라는 직업은 멋있었다. 멋은 지극히 주관적인 영역으로 모든 사람은 자신만의 멋을 추구하며 본인이 생각하는 멋있는 사람이 되기 위해 평생을 노력한다. 나에게 멋은 '대체할 수 없는 능력'이었다. 그러므로 대체할 수 없는 의술을 업으로 삼는 의사는 내게 너무나도 매력적이었다.

의사로 살게 된다면 우리나라뿐만 아니라 세계 그 어디에서 살더라도 내가 바라는 멋진 삶을 살 수 있을 거라는 확신이 들었다.

그러나 현실의 벽은 높았고 세상은 무엇 하나 쉽게 주는 법이 없었다. 한 번의 재수 생활과 한 번의 반수 생활 후에야 그토록 바라던 의과대학에 입학할 수 있었다. 그리고 그곳에서 행복하고 치열했던 6년을 보낸 끝에 드디어 나는 의사가 되었다. 마무리는 또 다른 시작이다. 나는 의사가 되고 싶다는 꿈을 이룬 동시에 실력 있는 의사로 성장하고 싶다는 새로운 꿈이 생겼다. 졸업과 동시에 나는 대학병원 인턴이 되었고 막내 의사로서 하루하루 성장하고 있다. 매 순간 나의 부족함을 느끼고, 공부하고 노력해야 할 것들이 눈에 보인다. 이 병동 저 병동을 뛰어다니며 고군분투하고 있지만 언젠가는 나의 새로운 꿈을 이뤄낼 거라 믿는다.

엄마 손을 잡고 병원에 다니던 어린아이가 자라 인턴이 된 것처럼, 언젠가는 실력 있는 전문의가 될 수 있을 것이다. 날마다 새롭고 힘들지만, 의사의 꿈을 꾸었던 어린 시절을 마음에 새기고, 시골 놈도 해낼 수 있다는 언더독의 반란을 머리에 새기고, 내가 바라는 미래의 모습을 눈에 새길 것이다. 지금의 내가 그 시절의 나를 추억하듯, 미래의 내가 지금의 나를 추억할 수 있도록 오늘도 열심히 성장할 것이다.

# 의사가 되기 위한
# 두 개의 국가고시

본과 4학년 의과대학 학생이 의사가 되기 위해서는 실기시험과 필기시험, 두 가지 국가고시를 통과해야 한다. 의사 국가고시는 필기시험을 치르고, 합격자들을 대상으로 실기시험을 치르는 다른 시험들과는 조금 다른 식으로 시험이 진행된다. 의사 국가고시는 실기시험을 먼저 치르고 이후에 실기시험의 합격·불합격과 관계없이 필기시험을 치른다. 두 가지 가운데 통과하지 못한 시험이 있다면 내년에 그 시험을 다시 치러야 하고, 모든 시험에 통과하는 해에 비로소 의사가 될 수 있다.

통과한 시험은 다시 치를 필요가 없는 이 제도는 의과대학 학생들에게 상당히 낯설다. 그동안 한 과목이라도 F를 받거나 한 학기 학점이 2.0을 넘지 못하면 그 학기를 통째로 다시 다녀야 하는 유급제도에 익숙해졌기 때문이다.

필기시험은 여느 시험들처럼 문제를 풀고 일정 이상의 점수를 취득하면 합격이다. 다만 실기 시험은 지금까지 다른 시험들에서 찾아보기 힘들었던 방식으로 진행된다. 실기시험은 한마디로 '연기 시험'이다. 환자를 진료하는 의사를 능숙하게 연기하는 것이 이 시험의 핵심이다. 10분 동안 환자를 진료하고 어떤 질환이 의심되는지, 또 앞으로 어떤 치료를 받아야 하는지 친절하게 설명해야 한다. 이때 환자는 진짜 환자가 아니라 표준화 환자[2]라 불리는 배우이다.

명색이 국가고시인 만큼 표준화 환자 역할에는 주로 연극영화과 출신이나 대학로 배우들, 혹은 연기에 관심이 많으셨던 어르신 분들께서 주로 지원하신다. 또한 출제 오류를 방지하기 위해 일정 기간에 걸쳐 각 질환의 전문가인 교수님들의 강의를 듣고 공부해야 한다. 의과대학 학생들은 지난 6년 동안 배웠던 모든 지식을 총동원하여 표준화 환자들을 성공적으로 진료해야 한다.

시험 범위는 48개의 임상 표현[3]과 9개의 기본 진료 술기[4]이다. 임상 표현 시험은 CPX, 기본 진료 술기 시험은 OSCE 라고 줄여 부른다. 이 중 9개의 임상 표현과 3개의 기본 진료 술기가 하나로 묶여 총 10개의 문제를 푼다. 즉 실기시험을 치르는 동안 총 10번의 연기를 해야 한다. 실기시험 통과의 기준은 총 10개 문제 점수의 총합이 일정 기준을 넘어야 하고, 동시

---

2 표준화 환자 : 의료 계통의 교육이나 평가를 위해 실제 환자와 같이 연기하도록 훈련받은 표준화된 모의 환자
3 임상 표현 : 복통, 흉통, 두통 등 환자가 병원에 내원할 때 호소하는 주 증상
4 기본 진료 술기 : 동맥혈 채혈, 심폐소생술, 상처봉합 등 일반의로서 시행할 수 있어야 할 기본 의료행위

에 6개의 문제에서 합격해야 한다.

실기시험을 준비하다 보면 마치 배우 지망생이 된 것 같다. 시험에 통과하기 위해서는 의학 지식 공부뿐만 아니라 표정과 목소리를 가다듬고 따뜻한 말투를 연습해야 한다. 말의 속도가 적당해야 하고 환자의 아픔에 공감하는 대사도 외워야 한다. 연습을 덜 하거나 너무 긴장하면 배우가 대사를 잊어버리는 것처럼 환자에게 어떤 질문을 해야 하는지 기억이 안 나 분위기가 싸해진다. 환자의 눈을 보지 못하고 책상을 바라보고 대사를 읊는 상황도 종종 벌어진다. 실제 시험은 10분짜리 원테이크 촬영과 같으므로 시험장에서 실수하지 않기 위해 수백 번씩 연습해 보는 것은 필수이다.

연기는 주관적이다. 내가 연기를 잘한다고 생각하는 배우가 다른 사람이 보기에는 그렇지 않을 수도 있다. 연기를 평가하는 것은 주관이 들어갈 수밖에 없는데, 의사 국가고시 실기시험에도 주관이 들어갈 여지가 있다. 실기시험은 달랑 지도 한 장을 들고 합격이라는 숨겨진 보물을 찾아 떠나는 항해 같다. 어떤 방향으로 시험을 준비해야 할지, 연습하면서도 잘하고 있는 것인지 알기 어렵다. 공개된 채점 기준도 애매모호해서 별 도움이 되지 못하고 교수님들께서 실기시험 대비 강의를 해주시더라도 큰 도움이 되기는 어렵다. 젊은 교수님들을 제외한 대다수 교수님께서는 실기시험이 없는 세대에 의사가 되셨다. 본인께서 치르지 않았던 시험을 학생들에게 강의하시는 것은 어려울 수밖에 없기 때문에 학생들의 가려운 부분을 시원하게 긁어주지 못하는 경우가 많다.

의사로 한번 살아보겠습니다

결국에는 먼저 시험을 치렀던 선배들의 조언, 떠도는 여러 낭설에 의존하여 시험을 준비할 수밖에 없다. 그렇기에 실기 시험은 상당히 부담스럽다. 평가 기준이 정확하지 않아서 내가 잘하고 있는지는 주변 사람들을 기준 삼아 가늠해 보는 수밖에 없다. 그렇다 보니 실제로는 굉장히 부족하지만 스스로는 잘하고 있다고 생각하는 경우도, 누가 봐도 정말 잘하는데 본인은 한참 부족하다고 생각하는 경우도 비일비재하다.

실기시험은 9월부터 시작된다. 본인이 언제 시험을 보는지는 7월 중순쯤 국가고시원에서 무작위로 배정해 준다. 순서는 온전히 운에 따라 결정되지만, 9월 말에서 10월 초에 시험을 보는 것이 가장 좋다. 먼저 시험을 보는 친구들을 보며 마음의 정리도 하고, 앞서 시험을 준비했던 친구들에게 조언을 구할 수 있기 때문이다.

나는 9월 5일 오전에 시험이 배정되었다. 주말에는 시험을 진행하지 않으니 사실상 3번째로 시험을 보게 되었다. 시험 날짜가 너무 빠른 것 아니냐는 주변의 우려와 달리 나는 내 시험 날짜가 만족스러웠다. 어차피 볼 시험이라면 차라리 빨리 보는 것이 마음이 편했다. 맞을 매라면 차라리 빨리 맞는 게 낫다는 심정이었다. 시험 준비는 오래 할수록 마음만 힘들 뿐이다.

비슷한 날짜에 시험을 보게 된 4명의 동기가 한 조가 되었고 4주 동안 하루에 10시간씩 시험을 준비했다. 우리는 아침 8시부터 저녁 6시까지 입에 침이 마르도록 연습했고 매일 식사도, 휴식도 함께하며 하루 대부분을 같이 보냈다. 동기들과 쌓이는 추억만큼 실력도 나날이 성장했다. 여럿이서 함께하는 연습의 가장 큰 장점은 바로 피드백이다. 3명에게 피드백을 받으니, 나의 부족한 부분들이 빠르게 메꾸어졌다. 물론 피드백이란 게 주관적이긴 하지만 사람의 눈은 크게 다르지 않았다. 동기들이 주는 피드백은 공통점들만 모아보더라도 큰 도움이 되었다.

나는 공식적인 연습 시간 이외에도 친한 친구들에게 부탁해 추가로 연습했다. 하루에 10시간씩 시험을 준비하다 보면 내가 잘하는 임상 표현과 못하는 임상 표현을 알게 된다. 이 중 못 하는 것들만 따로 모아서 오답 노트처럼 추가로 연습하곤 했는데 이 역시 큰 도움이 되었다. 실제 시험을 1주일 남긴 시점부터는 실제 시험장처럼 세팅하고 모의시험을 치렀다. 9월에 시험을 보는 우리는 11월에 시험을 보는 동기들에게 환자 역할을 부탁했는데, 반대로 그 친구들이 시험을 준비할 때는 우리가 도움을 주는 일종의 품앗이를 맺었다.

짧고 굵었던 4주 동안의 시험 준비는 체력을 상당히 소모하는 일이었다. 매일 오후 6시까지 연습한 뒤 추가 연습을 하고 집에 돌아가면 당일 받았던 피드백을 보며 연기와 대본을 수정했다. 그리고 다음 날 연습할 내용들을 준비하면 시간은 12시를 훌쩍 넘기곤 했다. 아무리 피곤하고 눈이 감겨도 편히 쉴 수 없었다. 내가 연습 준비를 제대로 해가지 않으면 같이 연습하는 조원들이 피해를 본다. 서로 소중한 시간을 내는 것인 만큼 그 시간을 허투루 낭비할 수는 없었다. 시간이 지날수록 육체적으로, 심리적으로 지쳐갔지만 결국은 동기들이 있었기에 버텨낼 수 있었다. 우리는 모두가 힘들다는 사실에 위안을 얻었고 조금 더 힘내자는 다짐으로 흔들리는 서로를

의사로 한번 살아보겠습니다

잡아줄 수 있었다. 동기 사랑 나라 사랑이라는 격언은 평생 가슴에 새길 가치가 있다.

시험은 서울에 있는 한국보건의료인국가시험원에서 하루에 세 차례로 나누어 진행된다. 나의 입실 시간은 오후 2시 35분이었다. 이렇게 오후에 시험을 치르는 경우 비수도권 의대생들은 선택의 갈림길에 선다. 오전 9시에 시험을 보면 시험 전날 서울에 올라가는 것밖에 방법이 없지만, 나는 전날 올라가는 것과 시험 당일 아침에 올라가는 것 중 하나를 선택해야 했다. 두 가지 방법 모두 각자 장단점이 있어 결정을 내리기 어려웠다. 시험 당일 서울에 올라간다면 익숙한 잠자리에서 잠을 잘 수가 있고, 시험 당일 아침까지 실전처럼 연습할 수가 있었다. 하지만 시험 당일에 서울에 올라가야 한다는 부담감이 있었다. 시험 전날 서울에 올라가는 경우에는 낯선 잠자리에서 잠을 자야 하고 시험 당일 실전처럼 연습할 수는 없었지만, 시험 당일 아침에 비교적 여유로울 수 있었다. 모닝커피를 마시며 여유롭게 시험 보기를 원했던 나와 동기는 시험 전날 서울에 올라가기로 했다.

서울로 올라가기 전날 필요한 준비물을 챙겼다. 단정한 셔츠와 검은 바지, 가운, 그리고 신분증과 응시표를 챙겼다. 이전에 신분증을 집에 두고 와서 토익 시험을 치르지 못한 적이 있었기에 신분증만큼은 두 번 세 번 확인했다. 준비물을 다 챙기고 나니 적당한 긴장감으로 기분이 들떴다. 지난 한 달 정말 힘들었지만 결국에는 끝까지 포기하지 않았다. 시험을 준비했던 과정이 더없이 만족스러웠다. 몇 년 전 해부학을 공부했을 때 이후로 이렇게까지 몰입했던 적은 없었다. 한 달 전으로 다시 돌아간다고 하더라도 이보다 더 열심히 하지는 못할 것이다.

시험 전날 조원들의 배웅을 뒤로 하고 서울행 기차에 올랐다. 시험 장소가 서울이라는 것만으로도 이미 시험의 중요성이 느껴졌다. 긴장과 설렘을 안고 도착한 서울에서 예약해 둔 시험장 근처 숙소에 체크인했다. 낯선 방 안의 구조, 창문 밖으로 보이는 새로운 풍경 역시 내일 보는 시험의 중요성을 말해주는 것 같았다. 처음 보는 책상에서 수백 번씩 연습했던 내용들을 훑어보았다. 냉탕에 있다가 온탕에 들어갔을 때 느껴지는 이질감을 느끼며 눈에 들어오지 않는 내용들을 억지로 읽어 내려갔다. 시험 전날 기력 보충을 위해 건대 입구 근처의 고깃집에 갔다. 사람 일은 모른다며 시험 전날 먹는 걸 조심하는 동기들도 있었지만, 그보다 기력 보충이 더 중요했던 우리는 삼겹살과 목살을 든든하게 먹었다.

볼록해진 배를 두드리며 미리 국가고시원에 한번 가보았다. 내일 이 건물에서 시험을 보고 있을 나의 모습을 상상하며 건물 전체를 두 눈에 담았다. 여유롭게 시험을 치르고 있는 나를 상상하며 마음을 편히 먹었다. 따뜻한 커피 한잔을 손에 쥐고 동기와 이런저런 이야기를 나누며 산책을 즐겼다. 시험에 나올 주제들을 유추해 보고 당황스러운 상황이 생겼을 때 어떻게 할지 나름의 대책도 마련했다. 낯선 장소 낯선 시험이었지만 익숙한 얼굴과 함께 있는 것만으로도 많은 것들이 괜찮아졌다.

숙소로 돌아와 다음 날 입을 옷을 준비하고 자리에 누웠다. 이런저런 생각에 잠이 들기 어려웠다. 필기시험이야 지금껏 수백 번도 더 치러보았으

의사로 한번 살아보겠습니다

니, 문제가 없다지만 실기 시험은 아무래도 부담이 있었다. 또 그 시험이 다름 아닌 국가고시라는 사실이 주는 압박감도 컸다. 그저 지난 시간과 노력이 내 안에 켜켜이 쌓여 있을 거라 믿기로 했다.

시험 전날 밤은 모기와의 전쟁이었다. 10층이 넘는 방에 어떻게 들어왔는지 모기떼가 쉴 새 없이 윙윙대었다. 열댓 번을 잤다 깨기를 반복하며 모기를 잡았고 그날 밤에만 얼추 30마리가 넘는 모기를 잡았다. 한바탕 전쟁을 치르느라 퀭한 눈으로 아침을 맞았다. 두 눈을 비벼대며 근처 카페에서 커피를 마셨다. 어떻게든 카페인으로 피로를 날려보려는 심산이었다.

얼추 잠에서 깬 후 숙소로 돌아와 옷을 갈아입었다. 오랜만에 입어보는 실습 복장이었다. 뻣뻣한 와이셔츠의 깃을 정리하고 체크아웃 시간까지 공부 정리본을 보았다. 표준화 환자에게 질병들을 어떻게 의학용어를 사용하지 않고 쉽게 설명할 수 있을지를 마지막까지 고민했다.

시험 날은 비가 추적추적 내렸다. 비 덕분에 절로 마음이 차분해져 시험을 치르기 딱 좋았다. 넉넉하게 시간을 두고 국가고시원으로 향했고, 입실 시간까지 시간을 보내기 위해 전날 점 찍어둔 카페로 들어갔다. 그곳에서 이미 전국에서 온 까만 슬랙스와 흰 와이셔츠의 학생 의사들이 있었다. 혼자 온 사람, 동기들과 같이 온 사람, 부모님과 같이 온 사람. 처음 보는 얼굴들이 모두 같은 복장으로 같은 책을 보고 있었다. 어디서 몰래카메라를 촬영하고 있는 것만 같은 이 상황이 재미있었다. 오늘 바로 앞 건물에서 시험이 치러진다는 사실을 모르는 손님들은 똑같은 복장으로 고요하게 책을 보고 있는 우리를 보며 "어이쿠 오늘 무슨 날인가?" 하며 나가셨다. 그곳에서 수다를 떨며 커피를 마시기에는 우리들의 얼굴이 너무도 진지했다.

시험 1시간 전 주변 사람들로부터 응원의 전화를 받았다. 걱정하지 말고 하던 대로만 하라는 응원에 마음이 든든해졌다. 내 주위에는 고마운 사람들이 참 많았다. 시험 보기 30분 전에는 인데놀⁵을 먹었다. 긴장한 탓에 머리가 새하얘지는 사태를 방지하기 위해 미리 처방을 받아두었다. 원장님께서는 "시험 같은 건 정신력으로 이겨내야지" 하시며 혀를 차긴 하셨지만 말이다. 모든 준비를 끝내고 드디어 입실 시간이 되었다. 나는 심호흡을 크게 한번 하고 주먹을 불끈 쥐며 국가고시원에 들어갔다. 지난 노력이 결실을 맺을 때가 되었다.

시간은 빠르게 흘러갔고 눈 깜짝할 새에 시험은 끝났다. 시험은 잘 보았다. 그동안 동기들과 함께했던 시간이 헛되지 않았다. 시험은 지난 4주 동안 연습했던 것과 거의 비슷하게 진행되었다. 걱정했던 것과 다르게 표준화 환자분들이 돌발행동을 하는 일도 없었다. 오히려 온종일 연기를 하느라 너무 피곤해 보이셨다. 빨리 집에 가고 싶어 하는 그분들의 표정이 되려 내 긴장을 풀어주었다. 인데놀의 효과도 한몫했다.

실기시험을 치른 의과대학 학생들 사이에는 PCOS는 말이 있다. PCOS

---

5 인데놀 : Propranolol Hydrochloride, 베타차단제의 한 종류로 활성화된 교감신경을 억제하여 고혈압, 부정맥, 협심증 등 심질환 약으로 사용된다. 적은 용량으로 긴장 완화제로 사용되기도 한다.

의사로 한번 살아보겠습니다

는 산부인과에서 다낭성 난소 증후군[6]을 의미하는데, 실기시험이 끝난 학생들에게는 다른 의미로 사용된다. Post CPX/ OSCE syndrome. 실기시험을 치고 난 후 빠뜨렸던 것들, 실수했던 것들이 머릿속에서 맴돌아 불안해지는 증상이 그들의 PCOS이다.

나도 약간의 PCOS가 있었다. 나뿐만 아니라 주위 대부분의 동기가 PCOS가 있었다. 하지만 PCOS는 오히려 합격의 전조증상이다. 연습을 많이 했다면 본인이 무엇을 빠뜨렸는지 기억이 나지만, 반대인 경우라면 본인이 무엇을 빠뜨렸는지 모르기 때문이다. PCOS와 함께했던 시간이 무색하게, 이후 발표된 시험 결과 나는 9개의 CPX와 1개의 OSCE를 모두 통과했다. 시험은 연습과 거의 비슷했지만 시험을 치르고 나서 새롭게 알게 된 사실들도 있었다.

첫 번째. 명확하게 진단할 수 있는 경우보다는 두 가지 질병을 의심할 수 있는 경우가 많다. 이 사실을 모른 채 시험을 보면 상당히 당황스러울 것이다. 이것도 맞는 것 같고 저것도 맞는 것 같아서 답을 내리기 어렵다. 그렇게 고민하다가는 금세 머릿속이 새하얘지고, 질문해야 할 것들을 잊어버릴 수 있다. 고민이 될 때는 좀 더 그럴듯한 질병을 하나 선택해서 끝까지 밀고 나가야 한다. 실기시험은 기세다.

두 번째. 표준화 환자의 페이스에 말리면 안 된다. 나는 별 탈 없이 시험

---

6 다낭성 난소 증후군 : Polycystic ovarian syndrome, 만성 무배란과 고 안드로겐 혈증을 특징으로 하며 초음파상 다낭성 난소 형태 및 다양한 임상 양상이 관찰되는 증후군

을 잘 마쳤지만, 동기들의 말을 들어보니 정말 다양한 표준화 환자들이 있었다. 진료에 지장이 있을 정도로 말이 너무 많은 환자, 극도의 우울감으로 거의 대답하지 않는 환자 등등. 환자의 반응 하나하나에 좌지우지되지 말고 본인 페이스대로 환자를 이끌어가야 한다. 실기시험은 약간의 기 싸움이 필요하다.

세 번째. 질문을 구체적으로 해야 한다. 예를 들어 "평소에 앓고 계신 질병이 있으신가요?"라고 질문했을 때는 없다고 대답하다가 "고혈압이나 당뇨 있으세요?"라고 물어보면 있다고 대답하는 경우가 있었다. "드시고 계신 약이 있으신가요?"를 한 번 물어보고 의심되는 질환과 관련되는 약을 한 번 더 구체적으로 물어봐야 한다.


실기시험에 가까워질수록 주위에서 많은 이야기가 들려온다. 그럴듯하게 들리지만, 근거는 없는 말들에 혹해 쓸데없는 걱정을 하기도 하고, 시험을 준비하는 방향이 바뀌기도 한다. 시험을 모두 치른 지금, 그런 이야기들에 대해 나의 개인적인 생각을 이야기해 보려 한다.

첫 번째. 실기시험에서는 PPI[7]가 제일 중요해서 PPI만 좋다면 시험에 통과할 수 있다?

결코 아니라고 생각한다. 물론 국가고시원에서 공개한 평가표에는 PPI가 포함되어 있다. 하지만 세부 내용을 보면 알겠지만, PPI는 평가 기준의

---

7 PPI : Physician − patient interaction, 의사환자관계

의사로 한번 살아보겠습니다

일부일 뿐이다. 또한 학생들이 생각하는 PPI와 채점자들이 생각하는 PPI에 차이가 있는 것 같다. 학생들은 PPI가 목소리 톤, 표정, 환자에게 감동을 주는 멘트 등등이라고 생각하는데 그것은 극히 일부일 뿐이다. 오히려 공감을 표현하는 멘트의 여부와 횟수가 핵심이라고 생각한다. 학교에서 보는 실기시험에서 표준화 환자에게 피드백을 받으며 알게 되는 채점 항목들은 '요약을 1회 했다.', '공감하는 표현을 했다.'라는 식으로 정성평가보다는 정량평가에 가까웠다. 친절한 의사 같다며 칭찬을 받았던 방에서 점수가 낮았고, 질문을 빠뜨렸다며 타박을 들었던 방에서 점수가 높았던 적도 있었다. 요약하자면 국가고시원에서 이야기하는 PPI는 친절함, 따뜻함만이 아니라 요약, 공감 멘트의 유무같이 수치화할 수 있는 것 또한 존재하니 대본을 계획적으로 작성하는 것이 필요하다.

두 번째. 정답을 맞히는 것이 중요하지 않다?

정답을 맞히는 것 자체가 중요하지 않은 것은 사실이다. 하지만 정답에 접근하는 방법이 틀린 것은 치명적일 수 있다. 오답이더라도 아예 다른 질환이 아니라 헷갈릴 수 있는 오답이어야 한다. 학교 시험에서 표준화 환자들에게 피드백을 받으며 알게 된 사실에 의하면 모든 문제에는 필수 신체 진찰과 필수교육이 존재하고 그것들에 점수가 배정되어 있다. 아무리 많은 신체 진찰, 아무리 많은 교육을 하더라도 핵심에서 벗어나면 전혀 의미가 없다. 또한 신체 진찰 점수가 꽤 크고 정확도와 환자 배려 또한 신체 진찰 점수표에 들어가 있을 확률이 높아서 핵심을 파악하는 것이 무엇보다 중요하다. 핵심을 잘 짚었다면 답을 맞히는 것은 더 이상 합격·불합격을 결정

짓는 데 영향을 미칠 만큼 중요하지 않다.

실기시험 전후의 나 자신을 비교해 보았을 때 실기시험의 유용성에 대해서 부정하고 싶은 마음은 없다. 실기시험은 내가 어떤 태도로 환자를 진료해야 하는지, 어떻게 진료의 흐름은 잡아야 하는지 등 의사로서 기본 자질을 갖추는 데 많은 도움이 되었다. 그러나 현재의 평가 방식은 많은 개선이 필요하다고 생각한다. 명확한 기준이 정해지지 않은 평가 방식과 주관이 개입할 여지가 큰 시험으로 대한민국 의사를 선발하는 것이 과연 적합한지 의문이다.

하지만 그럼에도 불구하고 95%에 육박하는 높은 합격률을 보이기 때문에 개선되어야 할 많은 점이 불합격자 개인의 능력 부족이라는 프레임으로 포장되어 무시되고 있는 것이 현실이다. 합격자들도 왜 합격했는지 모르고 불합격자들도 왜 떨어졌는지 모르는 시험이 의사 국가고시 실기시험의 현주소다. 능력 있는 의료인 양성이라는 국가고시 취지에 걸맞게 수험생들이 어떤 역량을 길러야 하는지에 대한 구체적인 방향을 제시함과 더불어, 투명하고 객관적인 평가지표를 통해 시험에 많은 개선이 이루어지길 진심으로 바란다.

필기시험은 실기시험 결과가 발표되고 얼마 지나지 시작된다. 예과 1학년부터 본과 4학년까지 달려온 지난 6년. 드디어 그 길었던 시간을 마무리지을 때가 왔다.

의사로 한번 살아보겠습니다

새벽 5시, 머리맡에서 "꼬끼오"하는 수탉 울음소리가 들렸다. 나는 평소처럼 머리 위로 손을 뻗어 알람을 껐다. 휴대폰이 개발된 이후로 수천 개의 알람 소리가 만들어졌지만 나는 매일 아침을 목청 큰 수탉과 함께한다. 수십만 년 전부터 닭 울음소리로 하루를 시작했던 조상님들의 DNA가 여전히 내 안에 남아 있다고 생각하기 때문이다.

아직 세상은 어둠이 짙게 내려앉았지만 그다지 피곤하지는 않았다. 사실은 알람이 울리기 1시간 전부터 깨어 있었다. 전날 밤 친구와 저녁 식사를 하며 나눈 이야기들이 떠올랐다.

"설마 긴장했냐?" "내가 너냐? 긴장 같은 걸 하게. 난 긴장 같은 거 안 해."

남자는 친구들끼리 있을 때 죽으면 죽었지, 약해 보일 수는 없는 법이다. 하지만 전날 뱉었던 말들이 무색하게도 나는 긴장한 나머지 알람 시간보다 1시간 먼저 깨어버리고 말았다. 나는 이 사실을 평생 비밀에 부치기로 했다.

전날 사두었던 계란 샌드위치를 먹으며 에너지 드링크를 마셨다. 혹시나 시험 중간에 화장실이 가고 싶을까봐 커피는 마시지 않았다. 예상보다 그 둘의 조합이 꽤 잘 어울렸다. 간단한 아침식사를 마치고 이를 닦고 세수를 하며 남아 있던 눈꺼풀 위의 짐을 덜어내었다.


시간이 조금 남아서 책상에 앉아 의료법규 책을 폈다. 의료법규는 의료법에 관한 과목으로 의과대학 학생들이 최악으로 꼽는 과목이다. 그동안 배웠던 지식으로 응용이 가능한 다른 과목들과는 다르게 의료법규는 단순 암기 과목이다. 뒤돌아서면 까먹기에 십상이었던 의료법규는 시간을 잡아

먹는 주범이었다. 머릿속에서 지식이 사라지는 속도보다 더 자주 눈에 바르는 것밖에 방법이 없었다. 단 며칠만 책을 펴지 않아도 내용의 절반을 잊어버리게 되는 이 과목은 역시나 시험 날 아침까지도 새로웠다.

차라리 포기하고 다른 과목에 집중하는 게 낫겠다 싶지만, 그럴 수 없는 이유가 있다. 의료법규는 '보건의약관계법규'라는 독립된 과목으로 총 20문제가 출제된다. 이 중 40% 미만, 즉 8문제보다 덜 맞추게 되면 과락으로 국가고시에 떨어진다. 의사 국가고시 필기시험은 총 이틀 동안 320문제를 푸는데, 나머지 300문제를 다 맞추더라도 보건의약관계법규를 망치면 말짱 도루묵이다. 과락만은 피하자는 나의 다짐이 나의 집중력을 그 어느 때보다도 강하게 끌어올렸다.

짧고 굵게 아침 복습을 하고 전날 챙겼던 가방을 확인했다. 초콜릿, 수험표, 그리고 신분증. 혹시나 하는 마음에 준비물을 두 번 세 번 확인했다. 실기시험과는 다르게 필기시험을 볼 때는 와이셔츠와 슬랙스를 입지 않아도 괜찮았다.

시험 당일 새벽은 참 쌀쌀했다. 마스크를 썼지만, 새하얀 입김은 마스크를 기어코 뚫고 나와 공기 중으로 흩어졌다. 귀마개와 모자, 장갑, 그리고 패딩으로 중무장을 한 나는 예비 의사들을 시험장으로 데려다 줄 버스가 있는 곳으로 향했다. 복잡한 마음에 오늘을 위해 공부했던 지난날들을 떠올려보려 했지만 잘되지는 않았다. 오늘이 결전의 날이라는 사실이 비현실적으로 느껴졌다. 인생이 늘 그런 것 같다. 목표를 이루기 위해 노력하는 것은 익숙했지만 결전의 날은 늘 새로웠다. 커다란 사건의 중심에 있을 때는 일이 어떻게 흘러가는지도 모르고 있다가, 모든 것이 끝나고 나서야 지난날을 돌이켜보며 추억하곤 한다. 오늘도 그런 날 중 하루가 되리라 생각하며 눈이 쌓인 길을 걸어갔다.

버스정류장이 멀리서 보이기 시작했을 무렵, 한 무리의 사람들과 물건들이 수북이 쌓여 있는 테이블이 보였다. 가까이 다가가 보니 행정실 직원분들과 교수님들이었다.

"국가고시 꼭 합격하고, 좋은 의사가 되길 바라요. 파이팅."

국가고시 응원단은 진심 가득한 응원과 함께 핫팩 2개와 쉬는 시간에 먹을 떡 세트를 내 품에 안겨주셨다. 합격과 좋은 의사라는 말을 들으니 괜스레 가슴이 벅차올랐다. 평소에도 수없이 말하고 수없이 들어왔던 단어들이었지만 오늘따라 낯간지럽게 들렸다. 아마도 어려서부터 꿈꾸던 의사가 손만 뻗으면 닿을 거리까지 다가왔기 때문일 것이다. 나는 감사하다는 인사를 드리고 버스에 올라탔다.

버스 안에는 조용함과 비장함이 곳곳에 퍼져 있었다. 정리한 자료를 한 글자라도 더 보려는 친구, 복잡한 심경을 정리하는 듯 창밖으로 시선을 던지는 친구, 고개를 떨며 전날 못 잔 잠을 마저 자는 친구. 수십 명의 동기는 각자 본인만의 자세로 다가올 시험을 맞이하고 있었다. 나는 창밖으로 시선을 던져 조금씩 밝아오는 건물의 색채들을 바라보았다. 어두웠던 새벽이 나의 지난 노력이고 밝아오는 아침이 내게 다가올 밝은 미래인 것만 같았다. 정직하게 쌓아온 지난 시간을 믿으며 마음을 단단히 다졌다. 그렇게 예비 의사 수십 명을 태운 버스는 새벽어둠을 가르며 국가고시 시험장으로 내달렸다.

 시험 장소에 도착하자 낯선 얼굴들이 보이기 시작했다. 같은 지역에 있
는 다른 의과대학 학생들이 분명했다. 처음 보는 얼굴이었지만 나와 같은
긴장과 설렘으로 가득한 표정을 하고 있었기 때문이다. 필기 시험장에는
몇 달 전 시험을 치렀던 실기 시험장과 비슷한 공기가 만들어지고 있었다.
비록 말 한 번 섞어보지 않았지만 우리는 모두 합격이라는 같은 목표를 가
진 전우가 되었다.
 시험장 문 앞에는 '의사 국가시험 시험장'이라는 종이가 붙어 있었다. 마
음속에서 둔중한 무게감이 느껴졌다. 꿈쩍도 하지 않을 것 같은 두꺼운 철
문의 문고리를 잡고 서 있는 듯했다. 내 손에는 지난 6년간의 노력을 통해
만든 나의 열쇠가 들려 있었고, 이제 곧 이 열쇠로 철문을 열 수 있는지 확
인해볼 것이다. 이 문 너머에는 그토록 바라던 의사가 된 나의 모습이 있을
것이다.

 곧이어 첫 1교시가 시작되었고 정신없이 105분 동안 80문제를 풀었다.
아는 문제가 나왔을 때는 기쁨을, 모르는 문제가 나왔을 때는 막막함을 느
끼며 어찌어찌 1교시를 끝냈다. 쉬는 시간이 되자 친구들과 삼삼오오 모여
학교에서 준비해 준 떡을 먹었다.
 "야 시험 어렵지 않았나?"
 "그렇지? 어렵더라"

의사로 한번 살아보겠습니다

쉬는 시간 화두에 오른 것은 역시나 의료법규였다. 주변 이곳저곳에서 의료법규에 관한 이야기가 들려왔다. 모두에게 과락이 부담스럽기는 매한가지였다. 곧이어 시작된 2교시 시험 역시 시간이 순식간에 흘러갔다. 시험장을 나와 학교에 돌아가는 버스를 탔다. 내일도 시험이 남아 있었기에 후련한 감정이 일지는 않았다. 평소보다 머리를 많이 쓴 탓에 배가 고팠던 우리는, 특별한 일정이 있는 날 항상 들리던 중국집으로 발걸음을 향했다. 국가고시 역시 특별한 일정이 아닐 수 없으니까.

짜장면과 탕수육을 양껏 먹은 나는 친구들과 헤어지고 스터디 카페로 향했다. 집으로 간다고 하더라도 마음이 찝찝할 것 같았다. 오히려 한 글자라도 더 보는 것이 마음이 편했다. 문을 열고 스터디 카페에 들어가자 매일 인사를 나누며 친해진 사장님께서 커피를 한 잔 내려주셨다.

"고생하셨네요. 오늘 시험 잘 보셨어요?"

"글쎄요. 시험이 어려워서 잘 모르겠네요."

잘 봤을 거라는 대답을 기대하셨던 사장님의 두 눈은 사정없이 흔들렸다.

" 다른 사람들도 어려웠을 거예요. 열심히 하셨잖아요."

더 이상 사장님께서 진땀을 빼는 모습을 보고 싶지 않았던 나는 그럴 거라며 웃으며 답했다. 짧은 이야기를 마치고 매일 앉던 자리에 가보니 웬 봉투가 올려져 있었다. 스터디 카페와 연계해 운영하던 도시락 가게 사장님께서 주신 간식 봉투였다.

자취하는 수험생에게 식사는 가장 큰 고민거리 중 하나이다. 식당에서 모든 식사를 해결하기에는 메뉴도 질리고 가격이 부담되었다. 그러나 집에서 밥을 해 먹는 것은 더욱 부담스러웠다. 그런 내게 도시락 서비스는 최고의 선택이었다. 매일 다른 반찬으로 구성된 도시락은 마치 집밥을 먹는 것 같았다. 그 덕분에 지난 수험기간 동안 걱정 없이 식사를 해결할 수 있었던 나는 시험 전날 도시락 가게 사장님께 감사의 문자를 보냈다. 사장님께서는 그 문자를 보고 신경을 써주신 것 같았다. 나는 감사하는 마음으로 봉투에 들어 있던 쿠키를 베어 물었다

마지막 시험 전날이라고 해서 특별하게 공부할 것은 없었다. 수능시험이 전날 벼락치기로 점수가 달라지지 않는 것처럼, 체감상 수능 공부량의 10배에 육박하는 의사 국가고시 시험에 벼락치기가 통할 리 없었다. 그저 치열했던 지난날들을 그리고 뇌 주름 사이사이 채워져 있을 지식을 믿는 수밖에.

간단히 복습을 끝내고 스터디 카페를 나왔다. 집으로 가는 길은 어제와 같은 길이었지만 내딛는 한 발짝 한 발짝이 특별하게 느껴졌다. 이 길을 걸었던 지난날 중에는 비가 오는 날도 눈이 오는 날도 있었다. 걸어가는 날도 있었고, 전동 킥보드를 타고 가는 날도 있었다. 혼자 가던 날도, 친구와 함께 가던 날도 있었고, 빈손으로 집에 들어가는 날도 맥주를 사서 들어가는 날도 있었다. 참 다양한 모습을 가졌던 나의 퇴근길도 오늘로 마지막이다. 나는 그동안 남긴 나의 발길들을 곱씹어보며 평소보다 조금 천천히 집으로 돌아갔다.

다음 날 새벽 5시 나는 전날처럼 수탉 소리로 하루를 시작했다. 계란 샌

드위치와 에너지 드링크를 양껏 먹었고 준비물을 확인했다. 오늘도 버스정류장에는 행정실 직원분들과 교수님들이 서 계셨고 떡 대신 빵을 간식으로 챙겨주셨다. 오늘이 정말 마지막이라는 들뜨는 마음에 어제보다 조금은 시끌벅적해진 버스 안에서 나는 편안하게 시험장으로 향했다.

105분의 3교시, 쉬는 시간 20분, 105분의 4교시. 시간은 쏜살같이 흘러갔다. 마지막 4교시 종료 시각을 5분 앞두고 최종 답안지를 제출했다. 나는 남은 5분을 새해 첫날 카운트다운을 세는 마음으로 거꾸로 숫자를 세었다.

"수고하셨습니다. 시험이 모두 종료되었습니다. 앞으로 좋은 의사가 되기를 바랍니다."

시험 감독관님의 말씀을 끝으로 시험은 끝이 났다. 뿌듯함, 후련함, 만족감이 모두 뒤섞인 감정이 명치께부터 일렁였다. 드디어 끝이다. 길었던 수험생활을 완주했다는 사실에 기뻐했고 포기 없이 달려왔던 스스로가 자랑스러웠다. 이제 시험은 나의 손을 떠났고 나는 결과가 어찌 되든 최선을 다했다는 사실에 만족하기로 했다. 한때는 내가 노력한 것 이상의 결과를 바라는 적도 있었지만, 결국에는 나 자신을 갉아먹을 뿐이라는 사실을 배웠다. 최선을 다하되 욕심내지 말고 주어지는 결과를 받아들이면 될 뿐. 의과대학 생활을 통해 깨달은 교훈이었다.

시험장을 나온 나와 친구들은 곧바로 고깃집으로 향했다. 오늘만큼은 아무런 생각 없이 배가 터지도록 고기를 먹고 맥주를 마셨다. 마음에 거슬리는 게 없으니, 무엇을 먹어도 모두 맛있었고 어떤 이야기를 해도 웃음이 나왔다. 이번 주말에 여행을 가서 무엇을 할까, 글램핑은 언제 갈까, 스키장은 어디로 갈까 등등. 그동안 억눌러왔던 생각들이 마치 지금을 기다려왔다는 듯이 수면 위로 떠올랐다. 어제와는 전혀 다른 일상이 펼쳐질 내일이 너무 기다려졌다.

기분 좋게 먹부림을 즐긴 뒤 나는 스터디 카페로 향했다. 시험이 끝났으니 사물함에 있던 짐을 정리해야 했다. 스터디 카페에 공부하러 갈 때와 짐을 정리하러 갈 때의 발걸음은 그 무게와 속도가 달랐다. 온종일 앉아 있던 책상과 나의 손때가 묻은 사물함을 정리하니 시원하면서도 섭섭했다. 나의 추억으로 가득했던 이 자리는 다른 누군가의 추억이 새로 쌓이게 될 것이다. 깨끗해진 책상과 사물함을 바라보며 누구인지 모를 다음 사람의 성공을 빌어주었다.

그리고 오늘도 열심히 공부하는 옆자리와 앞자리에 앉은 공시생들에게 마음속으로 인사를 건네었다. 서로 말을 해보지는 않았지만, 매일 얼굴을 보며 시나브로 익숙해진 그분들에게 나는 내적 친밀감이 쌓였다. 나는 누구보다 열심히 공부하던 그분들을 보며 자극받곤 했다. 특히 1시 방향에서 공부하던 장발 머리 남자분은 눈이 오나 비가 오나 공부하지 않는 날이 없었다. 내가 몇 시에 스터디 카페에 가던 늘 나보다 먼저 자리에 앉아 있었다. 공부하면서 단 한 번도 휴대폰을 보지 않는 엄청난 자제력을 보여주었고, 나보다 늘 늦게 집으로 돌아갔다. 훌륭한 페이스 메이커가 되어준 그분들께는 지금까지도 감사한 마음이 크다.

시험이 끝나는 날 커피 한 잔 하자시던 사장님을 기다리며 같은 곳에서

의사로 한번 살아보겠습니다

공부하던 이비인후과 4년 차 선생님과 담소를 나누었다. 내가 걷고 있는 길을 5년 먼저 걸으셨던 선생님께서는 여러 조언을 해주셨다. 수련 병원 선택할 때 고려할 부분, 인턴 생활의 팁 등등. 새삼스레 정말 국가고시가 끝났다는 것이 실감이 났다. 이후 사장님과 이야기를 나누며 좋은 말씀들을 듣고 나니 하늘에 어둠이 드리워졌다.

그 무렵 국가고시원 홈페이지에 필기시험 정답이 업로드되었다. 단체 대화방은 채점 결과로 시끌벅적했지만, 고민 끝에 나는 정답을 확인하지 않기로 했다. 가채점은 가채점일 뿐 정답을 확인한다고 해서 달라지는 것은 없다고 생각했다. 나는 그저 최종 결과를 주어지는 대로 받기로 했다. 지금 내게 중요한 건 지난 시험이 아니라 앞으로의 날들이었고, 나는 그 시간을 가장 만족스럽고 재미있게 보내는 데 집중하기로 했다.

며칠 뒤 졸업여행과 가족여행을 차례로 떠났고 두말할 것 없는 행복한 시간을 보냈다. 고생 끝에 떠난 여행들이라 내게는 더없이 값지게 느껴졌다. 한국에 돌아와 유심을 장착하고 쌓여 있던 연락을 하나씩 확인했다. 그러던 중 예상치 못한 발신자로부터 연락이 와 있었다. 국가고시원에서 온 국가고시 합격 결과였다. 나는 곧바로 가족들에게 합격 소식을 전했고 뜨거운 축하를 받았다. 나보다도 더 들떠 있는 동생과 나를 자랑스러워하심이 만면한 부모님을 보는 것으로 시험에 합격한 것보다 더 큰 뿌듯함을 느낄 수 있었다.

다음날 국가고시 성적 상세 결과를 확인해 보았다. 내 성적은 320점 만점 중 274점, 그리고 T 점수 166점이었다. T 점수-백분위 환산표로 계산

해 보니 상위 27.4%의 성적이었다. 높지도, 그렇다고 낮지도 않은 성적이었지만 이 성적표는 나의 땀과 노력으로 가득했다. 나는 나의 성적을 소중히 받아들였다.

실기시험과 필기시험에 모두 합격했으니 이제 곧 의사 면허가 나올 것이다. 면허를 받는 순간 나는 더 이상 학생이 아니게 된다. 학생이 아닌 삶은 처음 살아보는 나는 앞으로 어떤 인생이 내 앞에 펼쳐질지 더없이 기대된다.

의사로 한번 살아보겠습니다

# 인턴이냐 군인이냐
# 그것이 문제로다

    의사 국가고시에 모두 합격한 예비 의사들 앞에는 세 갈림길이 놓인다. 수련의 길, 취업의 길, 국방의 길. 세 갈림길 옆으로 스타트업, 의학 기자, 공무원 등등 여러 가지 오솔길이 나 있지만 그 길을 걷는 사람들은 그리 많지 않다. 다만 모든 길이 다 가치 있는 길이기에 어떤 길을 선택하는지는 옳고 그름의 문제가 아니다. 이는 그저 선택의 문제라는 사실은 반드시 기억해야만 한다.

    수련의 길은 병원에 인턴직으로 지원하여 인턴 수련을 받는 것으로 여전히 대다수의 예비 의사가 선택하는 길이다. 취업의 길은 일반의 신분으로 의원, 병원, 검진 기관 등등에서 근무하는 길이다. 국방의 길은 우선 군 복무를 해결하기 위해 현역병으로 입대하거나 공중보건의 또는 군의관으로 입대하는 길이다.

이 중 국방의 길, 그러니까 신입 의사들이 군 복무를 하는 방식에 많은 변화가 생겼다. 시간이 지날수록 현역병으로 입대하는 신입 의사들의 수가 점차 늘어나고 있다. 현역병의 복무기간이 짧아지고 많은 처우개선이 이루어지고 있기 때문이다. 나는 세 가지 길 중 국방의 길에 잠시 발을 뻗었다가 수련의 길을 걷게 되었다.

본과 4학년 시절, 모든 미필 남자 의과대학 학생들이 그러하듯 나 역시 군 복무 문제로 고민이 많았다. 바로 인턴 수련을 받을 것이냐, 현역병으로 입대할 것이냐. 그 가운데 한 줄기의 빛처럼 떠오른 것이 바로 카투사였다. 현역병과 같은 복무기간, 많은 휴일 그리고 자연스럽게 영어 실력을 기를 수 있는 복무 환경까지. 올해 초 미국으로 두 달 동안 해외 실습을 다녀와 영어에 대한 자신감이 한껏 올라가 있던 나는 카투사에 지원하기로 했다.

카투사에 지원하려면 공인영어시험 점수가 필요했기 때문에 이전에 치렀던 토익 성적표를 부랴부랴 찾아보았다. 아쉽게도 성적표의 유효기간은 지나 있었고, 나는 그 자리에서 가장 빨리 볼 수 있는 날짜로 시험을 신청했다. 카투사 지원이 가능한 점수를 취득한 뒤 전역하는 날짜와 이후 인턴 지원을 고려해 6월로 입대를 신청했다.

카투사는 지원자들을 어학 점수별 그룹으로 나누고, 그중 일정 수의 병을 무작위로 뽑는 시스템으로 합격자를 선발한다. 지원한 이후 내가 할 수 있는 것은 합격하기만을 매일 기도하는 것뿐이었다. 결과적으로 나는 카투사에게 선택받지 못했다. 1:7의 경쟁률은 쉬이 뚫을 수 있는 게 아니었다.

의사로 한번 살아보겠습니다

카투사에 지원했던 가장 큰 이유는 미군들과 생활하며 영어 실력을 키울 수 있을 거라는 기대감이었다. 그러나 카투사에 떨어진 이상 나는 현역병으로 군 복무를 하기보다는 그동안 공부했던 자식이 아직 머릿속에 남아 있을 때 인턴 수련을 시작하고 싶었다. 사람마다 가치관이 다르겠지만 나에게는 짧은 복무기간보다는 수련 과정의 연속성, 그리고 자기 계발이 더 중요했다.

수련의 길을 걷기로 정한 나는 어느 병원에 지원해야 할지 정해야 했다. 평생을 지방에서 나고 자라며 공부했던 나는 서울에 대한 갈증이 있었다. 여러 가지를 경험하고 새로운 것들에 도전하는 걸 좋아하는 나에게 서울보다 매력적인 도시는 없었다. 열정 가득한 20대 청춘에게는 익숙한 편안함보다 낯선 도전이 좋았다. 지금 기회가 아니라면 이 젊은 나이에 대한민국 최대 도시에서 성장할 기회를 놓칠 것 같았다.

우선 지역을 서울로 정하고 서울에 있는 수많은 수련병원 중 어느 병원에 지원할지 고민하기 시작했다. 나의 성적, 생각하고 있는 전공 그리고 수련환경을 고려하니 선택지가 2~3개 정도로 추려졌다. 이 중 어느 병원에 지원하더라도 좋은 선택이었기에 더는 나 혼자 판단하기에 무리가 있었다. 그렇게 나는 주위에 조언을 구하기 시작했다. 내가 고려하고 있는 병원에서 근무하는 선배들, 타교 출신 교수님들, 서울행을 선택한 동기들에게 조언을 구했다. 마지막으로 내 마음을 한 스푼 첨가하고 나서야 마침내 지원할 병원을 선택할 수 있었다.

확실하게 마음을 정했기 때문에 다른 지원자들의 눈치를 볼 이유가 없었다. 나는 지원하기 전날까지 마음 편히 전국으로 여행을 다녔고, 지원 첫날 자기소개서를 비롯한 제출 서류를 준비했다. 그리고 다음 날 아침 서울로 올라가 원서를 제출했다. 치열하게 고민했던 지난 시간이 무색하게 지원서 제출은 순식간에 끝났다. 수백 문제의 MMPI 검사가 조금 지루했지만, 근무를 희망하는 과 2개를 선택하고 빠진 서류가 있는지 확인하는 것이 전부였다.

서류 제출이 마치고 면접 준비를 시작했다. 인턴 면접이 아무리 간단하다고 할지라도 그동안 취업 준비를 해본 적이 없던 나는 그저 막막했다. 내가 최근에 본 면접이라고 해봐야 의과대학에 입학할 당시 봤던 면접 또는 동아리에 지원할 때 봤던 면접이었다. 게다가 인턴 면접은 서류 제출 후 고작 며칠 뒤에 치러져서 준비할 시간도 충분하지 않았다. 마치 지척의 거리도 보이지 않는 깜깜한 어둠 속에서 길을 잃은 것 같았다. 이번에도 역시나 선배들에게 도움을 구했다. 같은 병원에서 인턴을 한 선배들에게 면접의 분위기, 면접 질문들에 대해 이것저것 물어보았다. 제 일처럼 챙겨주었던 선배들이 아니었다면 분명 한참 동안 더 헤맸을 것이다.

선배들의 조언을 기본으로, 유튜브를 보며 1분 자기소개 어떻게 준비해야 하는지 그리고 당황스러운 상황은 어떻게 대처해야 하는지 공부했다. 기업 우수 면접 영상을 보며 다른 취업준비생들이 어떤 식으로 면접을 치르는지 배웠다.

의사로 한번 살아보겠습니다

1년의 재수 생활, 1년의 타 대학 생활, 6년간의 의대 생활, 도합 8년. 나는 성인이 되고 나서 8년 만에 취업 준비를 하기 시작했다. 늦었다는 생각보다는 오히려 내가 드디어 사회 구성원이 될 자격을 갖추었다는 생각에 가슴이 벅찼다. 오랜 번데기가 조금씩 허물을 벗으려 하고 있었다.

면접은 병원마다 진행하는 방식이 굉장히 다양했다. 거의 모든 병원에서 인성 면접을 보지만 때때로 학술 면접[8]을 보는 병원도 있다. 또는 영어면접이나, 기본 술기 시험[9]을 보는 병원도 있으니, 내가 지원할 병원이 어떤 면접을 진행하는지를 미리 알아두는 것이 중요했다. 내가 지원한 병원은 학술면접과 인성 면접 두 가지를 진행했다. 면접을 준비할 수 있는 시간이 짧았기 때문에 학술면접을 위해 그동안 공부했던 내용을 복습할 수는 없었다. 나는 국가고시를 통과한 자신을 믿고 인성 면접 준비에 모든 시간을 쏟았다.

면접 당일 아침, 졸업할 때 맞추었던 정장을 다시 꺼내 입었다. 한껏 올린 머리 스타일에 빳빳한 정장을 입은 나는 영락없는 사회 초년생이었다. 오랜만에 보는 어색한 모습에 입꼬리를 끌어 올려 웃어보았다. 꽤 괜찮은 사회 초년생의 미소처럼 보였다.

도착한 면접장에는 나와 같은 차림을 한 수많은 신입 의사가 있었다. 가톨릭 대학교 출신의 예비 인턴들은 오랜만에 보는 동기들끼리 서로 반가워하며 담소를 나누었다. 타 대학 출신인 나는 그 모습을 보며 자교 병원에

---

8 학술 면접 : 일반의 수준에서 알 수 있는 기본 의학 지식을 묻는 면접
9 기본 술기 시험 : 인턴으로 근무하며 자주 하게 될 동맥혈 채혈, 비위관 삽입 등 기본 의료술기에 대한 시험

남은 동기들을 떠올렸다. 그 동기들은 면접장에서 저런 모습을 하고 있겠지. 그 현장에 함께 있지 못해 조금은 아쉬웠지만, 이 병원에서 앞으로 새로운 인연들을 만날 수 있는 것에 의의를 두기로 했다.

면접은 이름 순서대로 진행이 되었고 얼마 지나지 않아 내 차례가 되었다. 나는 심호흡을 몇 번 내쉰 뒤 면접장에 가슴을 펴고 들어갔다.

"안녕하십니까? 인턴 지원자 ○○○입니다."

첫인상이 가장 중요하다고 했던 유튜브 선생님의 조언을 듣고 큰소리로 인사를 드렸다. 내 앞에는 열 분의 교수님께서 관심 반 피로함 반의 표정으로 나를 바라보고 계셨다. 30초 자기소개를 끝마치고 곧이어 학술면접을 시작했다. 내 눈앞에 놓인 20개의 숫자 중 하나를 선택해야 했고, 나는 내 생일과 관련 있는 숫자 11을 골랐다.

"외과적 손 씻기는 최소 몇 분 동안 해야 하며 어느 정도까지 해야 하는지 설명하시오."

눈앞의 패드에 떠오른 문제를 읽으며 주먹을 불끈 쥐었다. 외과적 손 씻기라니. 병원 실습을 하며, 또 서브 인턴 실습을 하며 수백 번 해왔던 손 씻기였다. 나는 실제 손을 닦는 것처럼 시늉하며 내가 알고 있는 내용을 말씀드렸다. 교수님들의 표정이 한층 밝아지신 것 같았다.

곧이어 인성 면접이 시작되었다. 한 교수님께서 내 자기소개서를 읽어보시더니 스트레스를 어떻게 푸는지 여쭤보셨다. 나는 헬스장에서 운동하며 스트레스를 푼다. 운동을 하면 잡념이 사라져 머리가 맑아지기 때문에 인턴을 하며 쌓이는 스트레스 역시 운동으로 해소하겠다고 말씀드렸다. 그

의사로 한번 살아보겠습니다

러자 교수님께서는 인턴으로 일하면 잠자는 시간도 없을 텐데 운동할 시간이 과연 있겠냐고 역으로 질문하셨다. 잠시 당황했지만 때로는 패기로 밀고 나가야 한다는 유튜브 선생님의 조언을 떠올리며 대답을 이어 나갔다.

"체력은 제 가장 큰 장점입니다. 교수님. 잠도 자고 운동도 하는 제 모습을 앞으로 지켜봐 주십시오."

당돌한 사회 초년생의 패기가 마음에 드셨는지 교수님께서는 딱 봐도 체력 좋아 보인다며 그저 웃으셨다. 그리고 올해 한 해 잘 부탁한다는 마지막 말씀과 함께 나의 면접은 끝이 났다. 방을 나오며 고개를 갸웃거렸다. 아무리 생각해도 3분이 채 걸리지 않았다. 나의 첫 취업 면접은 번갯불에 콩 구워 먹듯 끝이 났다.

면접장을 나가기 전에 앞으로 일하며 입을 근무복과 가운의 사이즈를 측정했다. 내 가운에서는 더 이상 의학과라는 단어는 찾아볼 수 없을 것이다. 대신에 나의 이름 석 자 위에는 의사라는 단어가 적혀 있겠지. 민트색 근무복과 하얀 가운을 입고 있는 내 모습을 상상하며 들뜬 마음으로 건물을 나왔지만, 아직 해는 중천에 떠 있었다. 두 시간이 걸려서 서울에 올라왔는데 20분 만에 할 일이 다 끝났다. 나 제대로 인턴이 되는 중이겠지?

# 안녕하세요
# 어리바리 인턴입니다

2023년 3월 2일 05시 30분. 첫 취업을 기념해 구매했던 스마트워치가 '삐비비빅' 하는 소리를 내며 진동했다. 전날은 폭풍전야의 오프였다. 비록 병원에 가지 않아도 되는 날이었지만 인턴 동기들이 어떻게 근무하는지 미리 볼 겸 일도 도와줄 겸 병원에 출근했다. 인턴 근무 첫날부터 당직을 서는 동기들은 어마어마한 양의 업무를 온몸으로 받아내고 있었다.

3월 1일의 병원은 부산스러웠다. 처음 출근한 인턴은 병원에 처음 방문한 손님과 다를 게 없었다. 병동의 위치를 몰라서 이리 뛰고 저리 뛰기를 반복했고, 알코올 솜과 주사기의 위치를 몰라서 간호사 선생님께 하나하나 물어보았다. 술기는 어찌나 어렵던지 그동안 동영상을 수도 없이 보고 책으로 공부했지만, 병실에 들어서는 순간 머릿속이 새하얘졌다. 술기를 하는 사람이나 그걸 지켜보는 사람이나 불안하기는 마찬가지였다. 국가고시 실기시험을 준비하면서, 그리고 신입 인턴 오리엔테이션에서 모형으로 몇 번이나 연습해 보았지만, 실전은 달랐다. 실패도 실패지만 고통을 참는 환자분의 신음, 보호자의 재촉과 짜증은 난생처음 겪어보는 것들이었다. 잘하고 싶은 마음은 굴뚝 같았지만, 손은 마음처럼 움직여주지 않았고 마음이 급해질수록 실패 횟수는 쌓여만 갔다.

사고가 나지 않도록 주의 사항을 계속 떠올리며 술기를 했지만 안전하다고 아프지 않은 것은 아니었다. 신입 인턴들의 미숙함 때문에 하필 3월 1일에 입원하고 계셨던 환자분들은 영문도 모른 채 고생하게 되었다. '어제까지 잘만 하던 검사들을 오늘따라 왜 이렇게 못하지?'라며 의아해하셨을지도 모른다.

나는 오프였기 때문에 온종일 일하지는 않았지만, 동기들은 식사를 포기한 채 병원 이곳저곳을 뛰어다녔다. 그런 동기들을 뒤로하고 휴게실에서 커피를 마시는 내내 마음이 무거웠다. 이 모든 일들이 내일부터는 남의 일이 아니라는 사실이 부담스러웠다. 누워 있어도 마음이 불편했고 서 있어도 마음이 불편했다. 그냥 숨만 쉬고 있어도 마음이 불편했다. 나는 인계장을 읽고 또 읽기 시작했다. 불안한 마음은 걱정에서 비롯되고, 걱정은 무지에서 비롯되기 때문이다. 불안한 마음을 잠재울 수 있는 유일한 방법은 한 번이라도 더 인계장을 읽으며 이미지 트레이닝을 해보는 것뿐이었다.

그렇게 자정이 넘은 시간, 피곤함이 걱정을 넘어서고 나서야 비로소 잠자리에 들 수 있었다. 평소 같았으면 침대에 눕자마자 곧바로 잠들었겠지만, 오늘만큼은 새벽 1시가 넘어서도 잠이 들지를 못했다. 업무에 대한 부담감 때문만은 아니었다. 낯선 직장, 낯선 사람들, 낯선 서울 그리고 낯선 당직실. 내 몸뚱이를 제외한 모든 것이 낯설기만 했다. 익숙함이라고는 찾아볼 수 없는 환경은 차분하게 가라앉으려고 애쓰는 나의 마음을 들뜨게 했다.

어떻게든 잠을 자보려고 알고 있는 모든 방법을 써보아도 소용이 없었다. 푸른 목장에서 울타리를 뛰어넘는 양들을 세어보아도 소용이 없었다. 온몸에 힘을 빼고, 깊은 바닷속으로 침잠하는 상상을 하는 '미 해병대 수면 기법'도 소용이 없었다. 낯섦과 미지로부터 오는 긴장감은 정말 난해했다. 직접 경험해보기 전까지 해결되지 않는다는 것을 알면서도 긴장감은 당최 가실 줄을 몰랐다. 할 수 있는 준비란 준비는 다 했지만 계속 무언가가 빠진 듯한 느낌만 들었다.

걱정으로 가득했던 밤도 결국에는 지나갔다. 잠은 거의 못 잤지만, 첫 출근의 설렘과 긴장으로 나의 정신은 그 어느 때보다도 말끔했다. 세수를 하고 근무복을 입은 뒤 옷매무새를 점검했다. 아직 새 옷의 티를 벗지 못한 근무복은 까끌까끌했다. 그 위에 새하얀 가운을 걸치고 왼쪽 가슴에 명찰을 달았다. '의사'라는 단어 아래 쓰여 있는 내 이름 석 자가 더없이 자랑스러웠다. 그다음 양쪽 주머니에 각각 수첩과 볼펜을 넣었다. 모르는 것들을 물어보고 적기 위해서 미리 준비해둔 것들이었다. 처음에는 몰라서 물어볼 수 있지만 같은 것을 두 번씩 물어보는 건 상대방에 대한 예의가 아니라는 부모님의 가르침이 있었기 때문이었다.

의사로 한번 살아보겠습니다

정규 업무가 시작되는 6시가 되기 무섭게 휴대폰이 울리기 시작했다. 간호사 선생님들께서는 업무 내용을 미리 다 적어놓고, 6시가 되자마자 메시지를 전송한 듯했다. 여러 병동에서 동시에 쏟아지는 업무들을 보며 정신이 혼미해졌다. 아침 정규 회진을 돌기 전에 끝내야 하는 검사에, 과마다 오전에 해야 하는 업무도 있었다. 인턴이 엑셀을 어느 정도 다룰 줄 알아야 한다는 것도 이날 처음 알았다.

동시에 여러가지 일을 하는 데 익숙하지 않은 나는 모든 일에서 실수했다. 간단한 검사도 10분이 넘게 걸리고, 엑셀 파일에 저장된 함수도 깨버리고, 검사 결과도 잘못 적어 놓았다. 큰 사고를 치지는 않았지만, 자잘한 실수들이 난무했고 제때 끝내야 하는 일이 속절없이 밀렸다. 아무리 일을 못해도 3월에는 다 괜찮다며 교수님과 선생님들께서 위로해 주셨지만 그렇다고 해서 죄송한 마음이 사라지는 것은 아니었다.


전쟁 같았던 아침 근무를 끝내고 출출한 배를 채울 겸 지하 편의점으로 향했다. 엘리베이터를 기다리고 있는데 보안요원께서 '선생님 여기에요.'라며 엘리베이터를 잡아주셨다. 처음에는 나를 부르는 게 맞나 싶었다. 하지만 두 눈동자는 나를 또렷하게 바라보고 있었다. 내가 선생님이라니. 어언 20년을 학생으로 살아온 내가 선생님이 되었다. 아직은 어색하고 낯간지럽지만 기분 좋은 호칭이었다. 내일은 결코 오늘 했던 실수를 반복하지 않으리라. 선생님의 호칭에 부족하지 않게 성장하고 싶었다. 편의점에서 샌드위치를 사서 돌아오는 길에 병원 중간에 있는 거울을 보았다. 민트색 근무복 위에 하얀 가운을 걸친 모습이 꽤 멋있었다.

배를 채우자마자 또다시 전쟁 같은 근무가 시작되었다. 나는 첫 달 소아청소년과에서 근무를 시작했기 때문에 응급실에 환아가 올 때마다 응급실로 달려갔다. 이전만큼 심각하지는 않지만, 아직 코로나19가 유행하고 있어서 발열이나 기침 같은 호흡기 증상이 있는 아이들은 모두 코로나 검사를 해야 했다.

남에 의해서 내 코가 쑤셔진 적은 많지만, 내가 다른 사람의 코를 쑤시는 것은 이번이 처음이었다. 간단한 검사였지만 돌다리도 두드려보고 건너려고, 코로나 검사와 관련 자료들을 찾아서 공부했다. 특히나 유튜브 명지병원에서 올려준 교육 영상이 큰 도움이 되었다. 어렵지 않은 검사인데 공부까지 했겠다. 나는 자신만만하게 응급실로 갔으나 현실은 내 생각과는 많이 달랐다. 검사를 해야 하는 환자는 성인이 아니라 3살짜리 소아였다. 그 현장의 분위기를 설명하는 데에 더 이상 말은 필요하지 않을 것 같다.

출산 후, 퇴원하기 전 아이의 상태를 부모님께 설명하는 것도 나의 일이었다. 신생아들은 미숙한 생명체이기 때문에 사실은 정상이지만 문제가 있어 보이는 소견들이 꽤 많다. 얼굴이나 목에 붉은 점이 있다던가, 피부가 대리석 무늬처럼 희끄무레하다던가. 나는 부모님들 앞에서 아이를 머리부터 발끝까지 보여주며 여러 소견을 설명해 주고, 걱정하시지 않아도 된다며 안심시켜 주었다.

신생아의 정상 소견에 대해서는 의과대학 학생 시절 소아청소년과 과목에서 공부했지만, 그때의 지식만으로는 제대로 일하기에 부족함이 많았다.

의사로 한번 살아보겠습니다

그래서 틈틈이 예전에 공부했던 강의록을 보며 관련 내용을 공부했다. 학생 시절 시험을 보기 위해 공부했던 것과 의사로서 보호자에게 설명해 주기 위해 공부하는 것은 전혀 달랐다. 비록 같은 내용을 보고 있었지만, 공부하는 나의 태도가 전혀 달랐다. 우리 부모님은 지금의 내 나이에 동생을 낳으셨다. 나는 지금까지도 갓 태어난 동생이 하얀 포대기에 싸여서 간호사 선생님의 품에 안겨 있던 모습을 기억한다. 동생이 태어났던 그 병원에도 소아청소년과 인턴이 있었을 것이고, 그 선생님은 지금의 나처럼 우리 부모님에게 동생의 상태를 설명했을 것이다. 그 선생님 역시 공부했던 책을 다시 펼쳐보고 여러 번 연습했을 것이 분명했다.

업무 첫날 나를 가장 힘들게 했던 것은 콜이 언제 올지 모른다는 사실이었다. 콜이 왔는데도 내가 미처 보지 못해 일을 놓칠까 봐 휴대폰 화면을 늘 내 시야 안에 두었다. 혹시나 알람이 울리지 않아서 콜을 놓쳤을까 봐 휴대폰을 수도 없이 확인했다. 나는 휴대폰이 마치 세상에 둘도 없는 보물인 것처럼 온종일 몸에 지니고 있었다.

내가 콜을 놓치는 것은 내 실수만으로 끝나지 않는다. 내가 제때 일 처리를 해야 연관된 다른 일들이 진행된다. 결국 인턴은 병원이라는 시스템을 잘 굴러가게 하기 위한 여러 톱니바퀴 중 하나였다. 병원에는 환자의 치료라는 공통의 목적으로 여러 직군이 모여 있다. 모두가 각자의 역할을 잘해야만 병원이라는 유기체가 살아 숨 쉴 수 있다. 수많은 톱니바퀴 중 단 하나만 고장이 나더라도 기계가 멈춰버리는 것처럼 병원 역시 그러했다.

큰 조직에서 일한다는 것이 어떤 것인지, 일을 잘한다는 것이 어떤 뜻인지를 조금씩 알아가며 나의 첫 근무는 마무리되었다. 아쉬움이 많았던 하루였지만 첫술에 배부를 수 없다며 나 자신을 위로했다. 오늘 한 실수를 내일 반복하지 않기 위해 노력하고, 일에 익숙해지기 위해 노력할 것이다. 오늘보다 더 나은 내일의 내가 되고 싶다.

# 주 80시간 근무,
# 그리고 코드블루

    모든 대학병원에는 전공의가 주 80시간, 필요에 따라서 최대 주 88시간 까지 근무할 수 있는 규정이 있다. 이 규정은 '전공의 특별법'이라는 별칭을 가진 '전공의의 수련환경 개선 및 지위 향상을 위한 법률'을 그 근거로 한 다. 이 법이 제정되기 전 전공의 선생님들은 경악을 금치 못할 수련환경에 노출되어 있었다. 주 120시간 근무가 드물지 않았던 그 시대의 전공의 선 생님들은 말 그대로 살인적인 업무를 했지만, 그 어디에서도 보호받지 못 했다. 그 때문에 잇달아 벌어진 안타까운 사건 사고들로 전공의를 보호해 야 한다는 목소리가 점차 커졌고 끝내 관련 법률이 제정되었다.

    세상의 모든 것은 상대적이다. 최근 우리 사회는 '주 69시간 근무'로 떠 들썩하다. 누군가는 주 69시간이 비상식적이고 말도 안 되는 근무량이라 고 생각하겠지만, 우리 전공의들에게는 주 69시간 근무가 그저 부러울 뿐이다. 그와 반대로 인턴이 주 80시간을 일한다는 사실을 듣고 세상 참 좋아졌다고 말씀하시는 교수님들께서도 계신다. 패딩을 입고 병원에 들어갔다가 병원에 나와보니 반팔을 입을 날씨가 되었다는 경험담부터 100일 당직, 48시간 연속근무 등등 지금의 사회 분위기로는 용납되지 않는 일들이 예전에는 너무나 당연했다.

그 시절을 거쳐 전문의가 되신 선생님들께서는 요즘 나 같은 젊은 의사들을 보며 '이렇게 편하게 수련해서 어떻게 실력 있는 의사가 되겠어?' 하며 혀를 차실지도 모른다. 하지만 나는 지금의 수련 과정도 결코 쉽지 않다. 주 80시간의 규정이 있다 하더라도 병원 일이란 게 근무 시간이 끝났다고 칼같이 퇴근할 수는 없는 법이다. 오늘까지 해야 할 검사가 있는 환자들을 내버려둔 채 퇴근할 수는 없다. 물론 내가 마무리하지 못한 일들을 대신하도록 당직 근무를 서는 인턴들이 있다. 원칙적으로는 당직 근무자들에게 근무를 인계하면 된다고 하지만, 다른 사람도 아니고 같은 인턴으로서 도저히 그럴 수는 없다. 결국 일하다 보면 하는 수없이 주 80시간보다 더 일하게 되는 경우가 있기 마련이고 모든 인턴은 이를 어쩔 수 없는 일이라고 받아들이며 묵묵히 일한다.


당직 근무는 오전 6시부터 오후 6시까지의 정규근무에 이어서 오후 6시부터 오전 6시까지 근무하는 것을 말한다. 그러니까 당직 근무가 있는 날이면 오전 6시부터 다음 날 오전 6시까지 24시간을 근무하고 다음 날 정규근무를 시작해야 한다. 그러므로 총 36시간을 연속으로 근무해야 한다.

의사로 한번 살아보겠습니다

나는 예전부터 당직 근무에 대한 로망이 있었다. 나는 뜨거운 열정을 내뿜으며 밤새 수술하는 의사들이 등장하는 드라마를 보면서 의과대학 시절을 보냈다. 온 세상이 고요하게 가라앉은 새벽, 그와 대비되는 환한 당직실에서 쉴 새 없이 처방을 내는 의사들, 땀이 마를 새 없이 응급실을 뛰어다니며 환자를 살리는 의사들의 모습이 내 마음에 불을 질렀다.

의과대학 학생 시절, 의학 드라마를 보는 것이 일종의 숙제처럼 느껴졌다. 특별한 이유는 없었지만, 왠지 모르게 봐야 할 것 같았다. 드라마 속에 나오는 의사들을 보며 나의 미래를 상상하기도 했고, 그동안 공부했던 내용으로 주인공들의 대화를 분석해 보기도 했다. 여러 가지 이유로 의학 드라마를 인터넷 강의처럼 집중해서 보고 있으면 옆에서 가족들이 한 마디씩 던지곤 했다.

'아들도 앞으로 저렇게 멋있는 의사 선생님이 되면 좋겠다.', '형 고생하겠네!'

그러나 드라마에 나오는 멋진 선생님들은 인턴이 아니었다. 실제 인턴의 당직은 생각했던 것과는 많이 달랐다. 사실 인턴이 드라마에 나오는 의사들처럼 일하는 것은 말이 안 되는 일이었다. 인턴은 의사이긴 하지만 아는 것도 적고 경험도 없다. 아직 의사면허에 잉크도 마르지 않은 3월 인턴이 흔히 생각하는 의사다운 일들을 하려는 것은 제 분수를 모른 채 욕심부리는 일이었다. 마치 뱁새가 황새를 따라가려 하는 것처럼 말이다.

Do No harm. 환자에게 해를 가하지 말라. 이 격언은 의과대학 학생 시절부터 수많은 교수님께서 가르쳐 주신 의사의 신념이자 의무이다. 환자에게 해를 가하지 않는 의사가 되기 위해서 인턴은 단순한 일부터 시작해 바닥을 단단히 다지는 시간이 필요했다. 나의 능력을 벗어난 것을 명확하게 구분할 줄 알아야 했고, 어려운 상황을 혼자 해결하려 하지 말아야 했다. 조금이라도 모르겠으면 선생님들 혹은 교수님께 여쭤보아야 했고, 교과서와 가이드라인을 찾아가며 하나씩 공부해야 했다.

　일이 손에 익기 전까지 여유로운 당직이란 존재할 수 없다. 당직 시간에는 정규시간보다 일이 적었지만, 아직 술기를 하는 데 시간이 오래 걸려 쉴 틈이 없었다. 이 병동 일이 끝나면 다른 병동 일이 쌓여 있었고, 그 병동의 일을 끝내면 또 다른 병동의 일이 쌓여 있었다. 영원히 무거운 바위를 옮겨야 했던 시시포스가 이런 기분이었을까.

　근무 첫날 동맥혈 채혈에 단번에 성공했던 것은 초심자의 행운이었다. 동맥은 정맥에 비해 깊은 곳에 위치해 있어서 바늘로 찔렀을 때 통증이 심하다. 첫 시도에 피가 안 나올 수 있다. 그러나 두 번, 세 번 바늘을 찔러도 피가 나오지 않으면 등줄기에서 식은땀이 흘러내렸다. 흔들리는 눈으로 환자분을 흘깃 보면 눈을 질끈 감고 빨리 검사가 끝나기만을 기다리는 환자분이 보였다. 이루 말할 수 없는 죄송함에 심호흡을 하고 다시 시도해 보지만 피는 나올 기미가 보이지 않았다. 반대쪽 손목에서 마저 실패하면 '좀 더 능숙한 선생님 모셔 오겠습니다. 잠시만 기다려주세요.'라고 말씀드리고 재빨리 병동을 나왔다.

　이제 믿을 수 있는 사람은 동기들밖에 없다. 인턴 단톡방에 도움을 요청하면 시간이 되는 동기들이 나를 구해주러 왔다. 신기하게도 다른 인턴이

　　　　　　　　　　　　　　　의사로 한번 살아보겠습니다

시도하면 피가 단번에 나오곤 했는데, 이럴 때면 의사와 환자의 궁합이라도 있는 걸까 하는 생각이 들었다.

일을 얼추 끝내면 당직실로 돌아가 실패했던 술기에 관해 책과 영상을 찾아보았다. 앞으로 나아가기 위해서는 성공의 경험보다는 실패의 경험이 더 중요하다. 어떻게 하면 다음에는 실패하지 않을 수 있을지 고민하며 당직의 밤을 보냈다. 새벽 2시가 넘어가면 휴대폰이 조용해지기 시작하는데 바로 이때가 잠시나마 눈을 붙일 수 있는 타이밍이다. 그러나 내가 일하는 곳은 다름 아닌 대학병원이었기 때문에 마음 편하게 잠을 잘 수는 없었다.

대학병원에서는 24시간 내가 어디서 무엇을 하고 있든 상관없이 최우선에 두어야 할 일이 있는데 바로 '코드블루' 상황이다. 원내 스피커에서 코드블루와 병동의 위치가 울린다면, 그 병동에서 심정지 환자가 발생했다는 뜻이다. 코드블루 방송이 들리는 즉시 모든 인턴은 만사를 제쳐두고 방송에서 알려주는 병동으로 달려가야 한다.

심장은 전신에 산소가 가득한 피를 보내주는 근육 펌프다. 심정지, 그러니까 심장이 멈추면 우리 몸에 있는 조직들은 필요한 산소를 얻지 못한다. 우리 몸에는 무엇 하나 필요하지 않은 장기가 없지만, 그중 가장 중요한 장기를 꼽으라면 두말할 것 없이 뇌이다. 심장이 멈추면 뇌로 가는 혈류도 멈춘다. 그런 상황이 벌어지면 뇌는 이미 가지고 있는 산소와 에너지로 어떻게든 생명을 유지하려 애를 써보는데, 티끌만큼의 힘까지 모조리 끌어다 써서 생명을 유지할 수 있는 시간은 최대 4분이다. 그래서 심정지의 골든

타임이 4분이다.

심장이 멈춘 상태로 4분이 지나면 뇌 손상이 시작되고, 6분이 지나면 손상을 넘어서 뇌사상태에 가까워지기 시작한다. 심정지 후 아무런 조치를 취하지 못한 채 10분이 지나면, 다시는 돌이킬 수 없는 뇌 손상이 온다. 그 이후에는 심장이 다시 뛴다고 해도 심정지 전의 상태로 돌아가기에는 이미 늦었을 가능성이 크다. 그렇기 때문에 인턴들은 가능한 한 빨리, 늦어도 4분이 지나기 전에 심정지 환자에게 도착해야 한다.

인턴은 병실에 도착하자마자 간호사 선생님들이 하고 있던 심폐소생술을 이어받는다. 심정지 현장에는 인턴이 여러 명 있기 때문에 우리는 2분에 한 번씩 손을 바꿔가며 가슴압박을 하고, 동시에 앰부 배깅[10]을 한다. 다른 인턴들은 환자에게 심전도 스티커를 붙이고 사타구니 쪽에 있는 대퇴동맥에서 동맥혈 채혈을 해서 환자의 현재 상태를 파악한다. 가슴압박을 할 때는 모든 신경을 집중해야만 한다. 5~6cm 깊이의 압박과 분당 100~120회의 속도, 또 압박과 압박 사이에, 가슴에 압력을 가하면 안 되는 것이 아주 중요하다. 너무 깊어도, 너무 얕아도, 너무 빨라도, 너무 느려도 가슴압박의 질이 낮아진다. 고품질의 가슴압박은 심장이 뛰는 것에 25%까지 효과를 낼 수 있으므로 가슴압박의 깊이와 속도는 심폐소생술의 핵심이다.

가슴압박을 하는 것은 건장한 성인 남성들에게도 쉽지 않은 일이다. 가슴압박을 제대로 5분만 하면 온몸이 비 오듯 땀에 젖는다. 압박을 하는 사

---

10 앰부 배깅 : 안면 마스크와 튜브를 통해 환자의 호흡을 도와주는 의료 행위

　　　　　　　　　　　　　　　　　　　　　의사로 한번 살아보겠습니다

람이 지치면 가슴압박의 깊이와 속도가 달라져 가슴압박의 질이 낮아진다. 그래서 대학병원에는 동일한 속도와 동일한 깊이로 가슴압박을 할 수 있는 '루카스'라는 기계가 구비되어 있다.

직접 가슴압박을 하던 루카스를 사용하던 우리 인턴들이 심폐소생술을 하는 동안 내과 전공의 선생님들께서는 심전도와 동맥혈 검사 결과를 보고 추가 지시를 내려주신다. 에피네프린[11]이나 아미오다론[12], 비본[13] 등의 약물이 필요한 상황인가를 판단하는 동시에 주기적으로 맥박을 확인해 ROSC[14] 되었는지를 판단해 주신다.

심폐소생술 종료의 기준은 ROSC이다. 한 번의 심폐소생술로 ROSC가 되어 상황이 종료되는 경우도 있지만 수십 분 짧으면 몇 분 안에 다시 심정지가 발생하기도 한다. 그렇게 또다시 코드블루가 울리면 인턴들은 하던 모든 일을 멈추고 병원 계단을 전속력으로 뛰어 올라간다.

요즘 들어 의과대학을 졸업했다고, 의사면허증이 있다고 해서 의사가 되는 게 아니라는 생각이 든다. 의과대학 학생 시절, 막연하게 생각했던 나의 미래 모습은 실력 있는 베테랑 의사였지만 현실의 나는 하나부터 열까지 모두 다 배워야 하는 새내기 의사였다. 하지만 나는 지금 막 세상에 첫발을 내디딘 초보 의사이다. 그러니 아무리 힘들어도 현실을 외면하거나 도망치

---

11 에피네프린 : 교감신경의 여러 수용체에 결합하여 혈관을 수축시키고 심장의 수축력과 심박수를 증가시키는 약물
12 아미오다론 : 에피네프린을 투여 했음에도 심정지 상황이 지속될 때 고려해 볼 수 있는 항부정맥제의 일종
13 비본 : 탄산수소 나트륨, 심정지 상황에서 생긴 산·염기 불균형을 조절하는 데 사용하는 약물
14 ROSC : 자발 순환 회복, 심폐소생술 도중 심장 마사지를 시행하지 않아도 맥박과 혈압이 일정 수준 이상 회복된 상황

지 않을 것이다. 최대한 많은 경험과 시행착오를 쌓아 올릴 것이다. 병원에서의 모든 경험이 나를 성장시키는 밑거름이 될 거라 믿는다. 의사는 태어나는 것이 아니라 만들어지는 것이었다.

# 임종 선언의 무게

평소와 다를 것 없던 어느 당직 날, 그동안 접점이 없었던 한 병동에서 전화가 왔다. 메신저가 아닌 전화로 연락을 했다는 건 무슨 일인지는 몰라도 급한 일이라는 뜻이었다. 무슨 일이려나. 조금 긴장하고 받은 전화는 전혀 예상치 못한 전개로 흘러갔다.

"안녕하세요. 선생님. 호스피스 병동입니다. 임종 환자분이 있으셔서 임종 선언 부탁드립니다."

호스피스 (Hospice) 병동이란 죽음에 가까워진 환자분들이 평안한 임종을 맞을 수 있도록 통증을 줄여주고 심리적인 도움을 제공하는 특수병동이다. 더 이상 치료가 어렵다고 판단되는 환자분들이 본인의 죽음을 받아들이고 지난 삶을 정리하며 가족들과 마지막 시간을 보낼 수 있도록 도와주는 것이 이 병동의 목적이다. 치료가 '질병의 치료'에 집중되어 있던 옛날과는 다르게 치료의 개념이 '마음의 치료', 더 나아가 '영혼의 치료'까지 확장 되어 가면서 호스피스의 병동의 중요성은 더욱 커지고 있다.

질병의 치료는 의사의 영역이지만 마음과 영혼의 치료는 의사만의 영역 이 아니다. 그래서 호스피스 병동에는 의사와 간호사뿐만 아니라 다른 병 동에서는 보기 힘든 여러 직군의 사람들을 볼 수 있다. 심리 상담가, 자원 봉사자, 그리고 신부님과 수녀님까지. 환자분들을 도와드리기 위해 다양한 사람들이 호스피스 병동을 방문한다. 그분들이 진행하는 다양한 프로그램, 병실 곳곳에 적혀 있는 종교적인 문구들, 병실에 울려 퍼지는 클래식 음악. 호스피스 병동은 다른 병동들과는 다른 고유의 분위기를 가지고 있다.

통계와 과학을 기반으로 한 현대의학의 한계점을 종교의 힘으로 메워주 는 우리 병원의 시스템이 나는 늘 자랑스러웠다. 동시에 그동안 내가 편협 한 사고를 하고 있었다는 사실을 깨닫고 더없이 부끄러웠다. 나에게 있어 치료란 학교에서 그리고 병원에서 배웠던 의학이었다. 정신적인 부분은 정 신 건강 의학과에서 상담 치료와 약물 치료로 해결할 수 있을 거라 생각했 었다. 이 생각은 어찌 보면 오만 이었다. 살다 보면 인간의 힘으로 어쩔 수 없는 영역이 분명히 있었고 초월적인 존재에 의지해야 하는 때도 있었다. 비단 호스피스 병동만의 문제가 아니었다. 우리 병원 1층에는 성모 마리아 와 예수님의 석상이 있고, 작지 않은 규모의 성당도 있었다. 주말마다 미사 에 가시는 환자분들, 석상 앞에서 기도를 드리는 보호자들을 늘 보았음에 도 그들의 마음을 이해하려는 시도조차 하지 않았던 스스로가 참 못났다는

의사로 한번 살아보겠습니다

생각이 들었다.

입사 전 오리엔테이션 당시 교수님께서 하셨던 말씀이 떠올랐다. 임종 선언만큼은 가능한 한 빨리 해결해 드리라고. 의사가 임종 선언을 하고 사망진단서를 작성해야만 가족분들이 다음 절차로 진행하실 수 있다고. 임종 선언이 늦어질수록 가족분들은 병실에서 발이 묶인 채 아무것도 할 수 없다고 말이다. 나는 키보드 위에서 바쁘게 움직이던 손가락을 멈추고 자리에서 일어났다.

호스피스 병동으로 올라가는 엘리베이터 안에서 나는 여러 생각으로 머리가 복잡해졌다. 무엇보다도 내가 임종 선언이라는 무거운 업무를 할 자격이 되는 사람인가 하는 생각이 들었다. 그동안 미디어에서 접했던 임종 선언은 경력이 많으신 선생님들이 하시는 일이었다. 유족들의 마음을 보듬어주는 동시에 임종 상황을 잘 마무리할 수 있는 실력 있는 선생님들. 하지만 나는 고작 인턴이었다. 막내 의사인 내가 이런 중요하고 무거운 일을 맡을 자격이 되는 걸까 하는 생각이 끊임없이 들었다. 그러나 이 일은 내게 주어진 일이었고 중요하고 무거운 일인 만큼 잘 해내고 싶었다.

임종 선언은 일련의 과정으로 진행된다. 우선 심전도에서 심장 리듬이 없는 것을 확인한다. 그 후 동공 반사가 없음을 확인하고 심장 소리가 들리지 않는 것을 확인한다. 그 후 가족분들에게 임종 선언을 하고 환자분의 몸에 삽입되어 있던 여러 장치들을 제거한다. 나는 과정을 환자와 가족들을 뵙기 전 이 과정을 몇 번이고 되뇌었고, 경험이 많으신 호스피스 병동 간호사 선생님들께 궁금한 점들을 물어보며 도움을 받았다. 나는 심호흡 내쉬고 나를 기다리고 계신 분들이 있는 병실로 들어갔다.

무거웠다. 임종 선언을 하는 나의 마음도, 환자분의 마지막을 지켜보는 것도, 슬픔에 빠진 유족들을 바라보는 것도 너무나도 무거웠다. 사랑하는 가족을 떠나보내는 남은 이들의 슬픔, 세상을 떠나는 이의 마지막 길을 의사가 잘 이끌어주길 바라는 유족들의 마음 그리고 이 모든 과정을 머리맡에서 지켜보고 있을 것만 같은 환자분의 영혼. 물밀듯 밀려오는 여러 생각과 감정들이 나의 어깨를 짓눌렀다.

나는 환자분의 임종을 확인한 후 사망 날짜와 시간을 말하며 임종 선언을 했다. 그리고 환자분의 몸에 연결되어 있던 라인을 제거하려 하는 찰나 불현듯 이전에 읽었던 한 칼럼이 떠올랐다. 사람의 오감 중 청각은 가장 마지막까지 남아 있어서 사망 후에도 얼마간 소리를 들을 수 있다는 내용의 칼럼이었다. 이 내용이 사실인지 알 방법은 없었지만, 나는 가족분들에게 조금이라도 도움이 되고 싶었다. 나는 라인을 제거하며 가족분들에게 칼럼의 내용을 설명해드렸다. 그리고 환자분께서 편히 가실 수 있도록 마지막으로 한 마디씩 건네셔도 괜찮다는 말을 덧붙였다. 혹시나 떠난 가족이 슬퍼할까 감정을 억누르며 전하는 그들의 목소리가 나의 마음을 아프게 했다.

당직실로 돌아가는 길에 의사라는 직업의 무게에 대해서 생각했다. 의사는 너무나도 무거운 직업이었다. 의사가 환자의 삶과 죽음을 함께 하는 직업이라는 사실을 피부로 느꼈다. 의사는 환자를 삶의 궤도로 다시 올려놓기도 하지만 환자가 떠나는 마지막 곁을 지키기도 했다.

의사로 한번 살아보겠습니다

병마는 사람을 가리고 찾아오지 않았다. 국적도 성별도 심지어 나이도 가리지 않았다. 나는 여러 번 임종 선언을 하며 자녀의 마지막 모습을 바라보는 부모의 얼굴을 보아야 했고, 아버지의 마지막 모습을 바라보는 초등학생 자녀들을 보아야 했다. 사람의 눈으로 바라보았을 때 삶은 때로 너무나도 잔인하고 냉혹했다. 인생에는 사람의 힘으로 어쩔 수 없는 영역이 분명 존재했다. 나는 앞으로 어떤 태도로 인생을 맞이해야 할까. 생각이 깊어지는 밤이었다.

# 인턴은
# 술기 머신입니다

대학병원 인턴은 여러 가지 술기를 한다. 병원의 온갖 병실들을 돌아다니며 술기를 해온 덕에 술기 실력이 어느 정도 경지에 오른 인턴에게는 '술기 머신'이라는 별명이 주어진다. 기계처럼 한 치의 오차도 없이 빠르고 깔끔하게 일을 끝낸다는 이 별명은 인턴이 받을 수 있는 최고의 찬사이다.

인턴이 하는 술기는 드레싱[15]이나 동의서 받기처럼 간단한 것들이 있는가 하면 복수천자[16]나 척수 천자[17]처럼 난이도가 높은 것들도 있다. 어려운 술기 들은 환자분을 보러 가기 전에 다시 한번 공부하곤 했다. 인턴 생활 지침서인 『베스트 인턴』을 읽으며 이론을 공부했고, 우리 의료원에서 유튜

---

15 드레싱 : 상처나 수술 부위를 소독하고 외부에 노출되지 않게 하는 행위
16 복수천자 : 복강 내에 과다하게 고여있는 복수를 바늘을 통해 외부로 배액하는 행위
17 척수천자 : 뇌척수압을 측정하거나 검사 목적으로 뇌척수액을 채취하는 검사

의사로 한번 살아보겠습니다

브에 올린 영상을 보며 머릿속에서 시뮬레이션을 돌려보았다. 조금 번거롭더라도 이 방법이 환자와 의사 모두를 위한 길이라 생각하기 때문이다.

고난도 술기에 성공하면 기억에 오랫동안 남지만 그렇다고 가장 강렬한 기억으로 남는 것은 아니다. 여러 가지 의미로 해석될 여지가 있는 강렬한 술기는 나에게 있어 다름 아닌 '핑거에네마'이다. 핑거(finger)에네마(enema)은 이름에서 알 수 있듯이 손가락 관장이다. 이름마저 너무나도 직관적인 이 검사는 환자의 항문에 손가락을 넣어 꽉 막힌 변을 직접 제거하는 것이다.

살면서 대변을 직접 만져볼 기회가 얼마나 있을까? 반려동물 인구 1,500만 명의 시대에 살고 있는 지금, 산책을 하면 주인이 반려동물의 대변을 치워야 하니 아마 3명 중 1명 정도는 대변을 만져볼 기회가 있을 것이다. 그렇다면 사람의 대변을 직접 만져볼 기회가 있는 사람은 얼마나 있을까? 한술 더 떠서 아직 세상 밖으로 나오지 못한 변을 만져볼 사람은 얼마나 될까?

직장 괄약근의 벽을 넘지 못한 채 직장에 머무르고 있는 변은 상당히 위험한 녀석이다. 변비가 오랫동안 지속되면 환자의 건강에도 물론 좋지 않겠지만 대부분은 그 녀석을 꺼내는 사람에게 더 위협적이다. 거대한 벽에 가로막혀 바라던 꿈이 좌절되어 집 안에만 머무르는 사춘기 청소년 같은 이 숙변을 손가락으로 사정없이 꺼내는 것이 핑거에네마이며 이는 당연히 인턴의 업무이다. 그 녀석의 냄새는 가히 상상을 초월한다. 숙성될 대로 숙성되어 생긴 농축된 그 가스는 살아생전 내 코를 자극했던 모든 냄새 중에 가장 기억에 남을만한 것이었다.

4월의 어느 날 입원한 지 일주일이 넘었는데 한 번도 변을 못 보고 있다는 환자분이 계셨다. 관장약에도 불구하고 변을 보지 못했던 그 환자분은 나의 첫 핑거 에네마 환자가 되었다. 환자가 변을 보지 못하는 경우 단순 변비일 가능성이 제일 크지만, 다른 원인에 의해 이차적으로 생긴 증상일 수도 있기에 핑거 에네마를 하며 여러 가지를 확인해야 한다. 나는 항문 주위에 다른 병변은 없는지 자세히 보기 위해 환자분의 둔부에 얼굴을 가까이했고, 그 상태에서 아무 생각 없이 항문에 손가락을 넣었다. 손가락으로 생긴 작은 틈 사이로 새어 나온 묵직한 가스가 그대로 내 얼굴을 강타했다. 나도 모르게 '욱' 소리가 나왔다. KF94 마스크를 가볍게 뚫어버렸던 농축된 그 냄새는 가히 충격적이었다. 환자분께는 죄송한 일이었지만 내가 내뱉은 욱 소리는 조용했던 병실에 울려 퍼졌다.

변이 안 나온다며 병원에 오는 환자분들은 크게 두 가지 경우로 나뉜다. 변이 토끼 똥이나 작은 돌멩이처럼 딱딱하게 굳어서 나오지 않는 경우, 그리고 변이 딱딱하지는 않지만, 괄약근의 힘이 약해 나오지 않는 경우. 어떠한 형태로 병원에 오시던 우선 관장약을 시도해 본다. 걸쭉한 액체 형태로 만든 관장약을 시린지에 가득 채운다. 미숫가루 색을 띠는 시린지를 4~5개 정도 준비하고, 고무로 된 의료용 카테터를 환자의 직장에 삽입한다. 항문에 상처가 나지 않도록 부드러운 젤을 묻혀서 관을 넣고 그 안으로 관장약을 밀어 넣는다.

보통은 주사기에 힘을 주는 대로 쉽게 관장약이 들어가는데, 가끔은 아

74 　　　　　　　　　　　　　　　　　　　　　　의사로 한번 살아보겠습니다

무리 힘을 줘도 관장약이 들어가지 않는 경우가 있다. 이런 경우는 십중팔구 카테터의 머리가 커다란 구렁이 같은 변에 파묻혀서 그런 것이다. 그럴 때면 세심한 손길로 카테터의 방향을 조종해 다른 쪽으로 머리를 돌려야 한다. 성공적으로 관장액을 넣었다면 관장약이 항문 밖으로 새지 않도록 10분 정도 괄약근에 힘을 주도록 환자를 교육해야 한다. 하지만 내가 관장을 했던 환자분들 중 그 누구도 10분을 참지 못했다. 괄약근에 힘이 없는 환자분들은 얼마 지나지 않아 항문에서 노란 관장액이 줄줄 새어 나오기도 했다. 그럴 때는 거즈를 동그랗게 뭉쳐서 항문을 틀어막곤 했다.

내가 직접 관장약을 경험한 적은 없어서 잘은 모르지만, 환자분들의 말에 의하면 5분 버티는 것도 죽을 만큼 힘들다고 한다. 환자분들은 항문이 폭발하기 직전까지 변의를 참은 뒤 화장실에서 변을 보고, 성공적으로 변이 나왔으면 모두가 행복한 결말이다. 하지만 노란 관장액만 나오고 변이 나오지 않는 경우 나는 마음의 준비를 하며 주섬주섬 장갑을 찾기 시작한다.

핑거 에네마를 반복적으로 하다 보면 손끝의 감각이 발달하고 나만의 기술이 생긴다. 나는 나도 모르는 새에 만져지는 변의 양상에 따라 적합한 방법으로 변을 꺼내는 기술을 개발했다. 그렇게 나는 핑거 에네마 머신이 되었다.

딱딱한 변이 막혀 있는 경우는 내 손가락을 갈고리처럼 만들어서 변을 끌어와야 한다. 손가락을 이리저리 돌려가며 타깃을 정하고 쇠똥구리가 변을 굴리듯 항문 쪽으로 조금씩 변을 굴린다. 손가락으로 항문이라는 골대를 향해 변을 드리블해서 페널티 박스까지 오면, 손가락에 변을 하나 올려서 그대로 숏한다. 그렇게 손가락이 닿는 곳까지 만져지는 모든 변을 빼낸다. 얼추 변을 빼고 환자분의 아랫배를 꾸욱 누르면 딱딱한 변들이 다시 손가락이 닿는 곳까지 내려온다. 그렇게 말랑한 변들이 나올 때까지 계속 채굴하다 보면 옆에 놓인 휴지에 따끈따끈한 변들이 어느새 소원을 비는 석탑처럼 쌓여있다. 나는 그 작은 탑에다 '다시는 변비가 생기지 않으시기를 바랍니다.' 하고 잠시 기도한다.

부드러운 변에 하는 핑거 에네마는 마치 따뜻한 된장에 손가락을 담그는 것 같다. 딱딱한 변을 빼낼 때처럼 드리블하면 변이 다 흩어져 버리기 때문에 아이스크림 스쿱을 뜨듯이 손가락으로 한 스쿱 두 스쿱 떠내야 한다. 오랜 시간 뭉쳐진 탓에 거대한 구렁이가 되어버린 변은 상당한 인내심을 요구한다. 된장 한 통을 손가락 하나로 전부 떠내는 것처럼 수십 번에 걸쳐 변을 빼야 하므로 휴지도 장갑도 많이 필요하다.

어떤 환자이든 간에 핑거에네마를 하러 갈 때는 만반의 준비를 해야 한다. 숙성된 가스는 마스크 한 장을 가볍게 뚫고 들어오기 때문에 KF94 마스크를 두 장 쓰거나 N95 마스크를 쓰곤 한다. 그래도 작은 틈 사이를 노리는 가스를 전부 막을 수는 없다. 그래서 나는 차라리 나의 호흡을 조절하기로 했다. 고개를 돌려 숨을 크게 한 번 들이마시고, 숨이 턱 끝까지 찰 때까지 채굴한다. 숨을 내뱉고 또 숨을 참고를 반복하며 계속해서 돌탑을 쌓고, 된장을 퍼낸다. 나의 첫 핑거 에네마는 아찔했다. KF94 마스크 하나와 얇은 비닐장갑 한 장만 들고 당차게 병실에 들어갔던 그날의 기억은 아직

의사로 한번 살아보겠습니다

도 뇌리에 선명하게 남아 있다.

　과정은 어떨지 몰라도 결과물을 보면 그렇게 뿌듯할 수가 없다. 핑거 에네마는 내가 들인 노력만큼 결과가 정직하게 보인다. 이마에 땀이 맺힌 만큼 탑도 높이 쌓인다. 게다가 환자분이 확실히 편안해하시기 때문에 내 손가락이 큰일을 했다는 뿌듯함이 있다. 사실 핑거 에네마는 하는 사람보다도 당하는 사람이 더 불편한 술기이다. 아무리 손가락에 젤을 많이 묻힌다고 해도 다른 사람의 손가락이 본인의 항문에 들어오는 느낌이 좋을 리가 없을 테니까. 손가락 한 마디도 아니고 전체 마디가 모두 들어와 사정없이 직장 안을 휘젓는 건 상당한 고역일 것이다.

　살면서 누구나 한 번쯤 변비 때문에 고생한다. 여행을 가서, 이사를 가서 그리고 스트레스를 받아서 생기는 변비는 현대인과 떼려야 뗄 수 없는 운명의 파트너라고 할 수 있다. 나 역시 변비 때문에 고생했던 기억이 있다. 유치원을 다녔을 때의 기억이니까 굉장히 오래된 기억임에도 불구하고 얼마나 충격적이었는지 20년이 더 흐른 지금까지도 그 장면이 생생하게 기억난다. 이유는 모르지만 무언가 항문을 꽉 막고 있는 것처럼 아무리 힘을 주어도 변이 나오지 않았다. 배를 꾹꾹 눌러봐도, 심지어 요구르트를 10개나 마셔도 변이 나오지 않았던 나는 어쩔 수 없이 핑거 에네마를 받아야 했다.

　그 말 못 할 부끄러움과 불편함을 알기 때문에 나는 핑거 에네마를 할 때만큼은 평소보다 더 PPI에 신경을 쓴다. 우리는 먹고 소화하고 변을 누는 것을 너무나 당연하게 생각한다. 하지만, 이 생리작용이 누군가에게는 간절히 바라는 것이라는 사실을 생각하며 늘 감사해야 한다.

　수많은 술기를 하는 인턴에게 성실함은 중요하다. 대부분의 인턴 업무는 기본적인 의학지식이 있고 성실하다면 어느 정도 문제없이 해결할 수 있는 것들이다. 의사 면허를 취득한 지 얼마 안 된 신입 의사들에게 무거운 업무를 지우는 건 병원에게도 인턴에게도 모두 부담일 수밖에 없다. 하지만 성실함 못지않게 판단력 또한 중요하다. 인턴은 들어오는 수많은 콜 가운데 바로 달려가야 하는 일과 그렇지 않은 일들을 구분해야 한다.

　병원에는 급한 일들이 많다. 당장 혈액 검사 결과가 필요하기도 하고, 갑자기 가슴 통증을 호소하는 경우엔 당장 심전도를 촬영해야 한다. 발바닥에 땀이 나도록 뛰어다녀도 중요한 일들을 제때 처리하는 것만으로도 급급하다. 그래서 급하지 않다고 판단한 일들은 여유가 생길 때까지 속절없이 밀리곤 한다. 보통 이런 처지에 놓이는 일들의 대다수가 바로 드레싱이다.

　드레싱이란 상처의 치유 속도를 빠르게 하고 상처가 있는 부위에 추가적인 위해가 가해지지 않도록 보호하는 거즈나 반창고를 의미한다. 그러니 병원에서 드레싱을 해달라는 것은 상처 부위를 소독하고 그 위에 거즈나 반창고 같은 드레싱 제제를 붙이는 과정을 붙여달라는 뜻이다. 사실 드레싱이 어려운 일은 아니다. 인턴이 하는 일 중 가장 쉬운 일이 드레싱이다. 상처 부위를 확인하고 적합한 방법으로 소독한 뒤에 다시 덮어주면 되는 간단한 일이다. 그러나 그렇다고 해서 드레싱이 금방 끝나는 것은 아니다.

　　　　　　　　　　　　　의사로 한번 살아보겠습니다

작은 상처가 한두 개 있는 경우, 혹은 기관 절개관[18]이나 중심 정맥관[19] 삽입 부위를 드레싱 하는 경우에는 게 눈 감추듯 빨리 끝낼 수 있다. 하지만 바람이 스치기만 해도 통증이 인다는 통풍 발작이 양측 손발에 있는 경우 드레싱을 하는 데 거의 20분이 걸린다. 이미 부착된 드레싱 제제를 조심스레 떼어내고 손가락과 발가락 사이사이를 소독한다. 그 후 손가락과 발가락 사이사이에 거즈를 끼우고, 솜으로 손과 발 전체를 감싼 후 마지막으로 탄성 밴드를 감는다. 환자분이 너무 아파하시기 때문에 조금씩 쉬어가며 말이다.

전신에 물집이 생겼던 환자분의 경우에는 간호사 선생님과 함께 드레싱을 했음에도 30분이 걸렸다. 전신에 있는 물집을 하나하나 거즈로 닦고 소독한 뒤 그 위에 거즈나 드레싱 제제를 붙였다. 드레싱을 끝내고 휴대폰을 확인해 보니 그동안 콜이 산더미처럼 쌓여 있었다.

하루에 수십 개씩 해야 하는 드레싱은 아픈 손가락이다. 빨리 해드리고 싶어도 드레싱보다 급한 일이 너무 많아서 짧게는 한두 시간, 길게는 하루 종일 밀리곤 한다. 아침에 드레싱 해드리던 환자분에게 해가 지고 나서야 드레싱을 해드렸던 적이 한두 번이 아니었다.

그러나 급하지는 않더라도 드레싱은 중요한 일이다. 우리 병원에 입원했던 환자의 케이스이다. 환자분은 타 병원에서 여러 차례 암 수술을 한 뒤

---

18 기관 절개관 : 인공적으로 호흡을 도와주고 산소를 공급하기 위해, 기관을 절개하고 기도에 삽입하는 관
19 중심 정맥관 : 채혈 또는 약물 주입을 목적으로 중심 정맥관에 삽입하는 관

소장 이식이 필요한 환자였다. 이미 장이 유착[20]되어 있었고 장피부누공[21]까지 생겨 여러 병원에서 더 이상의 치료가 어렵다고 판단했었다. 끝까지 희망을 놓지 않았던 환자분은 우리 병원에 입원하여 치료받고 싶다는 의사를 밝혔고, 담당 교수님께서는 끝까지 최선을 다할 것을 약속하셨다. 수술한 뒤 병원 의료진들은 드레싱에 총력을 가했다. 드레싱이 필요한 부위가 얼마나 큰지 혼자 할 때면 40분, 서너 명이 함께하면 20분씩 걸리는 드레싱을 하루에 적어도 두 번, 많으면 네다섯 번까지도 매일 시행했다. 인턴과 간호사 선생님, 전공의와 교수님까지 환자를 위하는 마음 하나로 끝이 보이지 않는 길을 묵묵히 걸으며 최선을 다해 드레싱을 했다.

그러자 힘들어 보이던 상처 부위에 점차 새살이 차올랐고, 환자분은 입원 당시와는 비교도 안 될 정도로 회복되어 갔다. 물론 수술과 약물치료 등 여러 치료가 핵심적인 역할을 했지만, 드레싱 또한 환자의 회복에 적지 않은 영향을 준 것 또한 사실이었다.

성형외과에 근무하며 또 한 번 드레싱의 중요성을 느꼈다. 거동이 불편하거나 오랜 시간 누워서 치료받는 환자분들은 뼈가 돌출된 부위에 지속해서 압력이 가해진다. 압력이 혈액순환을 방해하면 그 부위가 점차 괴사되기 시작하면 끝내 욕창이 생긴다. 나는 내가 담당한 환자분의 욕창 부위를 매일 소독하고 드레싱 제제를 붙인 후 사진을 찍어 경과를 관찰했다.

매일 같이 드레싱을 하고 사진을 찍기를 반복하던 어느 날, 사진을 정리

---

20 유착 : 조직이 섬유소나 섬유 조직과 연결되어 서로 붙어버리는 증상
21 장피부누공 : 장과 피부가 달라붙어 그사이에 길이 생기는 증상

의사로 한번 살아보겠습니다

할 겸 환자분의 욕창 부위를 시간 순서대로 나열해 보았다. 매일 보던 상처 부위라 알아채지 못했지만 지난 2주일 동안 상처 부위가 눈에 띄게 회복되어 있었다. 나도 모르는 새에 상처 부위의 진물이 줄어들고 분홍색 새살이 차올라 있었다. 나는 드레싱을 통해 아무리 간단한 일이라도 병원에서 하는 일에는 무엇 하나 의미 없는 일이 없다는 사실을 배웠다. 끊이지 않는 드레싱, 핑거 에네마, 동맥혈 채혈, 복수 천자, 비위관 삽관 등등 오늘도 나는 술기 머신이 되기 위해 노력한다.

# 응급실의 불은
## 꺼지지 않습니다

응급의료센터, 즉 응급실은 연중무휴, 365일, 24시간 열려 있다.

'응급실이니까 당연히 그래야지, 그러라고 있는 응급실인데.', '편의점도 24시간 운영하는데 당연한 거 아니야?'

많은 사람이 이렇게 생각하고 있을 것이다. 틀린 말은 아니다. 사람의 생명과 관련한 응급상황은 언제 어디서나 생길 수 있다. 교통사고가 나거나, 넘어지거나, 화상을 입거나, 갑자기 몸에 힘이 빠지거나, 가슴이 아프거나, 배가 아프거나 등등 수많은 이유로 낮이든, 밤이든 언제든지 진료가 필요한 환자들이 생길 수 있다. 그런 환자들을 치료할 수 있는 곳은 대한민국 어디에나 반드시 존재해야 한다. 그러므로 어느 병원이든 응급실의 불은 24시간 꺼지지 않고, 그곳에는 수많은 숙련된 의료진들이 자리하고 있다.

한 사람이 365일 24시간 근무할 수는 없으므로 응급실에서 근무하는 의

의사로 한번 살아보겠습니다

료진들은 일정 시간마다 교대한다. 간호사 선생님도, 인턴도, 전공의 선생님도, 교수님도 한 분이 퇴근하면 동시에 한 분이 출근하는 시스템 덕분에 응급실의 불은 꺼지지 않는다.

옛날 영화를 보면 달리는 증기기관차에서 얼굴에 숯 검댕을 가득 묻힌 채 석탄을 퍼 나르는 사람들이 등장한다. 나는 기차가 응급실, 석탄은 의료진이라고 생각한다. 의료진들은 언제는 낮에, 언제는 밤에 일하느라 생체 리듬이 깨지고 일촉즉발의 상황이 자주 발생하는 응급실의 특성상 근무하는 내내 촉각을 곤두세워야 한다. 본인의 몸을 불살라 응급의료 시스템을 유지하는 의료진들의 희생 덕분에 오늘도 우리는 건강하게 살아갈 수 있다.

응급실에서 근무를 시작하고부터 이 훌륭한 의료시스템이 결코 당연하지 않다는 사실을 더욱 뼈저리게 느끼고 있다. 새벽이 조금씩 걷히는 시간, 나는 간밤의 폭풍이 휩쓸고 난 후 고요하다 못해 적막해진 트리아지[22] 룸으로 들어간다. 그곳에는 나이트 근무로 밤을 꼬박 새운 동기가 있다. 다크 서클이 턱 끝까지 내려온 채 텅 빈 눈빛을 하고 있던 동기는 나를 보고선 눈가에 생기가 차기 시작했다. 내가 출근했다는 건 동기가 퇴근할 시간이 되었다는 뜻이니까. 나는 지난밤 고생했던 동기의 등을 토닥였고 동기는 나에게 뒤를 부탁한다며 기쁜 발걸음으로 응급실을 나간다. 나는 아직 온기가 남아 있는 의자에 앉아 지난밤 어떤 환자들이 왔었는지, 지금은 어떤 환자들이 있는지 응급실 차트를 살펴본다. 동기가 남긴 처절한 흔적들

---

22 트리아지 : 응급상황의 치료 우선순위를 정하기 위한 환자 분류체계

PART 1 드디어 꿈꾸던 의사가 되었습니다

을 들춰보곤 오늘은 제발 편안하기를 기도하며 하루를 시작한다.

응급실에는 다양한 이유로 다양한 연령대의 환자들이 내원한다. 외상, 약물중독, 어지러움, 흉통, 복통 등등 셀 수도 없이 다양한 원인으로 1살짜리 아기부터 90세 노인까지 응급실에 내원한다. 응급실 근무는 응급실이 아닌 다른 과에서 근무하는 것과 그 결이 달랐다. 다른 과에서 근무할 때는 교수님들께서 차트에 적어두신 진단명을 보고 검사 결과와 증상을 진단명에 맞춰가며 환자를 보았다. 즉 정답을 보고 이유를 찾아내었다. 하지만 응급실에서의 근무는 그 반대였다. 환자분을 문진하고, 신체 진찰을 하면서 진단을 내려야 했다. 마치 국가고시 실기시험 같았다.

국가고시 실기 시험은 '54세 여성 환자 복통을 주소로 내원하였다. 활력징후[23]는 안정적이다.'라는 식으로 문제를 준다. 그러면 나는 복통을 일으킬 수 있는 소화기 질환, 여성질환 등 여러 가지를 떠올리며 적절한 질문을 통해 진단해야 했다. 다만 응급실 근무가 시험과 다른 점이 있다면 진단을 한 뒤 응급의학과에서 자체적으로 처치가 가능한 환자인지 아닌지, 타과에 의뢰해야 하는 환자인지, 응급상황인지 아닌지를 판단해야 했다.

물론 이 모든 과정은 응급의학과 교수님을 주축으로 이뤄진다. 인턴의 일은 교수님의 진료 내용을 차트에 기록하고 환자에게 추가로 필요한 질문 몇 가지를 하는 것이다. 그러나 교수님의 질문 의도를 파악하고 진료 흐름

---

23 활력징후 : Vital sign이라고도 부르며 혈압, 심박수, 호흡수, 체온 등의 측정값

의사로 한번 살아보겠습니다

을 따라가는 것만으로도 많은 공부가 된다. 모방은 창작의 어머니라고 했던가. 내가 독자적으로 진료할 실력을 갖추기 전까지 나는 교수님들께서 진료하시는 모습을 철저하게 학습해야 했다.

인턴의 일은 여기서 끝이 아니다. 교수님께서 환자에게 필요한 검사를 내면 즉시 환자에게 가서 검사해야 했다. 환자들은 트리아지 룸으로 끊임없이 들어오고, 해야 할 검사들은 밀려있다. 응급실 인턴이 두 명이라면 차트 기록과 검사를 한 명씩 나누어서 하면 되는데 인턴이 한 명일 때는 모든 일을 혼자서 해야 했다. 끊임없이 뛰어다니지 않으면, 아니 끊임없이 뛰어다녀도 시간이 부족했다. 에너지바로 식사를 해결하고 화장실을 30초 만에 다녀오더라도 일을 해치우는 속도보다 쌓이는 속도가 빨랐다. 이럴 때면 아무것도 못 하면서 나만 따라다니는 내 그림자가 원망스럽기만 했다.

그러다가 평소에는 잘만 하던 술기에 계속 실패할 때면, 연료가 바닥을 찍어 불안불안하던 자동차가 끝내 멈춘 듯한 기분이 들었다. 본인 일도 많을 텐데 도움을 요청하는 내 카톡에 곧바로 내려와 나를 도와주었던 동기들이 없었다면 나는 이미 쓰러진 채로 발견되었을 것이다. 이렇게 훌륭한 동기들과 함께 일할 수 있다는 사실에 진심으로 감사한다.

전쟁 같았던 오늘의 근무가 끝났다. 해가 뜨기 전에 출근했고 해가 져갈 때 집으로 돌아간다. 씻고 식사하고 내일을 준비하면 금세 잠이 들 시간이 된다. 내가 그토록 자신 있던 체력도 응급실 근무 앞에서는 무릎을 꿇고 말았다. 침대에 누우면 기절하다시피 눈을 감는다. 지방 사람의 눈이 휘둥그레질 정도로 비싼 월세를 내고 자취방을 구했건만 집에서는 자고 씻는 것 말고는 하는 것이 없다. 심지어 집까지 갈 기운도 없는 날에는 당직실 침대에서 잠을 자곤 한다.

눈을 뜨면 오늘과 똑같은 하루가 시작될 것이다. 365일 24시간 불이 꺼지지 않는 응급실에서 근무하다 보니 오늘이 며칠인지, 오늘이 무슨 요일인지 전혀 모른 채 살아가고 있다. 나의 유일한 관심사는 내일이 데이 근무인지 나이트 근무인지 뿐이다. 하루하루가 벅차고 힘들지만, 지금까지의 경험과 앞으로 쌓일 경험들이 나를 실력 있는 의사로 만들어 줄 거라 믿으며 오늘 하루도 버텨본다.

# 내가 환타라고요?

병원에서 일하는 사람들은 여러 가지 미신을 믿는다. 특정 음료수를 마시면 환자가 많아지고, 특정 음식을 먹으면 좋지 않은 기운이 감도는 등등. 여러 재미있는 미신 가운데 모두가 입을 모아 가장 피하고 싶어 하는 것은 다름 아닌 '환타'다. 유명한 음료수의 상품명이기도 한 환타는 병원에서 '환자를 타는 사람'이라는 뜻으로 사용된다. 환타인 사람이 출근만 하면 환자가 많아지고, 중증도가 높은 환자들이 입원한다. 에이 세상에 그런 게 어딨느냐고? 과학적으로 검증 안 된 미신일 뿐이라고? 나도 믿고 싶지 않았다. 내가 직접 경험해 보기 전까지는 말이다.

믿고 싶지 않지만 나는 환타다. 슬프게도 나는 중증 전문 인턴이라는 별명까지 있다. 내가 그 과에서 근무하기만 하면 입원 환자 수가 많아졌고 당직을 서는 날이면 이상하리만큼 응급상황이 생겼다. 눈에 보이지 않는 안 좋은 기운이라도 있는 걸까, 병원과 궁합이 별로인 걸까. 아무리 갈증이 나더라도 환타 음료수는 쳐다도 안 보는 내게 이런 슬픈 운명이 찾아왔다.

행간에는 의사가 평생 볼 환자의 수는 정해져 있다는 말이 있다. 주위 사람들은 인생은 조삼모사라며 전공의 시절에 환자를 많이 보면 전문의가 된 후에는 환자를 덜 보게 된다고 나를 위로했다. 미래의 나를 위해 지금의 내가 고생한다고 생각하면 마음은 편했지만 당장 눈앞에 놓인 응급상황들은 늘 부담스러웠다. 차라리 내가 어느 정도 경지에 올랐을 때 환자를 많이 보는 게 나을 텐데. 그러나 환타의 운명은 내가 벗어나려고 해서 벗어날 수 있는 것이 아니었다.

외과 인턴으로 근무할 때였다. 외과 레지던트 선생님들이 안 계셨던 우리 병원은 응급실에 환자가 오면 우선 인턴이 진료를 보았다. 마침, 외과 인턴이 두 명이었기에 하루씩 번갈아 가며 응급실 환자를 보았고, 이건 누가 환타인지 객관적으로 알아볼 수 있는 좋은 기회였다.

내가 응급실을 보는 어느 날, 외과 병동에서 드레싱을 하던 중 휴대폰에 알람이 울렸다. 'r/o Acute appendicitis[24]로 진료 의뢰 드립니다.' 올 것이 왔구나. 나는 드레싱을 정리하고 7층이던 외과 병동에서 1층에 위치한 응급실을 내려가기 시작했다. 병동에서 나와 엘리베이터 앞에 서자 알람

---

24 Acute appendicitis : 급성 충수돌기염, 흔히 맹장염이라고 불리는 질환으로 맹장 선단에 붙은 충수돌기에 염증이 생기는 질환

의사로 한번 살아보겠습니다

이 한 번 더 울렸다. 'Ileus[25], r/o small bowel perforation d/t foreign body[26]로 진료의뢰 드립니다.' 엘리베이터에서 내리고 응급실 문 앞에 서자 알람이 한 번 더 울렸다. 'r/o Acute cholecystitis with GB stone[27]로 진료의뢰 드립니다.' 눈앞이 캄캄해졌다. 응급실 차트에 연속으로 세 번이나 적힌 내 이름을 보고 도와주러 내려온 짝턴이 아니었더라면 그날 쉽지 않은 하루를 보냈을 것이다.

내가 당직을 서는 날이면 이상하리만큼 밤샘 수술이 많았다. Panperi-tonitis d/t bowel perforation[28] 같이 응급 환자분들은 내가 당직을 서는 날만 골라서 병원에 오시는 것만 같았다. 새벽 내내 수술 어시스트를 서고 나면 세상은 벌써 환해져 있었다. 간신히 눈곱만 떼어내고 오전 회진을 돌기 위해 병동에 올라가면, 안쓰럽게 나를 보는 간호사 선생님들이 에너지 음료를 건네주곤 하셨다.

비뇨의학과 인턴 때도 마찬가지였다. 당직 근무를 하던 밤, 응급실에 온 환자를 노티하기 위해 교수님께 전화를 드렸다. "아 오늘 네가 당직이야? 아이고 오늘 자기는 글렀네." 하시던 교수님들. 새벽에 수술방으로 달려오셔야 했던 교수님들은 수술 가운을 입으시며 "역시 너는 환타야." 하며 나

---

25 Ileus : 장폐색, 여러 이유로 장의 연동운동이 둔화하거나 물리적으로 장이 막히는 등 음식물이 소화되지 못하고 가스가 빠져나가지 못하는 질환
26 small bowel perforation d/t foreign body : 장의 이물로 인한 소장천공, 장내의 이물로 인해 소장에 구멍이 생기는 질환
27 Acute cholecystitis with GB stone : 담석이 동반된 급성 담낭염, 쓸개라고 불리는 담낭에 생긴 염증과 쓸개돌이 동반된 경우
28 Panperitonitis d/t bowel perforation : 장 천공에 의한 복막염, 장에 생긴 구멍으로 장 내용물이 새어 나와 전반적인 복막에 염증이 생기는 질환

를 인정 해주셨다.

거스를 수 없는 슬픈 운명이지만 환타로서 좋은 점도 있다. 환자를 많이 보며 경험이 쌓였다. 이전에도 말했듯이 인턴은 본인이 할 수 있는 영역과 할 수 없는 영역을 빠르게 구분해야 한다. 내가 할 수 없는 영역들은 선생 님들과 교수님들께 늦지 않게 도움을 요청해야 한다.

내가 담당했던 환자의 활력징후가 처음 흔들렸던 날 내 머릿속은 새하얘 졌고 눈앞은 깜깜해졌다. 당장 처치해야 할 것은 산더미인데 머릿속에 도 저히 정리가 안 되었다. 당장 급한 대로 응급처치를 한 뒤 바짓가랑이를 잡 는 심정으로 주위 모든 사람에게 도움을 요청했다. 어떤 순서대로 혈압을 높여야 하는지, 약물은 얼마나 투여해야 하는지, 필요한 검사는 어떻게 예 약해야 하는지 하나부터 열까지 알면 아는 대로 모르면 모르는 대로 온 병 원을 뛰어다니며 배웠다. 상황마다 어떻게 해야 하는지 매뉴얼로 정리되어 있는 게 아니었기에 직접 발로 뛰며 상황을 해결해야 했다. 내과, 영상의학 과, 응급의학과, 중환자실 등등 생각나는 모든 곳에 연락하고 또 찾아가 도 움을 구했다. 수많은 선생님께서 도움을 주신 덕분에 환자분은 중환자실로 옮겨져 적합한 치료를 받을 수 있었다. 얼마 후 상태 회복된 환자분은 병실 로 옮겨졌고 며칠이 지나지 않아 퇴원할 수 있었다.

여러 번 비슷한 경험을 하다 보니 상황을 어떻게 해결해야 하는지 머릿 속에 정리되었다. 병원의 시스템을 이해했고, 어떤 순서로 일을 처리해야 하는지 배웠다. 같은 상황을 다시 마주했을 때 대응하는 속도가 빨라졌고,

침착할 수 있게 되었다. 여전히 부족한 점이 많지만 처음 그날과 비교하면 장족의 발전을 이루었다.

환타의 반대개념으로 '환피'가 있다. 환자를 피하는 사람이라는 뜻으로 우리 병원에서는 '환피'라는 용어를 사용하지만, 다른 병원에서는 다른 용어를 사용할 수도 있다. 병원 용어는 사투리와 일맥상통하는 점이 있어서 똑같은 의미라도 병원마다 쓰는 용어가 다른 경우가 많다. 이 또한 재미있는 병원의 문화이다.

인턴으로 일하는 동안 환피 동기들이 부러웠던 건 사실이다. 내가 저 과에서 근무했을 때는 이렇게 여유롭지 않았는데, 왜 이 형이 있을 때는 이렇게 한가하지? 그러나 이 세상에 편한 인턴은 없다는 사실은 알고 있다. 모두가 힘들고, 그중 조금 더 힘든 인턴이 있을 뿐이다. 그리고 나는 대부분 조금 더 힘든 인턴이었다. 내 사주팔자에 올해 환자가 가득하다면 그저 받아들일 수밖에. 닥쳐오는 상황에 늘 최선을 다하고 어려움을 배움의 기회로 승화시킬 것이다.

# 인턴 S의 이야기

**Q. 처음 인턴으로 근무를 시작했을 당시 어떤 마음이었나요?**

Int. S    모든 것이 막막했죠. 제 인생 처음 해보는 직장생활이면서 의사로서 세상에 내딛는 첫 발자국이었으니까요. 저 역시 다른 학교 출신이에요. 경험해 보지 못한 병원, 새로운 시스템과 환경에 어떻게 적응해야 할지 걱정이 많았죠. 여러 동기와 이 의료원에 지원했지만, 저와 같은 병원으로 배정된 대학 동기는 없었어요. 아는 사람 하나 없는 곳에서 잘 적응할 수 있을지, 새로 만나는 사람들과 부대끼며 잘 지낼 수 있을지, 그리고 무엇보다 일을 잘할 수는 있을지 말이에요.

입사하기 전, 신입 인턴 오리엔테이션에서 전산 시스템 교육을 받았지만 실제로 일하는 데 필요한 내용들과는 많이 달랐어요. 필요한 검사 결과는

의사로 한번 살아보겠습니다

어떻게 확인하는지, 처방은 어떻게 내는지, 서류발급은 어떻게 하는지 등등 지금 생각하면 단순한 일이지만 처음에는 참 많이 버벅거렸죠. 간단한 처방, 간단한 서류 발급이라도 처음에는 몇 번씩 확인했고, 조금이라도 헷갈리는 게 있으면 간호사 선생님께 여쭤보곤 했어요. 처음이지만 실수하지 않으려고 노력했죠.

세상 모든 일이 그런 것 같아요. 처음에는 힘들다가도 적응이 되면 금세 괜찮아지더라고요. 무엇보다도 함께하는 동기들의 도움이 컸어요. 동기 사랑 나라 사랑이라는 말이 괜히 전해 내려오는 게 아니었죠. 좋은 동기들의 도움 덕분에 지난 1년을 잘 버텨올 수 있었어요.


Q. 인턴 생활 중 힘들었던 기억은 무엇이 있나요?


Int. S     근무 첫날의 기억이 아직도 선명해요. 저는 3월에 흉부외과에서 근무했어요. 심지어 근무 첫날인 3월 1일 당직이었죠. 처음 하는 일이라 버벅거렸기 때문에 해가 질 때까지 밥도 못 먹고 일을 했죠. 제때 일 처리를 하는 게 밥을 먹는 것보다 더 중요하니까요. 그렇게 첫날이 마무리되나 싶었는데 밤에 응급실에 환자 한 분이 오셨어요. 교수님께 환자의 상태를 확인하시더니 응급수술을 해야 한다고 말씀하셨어요. 우리 병원 흉부외과는 전공의 선생님들이 안 계셔서 동의서의 일부분은 인턴이 받아야 했어요. 동의서를 받기 전에 그동안 배웠던 모든 지식을 총동원해서 환자와 보호자께 설명할 내용들을 미리 숙지했어요. 갑자기 생긴 응급수술인 만큼 환자와 보호자들도 당황스러우실 테고 궁금한 것들이 많을 테니까요.

그렇게 마음을 가다듬고 나서 전자 동의서 패드를 들고 환자분께 갔어요. 환자분이 누워있는 베드에는 커튼이 쳐져 있었고 그 안에서 교수님의 목소리가 들렸죠. 교수님께서는 환자와 보호자께 현재 상황과 수술의 중요한 내용들을 직접 설명하고 계셨어요. 교수님의 말씀이 끝나기를 기다리며 커튼 밖에서 설명을 듣고 있었는데, 수술을 하더라도 소생 가능성이 50%가 채 안 된다고 설명하시는 거예요. 그 설명을 듣고 있으니 덩달아 저도 긴장이 되더라고요. 지금 정말 위험한 상황이구나, 수술이 성공적으로 끝나야 할 텐데. 교수님께서 자리를 비우신 후, 나머지 필요한 동의서를 최대한 조심스럽게 받았어요. 더 마음이 쓰여서 최대한 자세하게, 또 친절하게 설명하려고 노력했어요. 정말 다행히도 수술은 잘 끝났고, 한 달 뒤에 그 환자분은 걸어서 퇴원하셨어요. 정말 잊지 못할 기억입니다.

체력적으로는 휴가 가기 바로 전주가 가장 힘들었어요. 인턴은 1주일씩 휴가를 떠나요. 하지만 휴가를 떠나더라도 한 달에 서야 할 당직 근무 숫자는 그대로죠. 휴가 기간에 서야 할 당직 근무를 나머지 3주 동안 나눠서 더 서야 해요. 어떻게 보면 조삼모사인 거죠. 그러다 보니 휴가를 제외한 나머지 주 동안 연속 36시간 근무를 정말 많이 했어요. 심지어 일이 가장 많다고 소문난 신경외과 인턴이라 근무하는 36시간 동안 중간에 쉬는 시간이 거의 없었어요. 살면서 체력적으로 가장 지쳤던 한 달이었죠. 몸이 힘드니 정신도 지치더라고요. 건강한 신체에 건강한 정신이 깃든다던데, 저는 정

반대의 한 달을 보냈었죠. 지친 신체에는 지친 정신이 깃들더라고요. 휴가 전날까지 뜨거운 일상을 보내고 저는 템플스테이를 떠났어요. 생각할 시간도 필요했고, 바쁜 일상에서 벗어나고 싶었거든요. 다행히도 속세에서부터 벗어난 저의 첫 휴가는 무척 성공적이었어요. 아직도 생각날 정도로 행복한 시간을 보냈죠. 그 휴가가 없었다면 인턴을 잘 마무리할 수 있었을까 싶네요. 하하.

정신적으로는 환자분들에게 욕을 들었을 때 힘들었어요. 상황이 좋지 않아서 여러 가지 시술이 필요했던 환자분이 계셨어요. 시술 동의서는 인턴이 받기 때문에 제가 환자분을 여러 번 찾아가 시술들을 설명하고 동의서를 받았죠. 환자분도 많이 답답하셨나 봐요. 그 마음이 이해가 가요. 계속 검사와 시술을 반복하니까 본인의 상태가 많이 걱정되셨겠죠. 동의서 설명을 듣던 중, 본인의 화에 못 이기셨던 환자분은 언제까지 검사를 할 거냐며 저에게 폭언과 욕설을 뱉으셨어요. 저로서는 굉장히 당황스럽고 억울했죠. 필요하다고 교수님께서 판단하신 검사를 제가 설명해 드렸던 건데, 환자분께서는 제가 자꾸 검사를 추가 하는 줄 아셨나 봐요. 이해는 되지만 이게 내 잘못인가, 그렇게 폭언을 들을 만한 일인가 생각이 들어 너무 속상했어요.

Q. 인턴 생활 중 좋았던 기억은 무엇이 있나요?

Int. S    퇴근 후 친한 동기들과 함께하던 시간이 제일 좋았어요. 술 한 잔 기울이며 병원 주위의 맛집이란 맛집은 전부 다녔거든요. 동기들과 함께 가던 고깃집과 횟집이 떠오르네요. 상반기에 근무했던 병원은 인턴 수가 아주 적었어요. 병원 크기에 비해 터무니없이 적은 인턴이 배정되었죠. 그래서 인턴 한 명 한 명이 해야 하는 일이 많아 다른 병원들에 비해 일이 힘들었어요. 돌이켜보면 그 시간이 있었기에 실력이 많이 늘 수 있었지만, 힘든 건 힘든 거였죠. 고된 하루를 끝마치고 동기들과 함께 들이키는 맥주 한 잔은 세상 그 무엇과도 바꿀 수 없어요.

환자와 보호자들께서 감사를 표현해 주셨을 때도 무척 기뻤어요. 인턴은 한 달마다 근무하는 과가 바뀌어요. 한 달의 근무를 마무리하고 다른 과로 근무를 옮기기 전날이었어요. 검사나 드레싱으로 매일 얼굴을 보던 환자의 보호자께서 한 달 동안 너무 감사했다고 말씀하셨어요. 그때는 제가 처음으로 주치의 업무를 맡았던 때였어요. 모르는 것도 많고 익숙하지 않은 것들도 많아서 힘든 시기를 보내고 있었는데, 보호자 분의 감사의 한마디가 정말 큰 힘이 되었죠. 의사로서 느낄 수 있는 가장 큰 보람과 행복이 이런 거구나 싶었습니다.

**Q. 레지던트를 지원할 때 어떤 기준으로 과를 선택했나요?**

Int. S    저는 두 가지가 중요하다고 생각해요. 실제로 제가 과를 선택할 때도 이 기준들을 고려했어요. 수술을 하는지, 그리고 환자를 직접적으로 보는지요. 인턴을 시작할 때, 저는 수술과를 생각하고 있었어요. 학생 실습을 할 때 수술과가 꽤 재미있었고, 주변에서 저와 잘 어울린다고 말해주었죠. 하지만 학생 때 보는 것과 실제 수술과에서 근무하는 것은 천지 차이였어요. 여러 수술과에서 근무를 하며 제가 생각보다 수술방과 잘 안 맞더라고요. 하루 종일 서서 수술하기보다는 환자분의 검사 결과를 보며 원인을 추론하고, 알맞은 약과 처치를 선택하는 게 더 좋았어요. 병동을 돌아다니며 환자분들과 이야기하는 것도 좋았고요. 저는 수술방보다는 병동에서 에너지가 생기는 사람이라는 것을 인턴으로 근무하면서 깨닫게 되었어요.

수술과를 생각하며 입사했던 저는 결국 내과를 선택했어요. 새롭게 알게 된 저의 성향이 내과에 잘 맞는 것도 있었지만, 제가 경험했던 한 케이스가 결정적인 계기가 되었죠. 주치의로 근무하던 어느 날, 제가 담당했던 환자 한 분이 심정지가 생길 뻔했던 적이 있어요. 정말 무서웠지만 마음을 진정시키고 우선 교수님께 노티를 드렸어요. 그 뒤에 내과 전공의 선생님들께 연락을 드려서 필요한 조치들을 하나씩 하기 시작했어요. 기관 삽관을 하고, 수액 속도를 조절하고, 승압제를 쓰고, 중환자실로 환자분을 옮겼어요. 거기에다 혈액 검사 결과에 맞는 약을 쓰고 나니 얼마 지나지 않아서 환자분의 활력징후가 회복되었죠. 뭐라 말로 표현하기 힘든 고양감, 전율, 안도감 등등 여러 감정이 들더라고요. 그때가 바로 내과 의사를 해야겠다는 확신이 들었던 순간이었어요.

## Q. 우수한 인턴이란 어떤 인턴이라고 생각하나요?

Int. S    빠르고 정확한 인턴이요. 이 두 가지가 인턴 생활에 가장 중요해요. 상황이 급할 때는 술기이든 동의서이든 바로바로 처리되어야 하거든요. 인턴을 하다 보면 감이 오겠지만, 일이 많을 때 급한 일인지 아닌지부터 빠르게 판단해야 해요. 이게 핵심이죠. 검사 결과가 지금 당장 필요한 술기부터, 또 응급 시술이나 수술에 필요한 술기부터 빠르게 처리하는 인턴이 우수한 인턴이죠.

그러면서 동시에 정확하게 해야 해요. 한마디로 사고를 치지 않아야 합니다. 처음 인턴을 시작할 때는 일이 손에 익지 않다 보니 정석대로, 또 조심해서 술기를 하기 때문에 사고가 거의 나지 않아요. 하지만 역설적이게도 일이 손에 익고 실력이 늘면 사고가 나요. 마음이 풀어지니까요. '지금까지 잘 해왔으니 별일 없겠지.'라는 생각이 들 때가 제일 위험할 때예요. 그 마음을 경계해야 해요. 등산도 올라갈 때보다 산에서 내려갈 때 더 많이 다친다고 하잖아요. 일을 하다가 잘 안되면, 혼자 해결하려고 하지 마세요. 병원에서는 과한 책임감이 오히려 독이 되곤 해요. 본인보다 뛰어난 동기들, 그리고 전공의 선생님들이 많이 계시니까 적극적으로 도움을 구해야 합니다.

의사로 한번 살아보겠습니다

Q. 인턴을 마무리하는 지금, 어떤 감정이 드시나요?

Int. S    인턴 생활이여, 만나서 반가웠고 다시는 보지 말자 하하. 일을 시작한 지 비록 1년밖에 되지 않았지만, 병원도 결국 사람들이 사는 곳이더라고요. 집에 있는 시간보다 병원에서 더 오랜 시간을 보내서 그런 생각이 드는 것 같아요. 병원에서도 기쁜 일, 슬픈 일, 행복한 일, 불행한 일이 일어나고 또 결국에는 지나가더라고요. 인턴 생활 1년을 버틴 저 스스로가 자랑스러워요. 비록 힘들었지만 인턴 시절은 제 평생의 좋은 추억으로 남을 것 같아요.

Q. 예비 인턴들에게 해주고 싶은 조언이 있나요?

Int. S    잘 버텨내기를 바라요. 힘들고 지치는 순간이 분명 올 겁니다. 포기하고 싶을 때 두 눈을 딱 감고 버텨내야 해요. 인턴은 매달 근무하는 과가 바뀌기 때문에 소속감을 느끼기 힘들어요. 또 늘 평가받는 위치이다 보니 항상 조심스럽게 행동하게 되죠. 분명 여러 가지 이유로 스트레스를 많이 받을 거예요. 밥도 못 먹고 잠도 못 자다 보면 같은 스트레스라도 더 크게 느껴질 테죠. 하지만 일단은 참아보세요. 휴게실에 가서 동기들에게 서러움을 이야기하든지, 최대한 이해해 보려고 노력하든지, 다른 방법으로 화를 삭이는 게 중요해요. 폭발하는 것 말고요. 인턴 성적이 나올 때까지는 죽었다고 생각하시고 최대한 잘 버텨보세요. 인턴 성적에 매몰되면 안 되지만, 그래도 좋은 인턴 성적을 받으면 좋잖아요. 인턴 성적 나올 때까지 그리 긴 시간이 걸리는 건 아니에요. 9달만 눈 딱 감고 버티다 보면 어느새 인턴 성적이 발표되었다는 공지를 보게 되실 겁니다.

그리고 인턴 생활을 하면서 각자 원하는 과가 생기실 거예요. 학생 때부터 생각했던 과가 계속 이어질 수도 있고, 저처럼 인턴 생활을 하면서 바뀔 수도 있겠죠. 본인이 원하는 과에서 근무하게 되면 그 과 전공의 선생님들께서 어떻게 일을 하고 계시는지 눈여겨보는 것도 중요해요. 당장 내년에 선생님들의 모습이 될 테니까요. 성공적인 인턴 생활을 응원합니다. 파이팅!

# PART 2

# 병원에서
# 많은 인연이 생겼습니다

# 병원의 슈퍼스타

인턴으로 근무를 시작한 지 어느덧 삼 주 차에 접어들었다. 체감상 적어도 석 달은 근무한 것 같았는데, 달력을 보니 반의반밖에 지나지 않았다. 하루는 눈 깜짝할 사이에 흘러가는데 왜 다음 주는 올 기미가 보이지 않는 걸까. 나는 날마다 벌써 퇴근 시간이 된 것에 한 번 놀라고, 아직도 이번 주가 지나지 않았음에 두 번 놀라고 있다. 이십 대의 시간은 시속 20km, 삼십 대의 시간은 시속 30km로 흐른다고 했던가. 인턴 3주 차인 나의 시간은 시속 3km로 흐르고 있다.

나는 소아청소년과에서 근무하며 수많은 아이를 만나고 있다. 신생아실과 신생아 중환자실에서 태어난 지 갓 하루 된 아이들을 만나고, 병동에서 돌이 갓 지난 아이부터 목소리가 걸걸해진 중학생 아이들까지 만난다. 소아청소년과는 2007년 기존의 소아과에서 바뀐 명칭이다. 아직 소아청소년과 보다 소아과라는 명칭에 익숙한 사람들은 유치원생 혹은 초등학생들만 가는 병원이라고 오해하곤 한다. 그러나 바뀐 명칭에서 알 수 있듯 소아청소년과는 초등학생 이하의 아이들뿐만 아니라 호르몬 분비가 왕성한 청소년들까지 전문적으로 진료한다.

키가 나의 다리까지밖에 안 오는 아이들과 나와 눈높이를 같이하는 아이들이 같은 병동에 입원해 있는 모습은 내게 여러 감정을 불러일으킨다. 어린이들은 어찌나 빨리 자라는지, 나이 차이가 얼마 안 나는데도 키가 몇십 센티미터나 차이가 난다. 옛날 어르신들이 아이들은 볼 때마다 한 뼘씩 큰다고 말씀하셨던 게 바로 이런 거였구나.

소아청소년과에는 다양한 나이의 아이들이 입원해 있는 만큼, 아이들이 병원에서 시간을 보내는 방법도 가지각색이다. 걸음마를 막 뗀 아이들은 엄마 손을 잡고 온 병실을 돌아다니며 모든 선생님의 사랑을 독차지한다. 초등학교에 입학한 아이들은 결코 휴대폰에서 눈을 떼지 않는다. 특히 남자아이들은 선생님이 오시든 교수님이 오시든 게임하기에 바쁘다. 빨리 게임을 끄라며 재촉하는 부모님과 괜찮다며 능숙하고 진찰하시는 교수님의 모습은 초등학생이 입원해 있는 모든 병실에서 볼 수 있었다. 그 나이에 게임이 얼마나 재미있는지 너무나도 잘 아는 나는 아이들을 보며 괜한 동질감을 느꼈다.

하지만 중학생 혹은 고등학생 아이들을 보면 마음이 짠하다. 그 아이들은 아파서 입원했음에도 불구하고 병원에서 공부를 한다. 우리나라 교육열이 얼마나 뜨거운지 잘 알지만, 왼팔에 수액 바늘을 꽂고 오른팔로 연필을

의사로 한번 살아보겠습니다

끄적이는 아이들을 보고 있으면 이렇게까지 해야 할 이유가 있을까 하는 생각이 든다. 너무 안쓰러운 나머지 "병원에 입원해서까지 공부하는 거야? 병원에서는 푹 쉬는 게 낫지 않을까?"라고 말을 건네면 "우리 애는 아직 부족해서 하루라도 쉬면 안 돼요." 하는 부모님들의 대답이 대신 들려왔다. 거기에 더 이상 할 말은 없었지만, 나는 병원에서만큼은 마음을 편히 쉬어야 몸도 잘 회복된다고 믿는다.

신생아실에서 근무를 시작한 이후로 일이 많다고 투덜댈 수 없게 되었다. 병원에서 아이들이 태어나면 곧바로 신생아실로 온다. 신생아실에서는 태어난 아이들이 건강한지 확인하기 위해 여러 가지 검사를 하고 며칠 후 별 이상이 없으면 산부인과에 입원한 엄마의 품에 안겨서 함께 퇴원한다. 합계출산율 0.65명으로 매번 세계 신기록을 경신해 가는 우리나라에서 아이들이 많이 태어나는 것은 둘도 없는 경사이다. 아이들이 많이 태어날수록 내가 해야 할 일들이 많아졌지만, 불만을 가지기에 참 애매한 상황이다. 나는 생각을 멈추고 태어난 아이들을 축복하며 묵묵히 일하기로 했다.

매일 아이들을 볼 수 있다는 것은 그 자체로 행운이다. 세상의 때가 묻지 않은 순수한 영혼을 가진 아이들은 그 존재 자체만으로도 주위에 행복을 퍼뜨린다. 병원에서 아이들은 방탄소년단이자 블랙핑크다. 그저 걸어 다니는 것만으로도 모든 사람의 이목을 끌고, 열렬한 사랑을 받는다.

입원한 아이들이 CT나 MRI 검사가 필요한 경우 인턴이 그 길을 동행한다. 아이들의 활력징후가 안정적인지 확인해야 하기 때문인데, 이럴 때는 마치 내가 아이들의 경호원이 된 것만 같다. 아이들의 존재는 병원의 공기를 따뜻하게 만든다. 긴장과 걱정으로 조용했던 병원의 분위기가 아이들의 등장과 함께 후끈 달아오른다. 눈이 엄마를 똑 닮았냐느니, 볼살이 찹쌀떡 같다느니, 손이 앙증맞다느니. 서로 간 일면식도 없던 많은 환자분이 금세 아이들을 주제로 이야기꽃을 피웠다. 아이들을 바라보며 당신의 자녀들의 어린 시절을 떠올리시는지, 손주들을 떠올리시는지, 환자분들의 얼굴에 떠오른 미소를 바라보고 있으면 '존재만으로도 소중하다.'라는 말의 뜻을 진심으로 이해할 수 있다.

소아청소년과에서 근무하는 것은 힘든 점도 있다. 아이들은 본인의 아픈 것이 제일 싫고 투정을 부리는 데 익숙하다. 왜 검사해야 하는지 이해하지 못하고 왜 쓴 약을 먹어야 하는지 이해하지 못한다. 그중 제일 힘든 경우는 초등학교 입학 전, 6살 정도의 어린이들이다. 이 정도 나이가 되면 어느 정도 힘이 세졌기 때문에 검사를 할 때 상당히 애를 먹는다. 아주 어린아이들은 부모님이 몸을 잡아서 검사를 할 수 있고, 어느 정도 나이가 있으면 아이들이 스스로 검사에 협조해 준다. 하지만 이 나이대 아이들은 최선을 다해 어르고 달래도 소용이 없다.

코로나 검사를 하기 위해 방호복을 입고 가면 아이들은 내 모습을 보기만 해도 울기 시작한다. 면봉을 보면 마치 끔찍한 것을 본 것처럼 악을 쓰며 고개를 돌려버린다. 입을 벌려달라고 해도 입에 자물쇠를 채운 것처럼 입을 꽉 다무는데, 손으로 벌려보려 해도 턱 힘이 어찌나 센지 열리지도 않

의사로 한번 살아보겠습니다

는다. 간신히 입에 면봉을 넣어도 이로 면봉을 깨물고 버틴다. 혹시나 면봉이 부러져 아이가 다칠까 봐 검사를 잠깐 멈추기도 하고, 코 검사를 먼저 해서 아이들이 소리 지를 때를 틈타 입을 검사하기도 한다. 하지만 코 검사가 몇 배는 더 어렵다. 코는 머리와 가까워서 잘못하다간 크게 다칠 수가 있다. 그래서 웬만하면 간호사 선생님이나 보호자께 아이가 움직이지 못하게 머리를 꽉 잡아달라고 부탁드린다.

가까스로 코에 면봉을 넣으면 아이들은 손을 코에 가져가 면봉을 빼버린다. 그러면 간호사 선생님을 한 분 더 호출해 양팔을 잡아달라고 부탁하곤한다. 코로나 검사를 하는 소리만 들으면 내가 아이에게 나쁜 짓이라도 하는 것으로 오해할 법하다. 공포영화에나 나오는 끔찍한 비명을 지르는 이 아이에게는 내가 천하의 악당으로 보이는 게 분명하다. '네가 나한테 어떻게 이러냐.'라고 말하는 듯 원망으로 가득 찬 아이의 눈을 보고 있으면 괜히 억울해진다.

그렇게 입원한 아이들은 내 얼굴만 봐도 지레 겁을 먹는다. 아픈 건 괜찮아졌는지 물어보기 위해 병실에 들어가면 나를 본 아이들은 두 손으로 코를 막고 "저 검사 안 할 거예요."라며 소리친다. "오늘은 검사 안 할 거야."라고 말해도 아이들은 불신이 가득 찬 눈빛으로 "진짜요? 진짜 안 한다고 했어요?"라고 두 번 세 번 확인해야 직성이 풀린다.

비록 어려운 점이 있지만 아이들을 위해 일하는 것은 식목일에 묘목을 심는 것과 비슷하다는 생각이 든다. 모든 가능성을 품고 있는 작고 여린 존재들을 돌보는 일은 세상 그 어떤 일보다도 가치 있다. 이 아이들이 앞으로 아프지 말고 행복하게, 주위에 좋은 영향을 줄 수 있는 사람으로 자라나기를 바라며 나는 오늘도 소아청소년과에서 열심히 일한다.

# 인턴 동기들과의
# 도원결의

동기[同期]. 단어의 뜻은 여러 가지가 있지만 나는 그중에서 '같은 시기에 같은 교육이나 강습을 받은 사람 또는 학교나 회사 훈련소에서의 같은 기(期)'라는 뜻을 주로 사용한다. 살아오면서 우리는 수많은 동기를 만난다. '친구'라는 말이 더 익숙했던 초중고 시절을 거치고, '동기'라는 말이 익숙해진 대학생 시절을 거치며 수많은 인연을 만났다. 누군가는 그사이에 국방의 의무를 다하며 새로운 동기들을 만났을 테고, 누군가는 졸업 후 대학원에 진학해 동기들이 생겼을 것이다. 나처럼 취업 후 입사 동기들을 만나 동고동락하는 사람도 있다. 이렇듯 어느 집단에 소속되어 살아가는 이상 우리는 필연적으로 동기가 생긴다. 미우나 고우나 나와 동기들은 모든 좋은 일, 힘든 일, 기쁜 일, 슬픈 일을 함께하는 운명공동체가 된다.

나는 하루 중 대부분의 시간을 동기들과 보낸다. 사실상 자는 시간을 제외하고는 모든 시간을 함께한다. 정규 근무가 시작되는 오전 6시, 우리는 당직실에서 잡담하며 하루의 시작을 준비한다. 각자 근무하는 과에서 바쁜 하루를 보내다가 점심시간이 되면 함께 밥을 먹는다. 퇴근 시간인 오후 6시 무렵, 우리는 다시 당직실에 모여서 오늘 하루는 어땠는지 이야기꽃을 피운다. 어려운 케이스를 함께 고민하고 당직을 설 때는 배달 음식을 시켜 먹으며 힘들더라도 외롭지 않은 밤을 보낸다. 동기의 일을 제 일처럼 도와주기도 하고 모르는 것은 함께 교과서와 인터넷을 찾아가며 공부한다. 퇴근 후 같이 헬스장을 가고 날씨가 좋은 날에는 야외 테라스에서 치맥을 즐기고 한강에서 패들 보트를 탄다.

나처럼 타교 대학병원에서 인턴을 하는 사람에게는 동기들이 더욱 소중하다. 자교 병원을 떠나 타교 병원으로 인턴을 지원하는 것은 리스크가 큰 도전이다. 6년 동안 함께했던 사람들을 떠나고 익숙했던 시스템을 떠나서 아무것도 모르는 타지에서 맨땅의 헤딩을 해야 했다. 막연하게 그저 '어떻게든 되겠지.' 하는 생각으로 떠났던 서울행은 결코 쉽지 않았다. 그저 용감하기만 해서는 어떤 어려움도 해결할 수 없었다. 병원의 구조, 병원과 학교의 문화, 원내 프로그램 사용법, 교수님들과 레지던트 선생님들의 성향, 근무의 강도 등등. 나는 근무하기에 앞서 병원에 적응하기 위한 상식조차 없었다. 그리고 무엇보다 나는 이미 오랜 시간을 함께하며 관계가 단단해진 사람들 사이에 녹아들어야 했다.

동기들은 그런 내게 한 줄기 빛이 되어주었다. 비슷한 처지의 타교 동기들은 동질감을 느끼며 빠르게 가까워졌고, 자교 동기들은 그들이 가진 내

의사로 한번 살아보겠습니다

공들을 거리낌 없이 나누어 주었다. 미국에서 나고 자란 한국계 교포가 새로 이민 온 한국인에게 도움을 주는 것 같았다. 나는 그들이 직접 부딪혀가며 쌓아 온 경험을 감사히 전수받았다. 병원이나 학교에 관한 이야기뿐만 아니라 병원 근처 맛집이 어디인지, 주변에 놀 만한 곳은 어디인지 등등 병원 안팎으로 도움을 받았다. 동기들 덕분에 나는 낯선 서울 생활 그리고 낯선 병원 생활을 안정적으로 시작할 수 있었다.

이제는 서로가 익숙해진 나머지 인간미 넘치는 모습을 가감 없이 보여주는 우리 동기들은 알고 보면 어마어마한 스펙의 소유자들이다. 내 왼쪽에서 깔깔대며 젤리를 한 움큼씩 입에 쑤셔 넣고 있는 동기는 3개 국어에 능통한 해외 명문대 출신 슈퍼 엘리트이다. 내 오른쪽에서 배를 벅벅 긁어가며 병원이 떠나가라 코를 골고 있는 사람은 영국 유학파 출신에 영재고를 거친 초엘리트이다. 이력만 보면 바늘로 찔러도 피 한 방울 안 나올 것 같은 사람들이지만, 날마다 머리에 까치집을 지은 채 발에 땀이 나도록 뛰어다니는 다 같은 인턴들이다. 베란다에서 논과 밭이 보이는 곳에서 나고 자란 나는 이런 사람들과 어깨를 나란히 하고 있다는 사실이 부담스러웠고 동시에 자랑스러웠다. 각자 쌓아온 시간은 달랐지만, 지금은 같은 시간 같은 장소에서 함께 성장해 가는 같은 초보 의사일 뿐이었다.

나는 동기들 덕분에 일이 아무리 힘들어도 버텨낼 수 있었다. 내가 세상에서 제일 힘들다고 생각하다가도 옆에는 늘 나보다 더 힘들어 보이는 동기가 있었다. 앓는 소리를 할지언정 나보다 더 힘든 동기도 버티는데 내가 포기할 수는 없었다. 내 손가락의 가시가 제일 아프다는 말이 병원에서만큼은 색이 바랬다.

인턴으로 근무하기 전에는 어쩌면 인턴이 그렇게 힘들지 않을 수도 있겠다고 생각했다. 인턴은 겨우 1년이고, 대부분 선배들이 인턴을 수료했으니 나 또한 어렵지 않게 수료할 수 있을 거라 생각했다. 하지만 직접 인턴이 되고 나서 알게 되었다. 인턴이 할 만했던 것이 아니라 선배들은 동기들과 함께 그저 버틴 것이었다. 주위 동기들과 함께 인턴을 마무리하고 싶다는 소망은 가끔씩 떠오르는 퇴사의 욕구를 억누르기에 충분했다.

동기들의 관계가 인턴 수료에 큰 영향을 준다는 사실을 병원이 모를 리 없었다. 그래서 우리 병원은 1년에 두 번, 인턴 야유회를 보내주었다. 인턴들은 당직, 오프, 휴가가 모두 달라서 같은 시간에 한 장소에 전부 모이는 것이 불가능하다. 그러다 보니 같은 과에서 근무하는 인턴이나 룸메이트처럼 늘 보던 사람만 보게 되고, 얼굴은 알지만, 대화 한마디 섞어보지 못한 동기들이 생기곤 했다. 인턴 야유회는 그간 서먹했던 동기들과 친해질 수 있는 절호의 기회가 되었다.

인턴 야유회는 병원의 공식적인 행사이기 때문에 주말이 아닌 평일에 진행되었다. 그것도 심지어 근무 시간에 말이다. 우리는 야유회 덕분에 병원의 허락 아래 근무 시간에 합법적으로 놀러 갈 수 있었다. 인턴들이 직접 야유회 장소를 선택하지는 못했지만, 장소는 중요하지 않았다. 평일 낮에 병원 밖을 거닐 수 있다는 사실 만으로도 날아갈 듯 행복했다. 나는 상반기에는 롯데월드, 하반기에는 전주로 야유회를 떠났다.

의사로 한번 살아보겠습니다

야유회가 좋은 이유는 한둘이 아니다. 일도 안 하고, 바람도 쐬고, 맛있는 음식도 먹을 수 있다. 하지만 그중 제일은 동기들과 함께한다는 사실이다. 병원 안에서 매일 보던 얼굴들이지만 병원 밖에서 보면 새로운 모습을 발견할 수 있었다. 나누는 대화의 주제도 사뭇 달라졌다. 공간이 달라진 덕분에 좀 더 다양하고 폭넓은 주제로 이야기를 나누게 되었다. 병원 안에서는 주로 병원과 관련한 이야기들을 하곤 했다. 지금 근무하는 과가 어디이고, 오늘 무슨 사건이 있었고, 들려오는 소문은 어떻고 등등. 매일 비슷한 레퍼토리이긴 하지만 또 그만큼 재미있는 이야깃거리를 찾기 어려웠다. 그러나 병원 밖에서는 끊임없이 새로운 대화 주제들이 생겼다. 좀 더 개인적인 이야기들을 꺼내며 서로 몰랐던 부분들에 대해 알게 되었다. 그만큼 우리의 관계는 한 뼘 더 가까워졌다. 병원 안에서는 동기의 느낌이 더 강했지만, 병원 밖에서는 동기보다는 친구의 느낌이 더 강했다.

인턴 야유회의 하이라이트는 저녁 회식 자리였다. 인턴 야유회라는 이름에서도 알 수 있듯이 오늘의 주인공은 누가 뭐라 해도 우리 인턴들이다. 오늘만큼은 병원장님이 오시더라도 당당할 수 있었고, 평소 같았으면 가격 때문에 눈을 돌렸을 법한 메뉴들도 오늘만큼은 우리의 시야에 들어왔다. 누구의 눈치도 볼 것 없이 큰 목소리로 고기와 술을 주문하는 우리 인턴들. 왜? 오늘은 인턴 야유회니까.

인턴 야유회에는 인턴들만 가는 것은 아니다. 수련교육부 교수님들과 직원분들이 우리와 함께하셨다. 수련교육부 교수님들께서는 인턴들의 수련 환경을 좋게 만들어주려고 애쓰시지만, 인턴의 입장에서 불편한 이야기들을 선뜻 꺼내기가 부담스럽다. 의과대학은 다른 학부들보다 분위기가 조금은 더 수직적이다. 학교를 6년이나 다녀야 하고, 학교 선배님들이 곧 직장 선배님들이 되는 특수성도 한몫한다. 그러므로 의과대학을 졸업했다는 의미는 주변의 눈치를 살피는데 도사가 되었다는 뜻이다. 그렇기에 우리 인턴들은 조금 불편한 점들이 있어도 '차라리 내가 좀 번거롭고 말지.'하고 생각한다. 거기에 자칫 별것 아닌 일로 투덜댄다고 생각하실까 봐 교수님께 말씀을 못 드리는 점도 있다. 그러나 오늘만큼은 교수님들께 조금 더 솔직한 마음을 말씀드릴 수 있는 분위기가 만들어진다. 교수님들께서 따라주시는 술잔을 비우며 말씀드리는 인턴들의 속마음은, 얼마 지나지 않아 실제 인턴의 업무에 반영되었다.

야유회를 다녀온 후 동기들과의 관계가 사뭇 달라졌다. 전보다 더 가까워졌고 스스럼없이 대화를 건네게 되었다. 동기들에 대해 좀 더 알아가는 것 자체도 즐거운 일이지만 친해진 동기들은 힘들 때 서로의 등을 받쳐 줄 수 있는 존재가 되어줄 수 있다는 점이 더없이 든든하다.

AI가 발달하고, 언택트 기술이 아무리 발달하더라도 모든 일들의 핵심은 사람이다. 전화하는 것에 두려움을 느끼는 '전화 공포증'이란 말도 생기는 요즘 시대에, 병원 안의 중요한 의사소통은 여전히 사람 간에 이루어진다. 회진을 돌며 교수님께 대면으로 노티 드리고, 주말에는 전화로 노티 드린다. 레지던트 선생님께 부탁드릴 일이 있을 때는 숙소든 의국이든 직접 찾아가서 도움을 청한다. 급하게 영상의학과 판독이 필요하거나, 응급 시술

의사로 한번 살아보겠습니다

이 필요한 경우는 영상의학과 의국이나 인터벤션²⁹ 실에 발에 땀이 나도록 뛰어간다. 결국엔 사람이다. 만족스러운 삶을 살아가는 것도, 일에서 성취를 이루는 것도 모두 주변 사람들이 있어야 가능하다. 함께 먹고 마시고 취했던 인턴 야유회의 끝에는 결국 사람이 남았다.

---

29 인터벤션 : 투시나 초음파 등을 이용해 피부의 절개없이 카테터나 와이어를 이용해 질병을 치료하는 의학 분야

젊은 의사들을
노리는 눈동자

"의사 선생님, 혹시 짝꿍 있어요?"

간만에 여유롭던 어느 주말 당직 날 욕창 드레싱을 하고 있던 나에게 누군가가 말을 걸어왔다. 소리가 들리는 방향으로 고개를 돌려보니 한 요양보호사분께서 뭐가 묻었나 싶을 정도로 내 얼굴을 빤히 쳐다보고 계셨다.

"짝꿍이요?" 짝꿍이라. 정말 오래간만에 들어보는 추억의 단어다. 초등학교를 졸업한 이후로 써본 적이 없던 탓에, 짝꿍이라는 단어가 무슨 뜻인지 생각해 내느라 몇 초간의 정적이 흘렀다. 인턴 동기들을 말하는 건 아니겠고 룸메이트를 말하는 건 더더욱 아니겠지. 그럼 혹시?

"혹시 여자 친구 말씀하시는 건가요?" 내 예상은 적중했다.

"네 맞아요. 혹시 애인 있어요? 없으시면 내가 좋은 사람 소개 해줄게요."

병원에서 근무하다 보면 대부분의 인턴에게 이런 일이 한 번쯤은 생긴다. 병원에는 다양한 사람들이 있다. 병원 직원들과 의료진 이외에도 많은 환자분, 보호자들 그리고 요양보호사분들 등등. 다 합치면 천 명이 넘는 사람들이 한 건물에서 생활하는 셈이다. 그중에는 간혹 본인이 생각하기에 괜찮은 젊은 청춘들을 이어주는 것이 취미인 분들이 계신다. 가깝게는 본인의 자녀 혹은 손자나 손녀를 한번 만나보라고 하시는 분들도 있고 아는 사람 중에 괜찮은 사람이 있다며 연락처를 주겠다는 분들도 계신다.

전공의들은 대부분 나이가 젊다. 고등학생 시절 재수 없이 한 번에 의대를 입학하고, 의과대학 입학부터 졸업까지 단 한 번의 유급이나 휴학 없이 달려왔다면 26세에 인턴이 된다. 고등학교를 조기졸업을 했거나 빠른 연생인 경우 25세에 인턴을 시작하기도 한다. 그러나 의과대학에는 다양한 배경을 가진 사람들이 많다. 나처럼 재수를 하거나 다른 대학에 다니다가 의과대학에 입학한 경우, 편입한 경우, 직장을 다니다가 다시 공부해서 의과대학에 입학한 경우 등등. 모태 솔로부터 자녀의 부모까지 광범위한 스펙트럼으로 분포해 있지만 인턴들의 대다수는 20대 중반에서 30대 초반이다.

학생의 티를 벗은 어엿한 직장인이겠다, 너무 어리지도 너무 많지도 않은 나이겠다, 거기에 떡진 머리와 다크서클이 턱 끝까지 깊게 내려왔음에도 불구하고 이를 가려주는 가운의 후광효과까지 있겠다. 괜찮은 젊은이들이 어디 없나 호시탐탐 찾아다니는 사람들의 눈에는 인턴이 꽤 매력적인 후보군에 속하는 듯하다. 만약 그분들이 인턴을 소개팅 장소까지 불러내었다고 생각해 보자. 상대방은 과연 인턴과 어떤 주제로 이야기를 이어 나갈 수 있을까?

　어떤 취미가 있으신가요? 인턴 중 열에 아홉은 바빠서 취미생활을 할 시간이 없다며 한탄할 것이다. 취미가 있다고 하면 낮잠 자기, 넷플릭스 혹은 유튜브 보기라고 할지도 모르겠다. 산책하거나 병원 주변의 맛집을 다니는 것도 인턴들 사이에서 꽤 흔한 취미이다. 간혹 논문 읽기 혹은 공부하기가 취미인 인턴도 있다. 전설 속에나 존재할 것 같은 그 인턴은 내 동기 중에 있었다. 그 형이 취미활동을 하는 모습을 옆에서 보고 있으면 이런 사람이 나중에 교수가 되는구나 싶은 생각에 존경심이 절로 일었다. 하지만 대다수 인턴은 바쁜 병원 생활에 치여서 제대로 된 취미 하나를 꾸준히 하기가 쉽지 않다. 이 시대를 살아가는 직장인 대부분이 그렇겠지만 온종일 일하고 나면 그저 집에 가고 싶은 생각만으로 머릿속이 가득 찬다. 피곤이 극에 달하면 손가락 하나 까딱하기 싫고, 취미활동이고 뭐고 다른 생각은 전혀 나지 않는다. 그저 푹신한 침대에 온몸을 던져서 눈을 감고 싶은 생각뿐. 그렇게 자고 일하기를 반복하는 쳇바퀴 같은 삶이 대부분 인턴의 삶이다.

　병원 생활은 어떠세요? 이 질문은 특히나 조심해야 한다. 정 할 말이 없어서 병원 생활에 대한 질문을 꺼냈다면 맞장구라도 덜 쳐야 한다. 잘못했다가는 꼼짝없이 세 시간 동안 병원 생활이 얼마나 힘든지에 대해 아주 구체적으로 들어야 할지도 모른다. 마치 술자리에서 본인의 군 생활이 얼마나 힘들었는지 몇 시간이고 이야기하는 군필자처럼 말이다. 누구나 본인의 이야기를 하는 것을 좋아한다. 병원 생활은 인턴들에게 많은 잊지 못할 순간들을 만들어 주는데, 이는 인턴들의 끊임없는 술안줏거리가 된다. 나 역

　　　　　　　　　　　의사로 한번 살아보겠습니다

시 누군가가 내 인턴 생활에 대해 관심 있게 들어준다면 네 시간이고 다섯 시간이고 쉬지 않고 이야기할 수 있다. 들숨에 '힘들다.', 날숨에 '그만두고 싶다.'를 입에 달고 사는 인턴들의 힘듦을 공감해 주는 순간, 당신은 꼼짝없이 이야기를 들어야 하는 형벌에 처해질 것이다.

술 좋아하시나요? 100명 중 99명은 그렇다고 대답할 것이다. 앞서 말했듯이 주 80시간씩 일하는 인턴들은 마땅한 취미생활을 가지기가 어렵다. 스트레스는 쌓여가지만 해소 방법이 마땅치 않은 우리 인턴들은 스트레스를 풀 가장 빠르고 확실한 방법으로 술을 택한다. 선천적으로 술을 못 마시는 사람들을 제외하면 자의든 타의든 결국 술을 가까이하게 된다. 오고 가는 술잔에 깊어지는 우정은 인턴 생활을 버틸 수 있는 힘이 되어준다. 그와 동시에 나날이 두툼해지는 뱃살과 늘어가는 몸무게는 인턴 생활도, 스트레스 해소도 열심히 했다는 일종의 훈장이다.

연락을 중요하게 생각하는 사람이라면 애초에 인턴과 소개팅하지 않는 게 나을 수도 있다. 인턴은 연락을 하고 싶어도 연락을 하지 못할 때가 많다. "인턴 선생님들 휴대폰 많이 보던데요?"라고 말하는 사람이 있을 수 있다. 맞다. 인턴들은 휴대폰을 많이 본다. 많이 보는 정도가 아니라 거의 보물처럼 여기고 늘 몸에 지니고 다닌다. 대신에 그런 말을 하는 사람들은 휴대폰을 보는 것이 업무의 일종이라는 사실까지는 모르고 있는 것이다. 병원마다 인턴들에게 콜을 하는 방법은 다르지만, 보통은 문자나 메신저를 통해서 연락을 보낸다. 얼마나 콜이 자주 오는지, 일을 하나 해결할 때마다 휴대폰을 한 번씩 봐야 한다. 한번은 콜이 오는 것을 확인하려고 진동모드를 설정해두었는데, 일하는 와중에도 휴대폰이 멈출 줄 모르고 진동이 울렸다. 일을 하는 것보다 쌓이는 속도가 더 빠른 것을 실시간으로 알게 되는 것에 스트레스를 받아서 아예 무음모드로 설정한 적도 있다. 하여간 인턴들이 휴대폰을 보고 있는 대부분의 시간은 노는 시간이 아니라 업무를 확인하는 시간이다. 만약 수술방에 들어가는 경우, 앞으로 몇 시간이나 연락이 안 될지는 아무도 모른다. 이런 점들이 연락을 중요하게 생각하는 분들에게는 꽤 치명적일 것이다.

생각해 보면 인턴들은 남들이 놀 시간에 그 재미없는 공부를 꾸역꾸역 해서 의과대학에 들어갔고, 그 안에서 의사가 되기 위해 엄청난 양의 공부를 해왔다. 그러니 인턴들이 살아온 환경은 평범하고 단조로울 수밖에 없다. 게다가 지금은 병원에서 살다시피 하고 있으니, 소개팅에서 재미없다는 소리를 들어도 마땅히 변명의 여지가 없다. 의사가 되기까지의 삶을 돌이켜보면 다채롭게 삶을 꾸려가기란 결코 쉽지 않았다. 하나를 얻기 위해서는 다른 하나를 포기해야 한다. 이 등가교환의 법칙으로 우리 인턴들은 의사라는 꿈을 위해 많은 것들을 포기하며 살아왔다. 만약 당신이 독특하고 본인만의 색깔이 뚜렷한 사람을 선호하는데 소개팅 상대로 대학병원 인턴이 나온다면 실망할지도 모르겠다.

# 에너지바 할아버지

우리 병원에는 스윗한 할아버지가 한 분 계셨다. 본인의 성함보다 '에너지바 할아버지'라는 별명으로 더 자주 불리던 환자분은 내과에 입원해 계셨다. 나는 이틀에 한 번꼴로 환자분의 시술 부위를 소독해드리고는 했는데, 환자분께서는 늘 소독이 끝날 때마다 침대 바로 옆에 있는 갈색 서랍을 여셨다. 그곳에는 손가락 길이만 한 에너지바가 담긴 비닐봉지가 잔뜩 있었고 환자분은 감사하다는 인사와 함께 매번 봉지를 하나씩 건네주셨다.

그 에너지바에는 많은 의미가 담겨 있었다. '저를 위해 애써주셔서 감사합니다.', '앞으로도 잘 부탁드립니다.', '주야장천 고생이 많으십니다.', '일도 일이지만 쉬어가면서 하세요.' 등등. 비록 말씀은 없으셨지만, 환자분의 따뜻한 마음이 나에게 전달되었다. 나는 그저 해야 할 일을 했을 뿐인데 감사의 인사와 함께 작은 선물까지 주시니 오히려 내가 더 감사했다. 감동의

물결이 흐르는 순간이었지만 나는 환자분께서 건네시는 에너지바를 쉽사리 받지 못했다.

병원은 청탁금지법이 엄격하게 지켜지는 기관 중 하나이다. 병원은 학교 및 공공기관이 아님에도 불구하고 공공기관의 성격을 띠고 있어서 청탁금지법의 대상이 된다. 국민권익위원회 청탁금지제도과에 의하면, 환자 및 보호자가 감사의 표시로 의사에게 건네는 음료 등은 선물에 해당하여 법상 가액 기준 내에서 허용될 수도 있으나, 선물에 따른 진료의 차이 등 직접적 직무 관련이 있을 수 있으므로 선물 수수는 지양되어야 한다고 한다. 에너지바를 받아야 할 것인가 말아야 할 것인가. 막내 의사에게 찾아온 첫 도덕적 딜레마였다.

환자분께서 건네신 에너지바는 부정 청탁이 아니라 감사의 표현일 뿐이었다. 나는 에너지바 하나 정도는 의사와 환자의 관계를 떠나 사람 사이의 정으로 충분히 주고받을 수 있다고 생각한다. 그러나 막내 의사인 나에게 이런 경험은 처음이었다. 의과대학 학창 시절에는 병원 실습을 하며 환자분들께서 주시는 간식들을 부담 없이 받을 수 있었지만, 직장인으로서 사회에 발을 내디던 지금 나는 모든 것에 조심스러웠다. 받는다고 해서 별일이야 없겠지만 이 에너지바 하나가 주위 사람들에게 어떻게 비추어질지는 아무도 모르는 일이었다.

내가 병원 생활을 시작하기 한참 전 시작된 청탁금지법은 이미 병원 곳곳에 영향을 미치고 있었다. 보호자분들이 감사의 뜻으로 건네시는 음료수를 마음만 받겠다며 거절하시는 간호사 선생님들을 심심치 않게 볼 수 있

　의사로 한번 살아보겠습니다

었다. 이제 막 병원 생활을 시작하는 나에게는 청탁금지법은 참 어려웠다.

작은 사탕 하나, 에너지바 하나 정도는 복잡하게 생각하지 않고 받을 수 있지 않을까. 간식을 건네시는 분들의 마음을 짐작할 수 있기에, 그 마음을 거절하는 것 또한 가슴 한구석이 불편했다. 그러나 그 반대도 찜찜하기는 매한가지였다. 세상에는 호의와 감사의 탈을 쓴 부정 청탁이 없다고 말할 수 없다. 게다가 바늘 도둑이 소도둑 된다고, 작은 것들을 받기 시작하면 나중에 큰 것들도 대수롭지 않게 생각하게 될까 두려운 마음도 있었다.

의사의 직업윤리는 어디까지 적용되는 걸까. 사람 사이의 정은 어디까지 허용될 수 있을까. 아직 나에게는 너무나도 어렵다.

인턴과 간호사,
그들의 애증 관계

　나는 병원에서 온종일 수많은 사람을 만난다. 환자, 보호자, 간병인, 안내데스크 직원, 간호사 및 간호조무사 선생님, 영상 촬영실 선생님, 엘리베이터 직원, 119 구조 대원, 환경미화원, 신부님, 수녀님, 인턴 동기, 전공의 선생님, 교수님 등등. 반갑게 인사를 드리기도 하고 때로는 그저 스쳐 지나가기도 하며 하루에도 수백 명의 사람들을 만난다. 그중 의사를 제외하고 인턴과 유독 많이 마주치는 직종이 있다. 서로 간 교류가 많은 만큼 온갖 미운 정 고운 정이 다 쌓인 사람들. 바로 간호사 선생님들이다.

　세상의 모든 관계는 양측의 입장이 있는 상호 관계이다. 인턴인 나는 인턴의 입장에서 이야기를 풀어가 보려 한다. 인턴과 간호사의 관계는 '애증의 관계'이다. 인턴에게 간호사 선생님들은 미울 때는 한없이 밉다가도, 감사할 때면 또 한없이 감사한 존재이다. 한 달에 한 번씩 근무하는 과를 바꿔가며 일하는 우리 인턴들은 병원의 거의 모든 병동에서 일하게 된다. 반면에 간호사 선생님들은 인턴과는 달리 웬만해서는 한 병동에서 계속 근무한다. 오랜 시간 같은 사람들과 같은 병동에서 일해서일까. 병동은 각 병동만의 특유의 분위기가 있다.

중환자실 간호사 선생님들은 성격이 시원시원하다. 목소리도 크고 말투나 행동 역시 거침이 없다. 그 덕에 중환자들이 입원하고 있음에도 불구하고 늘 밝은 분위기를 유지하는 중환자실은 일하러 갈 때마다 마치 사이다를 마신 것처럼 속이 시원해진다. 게다가 중환자 간호라는 힘든 일을 본인이 직접 선택한 만큼 중환자실 간호사 선생님들은 열정이 가득하고 동시에 긍정적이다. 중환자실에 갈 일이 유독 많았던 환타인 나는 선생님들과 여러 응급 상황을 함께 해결해 가며 전우애를 쌓아왔다.

호스피스 병동 선생님들은 무엇이든 품어줄 것 같은 푸근함이 있다. 늘 편안한 음악이 흘러나오는 병동의 영향일까, 호스피스 병동 선생님들은 언제나 평온하고 여유가 있다. 나긋나긋한 말투에 따뜻한 목소리를 가진 호스피스 선생님들은 병원에서 이런 분들만 선발해 호스피스 병동에서 근무하게 했나 하는 생각이 들 정도로 다들 비슷한 점이 많다. 나의 첫 임종 선언이 별일 없이 잘 마무리될 수 있었던 데에는 호스피스 병동 선생님들의 영향이 컸다. 고생한다며 주머니에 종종 넣어 주시던 에너지 음료는 선생님들을 향한 나의 감사함을 한층 굳건하게 만들었다.

응급실 선생님들은 강인한 전사 같다. 다른 병동에 비해 다양한 환자분들이 내원하는 응급실의 특성상 산전수전을 다 겪으며 멘탈이 단련되는 듯하다. 사람이 아프면 본인도 모르게 예민해지기 마련이다. 응급실에 올 정도로 아팠던 환자분들은 간혹 의료진들에게 화를 내고 때로는 폭언을 뱉는다. 그런 상황에 가장 많이 노출되는 사람들은 다름 아닌 간호사 선생님들이다. 환자분들과 얼굴을 가장 많이 마주하기 때문일까, 유독 간호사 선생님들께 그런 일들이 많이 생기는데, '이 정도로는 나를 쓰러뜨릴 수 없어.' 하는 아우라를 풍기며 상황을 해결해 가는 선생님들을 보면 안타깝기도, 또 대단하다는 생각이 든다. 간혹 술에 취한 환자들이 "어이 예쁜 아가씨." 하며 무례한 언행을 할 때가 있는데, "여기 아가씨가 어딨어요? 말씀 제대로 하세요. 그리고 성희롱하지 마세요."하며 따끔하게 일침을 놓는 모습을 보면 속이 다 시원하다.

이렇게 다양한 병동, 다양한 간호사 선생님들과 일을 하면서 여러 가지 해프닝이 생겼다. 정말 감사했던 적도 있고 너무 화가 났던 적도 있다. 간호사 선생님들은 종종 인턴 당직을 착각한다. 당직이 아닌 날, 새벽에 병원 번호로 온 전화로 잠이 깨면 우선 짜증이 솟구친다. 당직이 아닌 걸 알면서까지 전화할 만큼 급한 일이 있나? 전화를 건 선생님의 입장을 생각해보고, 깊은 한숨을 한번 내뱉은 뒤 전화를 받는다. 그러나 그런 일은 열에 한 번이 있을까 말까이고 십중팔구는 당직표를 잘못 본 것이었다.

내가 "선생님 저 오늘 당직 아닙니다."라고 말했을 때 착각했다며 죄송하다고 하시는 경우에는 충분히 이해할 수 있다. 사람이 살다 보면 실수할 때도 있는 법이니까. 그러나 "아 네." 하고 전화를 끊어버리는 경우도 있는데

의사로 한번 살아보겠습니다

그럴 때면 소위 말해 꼭지가 돌아버린다.

　그 이외에도 업무와 관련한 연락을 읽고 답장하지 않거나, 다른 환자의 검사 결과를 잘못 노티하기도 하고 검사해야 할 환자를 잘못 알려주는 바람에 멀쩡한 환자에게 검사할 뻔하기도 했다. 이런 간단한 실수 이외에도 환자의 컨디션이 안 좋아서 활력징후를 짧은 간격으로 측정해 달라고 했더니 귀찮다는 티를 낸다던가, 잘못된 약을 준비해서 투약 사고가 날 뻔한 것을 미리 발견해 한마디 했더니 그렇게 투약했어도 별일 없었을 거라며 빈정댔을 때는 같은 의료진으로써 참을 수 없는 화가 치밀어 올랐다.

　이런 일만 있었다면 스트레스성 위궤양이 나고도 남았겠지만 아직 내 위장은 건강하다. 스트레스 받는 일도 많았지만, 그보다는 좋은 일, 감사한 일들이 훨씬 많았다. 처음 입사해서 아무것도 모르는 인턴들에게 업무를 차근차근 알려주셨던 수많은 선생님. 수술방 준비에 필요한 수술기구와 물품들의 위치를 알려주셨던 선생님. 인턴에 대한 컴플레인을 본인 선에서 해결해 주셨던 선생님. 교수님께 혼나지 않도록 내가 빠뜨린 것들을 조용히 챙겨주셨던 선생님. 병동에서 드레싱 준비를 하고 있을 때 간식을 소매 넣기 해주시던 선생님. 맛있는 게 생기면 함께 나눠 먹자던 선생님. 생각할수록 간호사 선생님들께 감사한 기억들이 가득하다.


　결국 인턴과 간호사는 좋을 때도 있고 미울 때도 있는 애증의 관계이다. 100개의 선플보다 1개의 악플이 기억에 남듯이 우리 관계에 대한 기억도 마찬가지다. 감사한 적이 압도적으로 많았지만, 간혹 가다 있는 미움이 훨씬 자극적이고 기억에도 깊이 남았다. 그러나 그런 경험 하나로 고마운 경험들을 모두 잊은 채 간호사 선생님들을 적대시하면 결국은 우리의 손해이다. 병원 생활은 결코 혼자서 할 수 없고 특히 인턴들에게는 간호사 선생님들의 존재가 필수적이기 때문이다.

게다가 우리 인턴들이라고 간호사 선생님들을 화나게 하는 순간이 없을 리 없다. 드레싱을 하고 뒷정리도 안 해, 대답도 퉁명스러워, 메신저에 답장도 안 해, 검사는 급해 죽겠는데 계속 실패해, 금방 온다고 해놓고 몇 시간 동안 안 와, 사람들이 보는 앞에서 면박을 줘. 인턴 역시 간호사 선생님께 죄송한 일들이 많다. 서로 고운 정이 쌓이다 보면 호감이 생겨서 인턴과 간호사 커플이 생기는 것이고 반대로 미운 정이 쌓이다 보면 직접 이야기하기는커녕 메신저조차 한마디 이상 나누지 않게 되는 것이 바로 인턴과 간호사이다.

환자의 치료라는 같은 목표를 가진 동료이자 똑같은 월급쟁이 직장인 처지인 인턴과 간호사. 어차피 함께 일해야 할 사이라면 서로 배려하고 이해하며 좋은 사이를 유지하기 위해 노력해야 한다. 팔은 안으로 굽는다고 사이가 좋은 사람, 애정이 가는 사람을 도와주고 싶기 마련이다. 병원의 모든 사람에게 도움을 받아 성장하는 막내 의사는 일도 잘해야 하고 인간관계도 잘 쌓아가야 한다.

의사로 한번 살아보겠습니다

# 욕하고 침 뱉는 환자들

치매 기저력이 있는 80대 여성 환자가 비위관[30]을 스스로 제거했다며 다시 삽입해 달라는 연락이 왔다. 협조가 되지 않아 가뜩이나 어렵게 비위관을 삽입했던 환자였는데 그 노력이 물거품이 되어버린 상황이다. 이처럼 이미 한 술기를 다시 해야 하는 경우는 꽤 자주 생긴다. 동맥혈 채혈을 해서 검사실에 내려보냈더니 그사이에 혈액이 응고되어 검사가 불가능한 경우, 스스로 드레싱을 떼어버리는 경우, 욕창 드레싱을 한 부위에 변이 묻는 경우 등등. 일을 다시 해야 하는 상황은 다양하지만, 비위관을 다시 삽입해야 하는 경우가 압도적으로 많다. 나는 같은 환자에게 비위관을 하루에 6번까지 껴본 적이 있다.

---

30 비위관 : 코에서 식도를 지나 위로 들어가는 관, NG tube 혹은 L tube라고도 부른다

의사소통이 가능한 환자분은 비위관을 왜 삽입해야 하는지 설명을 해드릴 수가 있다. 환자분도 필요성을 이해하고 협조를 잘해주시니 술기가 수월하게 마무리될 수 있다. 환자분과 합이 잘 맞으면 1분이 채 걸리지 않는 이 술기는 환자분이 의사소통이 불가능하거나 치매 또는 섬망이 있는 경우 난이도가 극악으로 치닫는다.

나의 설명이 환자분의 오른쪽 귀로 들어가 왼쪽 귀로 흘러나오는 것이 눈에 보인다. 어쩔 수 없이 옆에 있는 보호자께 술기의 필요성에 관해 설명하고 나는 환자분의 코에 비위관을 가져가 대었다. 코에 무언가 닿는 순간 환자분은 온 힘을 다해 몸을 뒤틀고 소리를 질렀고, 나는 옆에 계신 보호자와 환자분의 비명을 듣고 달려온 간호사 선생님들에게 도움을 요청했다. 다치실 수 있으니, 팔다리를 잡고 머리를 잡았지만 그런데도 너무 심하게 움직이시면 보호자의 동의를 받고 신체 보호대를 착용했다.

"이 개자식아! 네가 뭔데 나한테 그래! 당장 놔 이 자식아!"

"이 개 같은 자식이 사람 죽이려고 하네. 경찰 불러!"

갖은 욕설로도 만족하지 못했던 환자분은 내 얼굴을 보며 카아아악 소리를 내기 시작했다. 느낌이 좋지 않았던 나는 비위관 삽입을 멈추고 손으로 환자의 입을 막았다. 얼마 지나지 않아 퉤 하는 소리와 함께 입을 막았던 손에서 이물감이 느껴졌다. 밀려드는 허탈감에 나는 오른손 묻은 노란 가래침을 한동안 멍하니 바라보았다.

사실 이런 경험은 처음이 아니다. 중심 정맥관을 제거하다가 손톱자국이 선명하게 남도록 팔을 꼬집힌 적도 있고, 중환자실에서 신체 보호대를 착

의사로 한번 살아보겠습니다

용한 환자의 심전도를 찍다가 "이거 풀어! 이 개자식아. 얼굴 다 봐뒀어. 내가 너 고소한다." 하는 말도 들었다. 응급실에서는 환자의 소변줄을 끼다가 "돈만 밝히는 의사 자식이 돈 벌려고 난리네, 아는 것도 없는 이 돌팔이 자식아. 나보다 뭐가 잘났다고 나한테 이래? 저리 가!" 하는 말도 들었다.

처음 이런 일을 경험했을 때는 상당히 기분이 나빴다. '내가 지금 누구를 위해서 일하고 있는데 나에게 이런 말을 하는 거지? 욕을 들으면서까지 이 환자를 봐야 하나?' 하는 생각이 들었다. "욕하지 마세요, 치료하려고 하는 거예요." 라며 아무리 달래 보았지만 전혀 소용없었다. 그러나 상대방은 병원에 치료받으러 온 환자였고 나는 의사였다. 수많은 폭언에도 불구하고 내가 할 수 있는 것은 탄산음료를 원 샷 하며 부글거리는 속을 가라앉히는 것뿐이었다.

그러나 시간이 지나자 이런 일에도 점차 익숙해졌다. 이제는 웬만한 일에는 감정이 흔들리지 않는다. 저분들도 자기가 욕하고 침 뱉고 있다는 사실을 모르고 있겠지 하며 이해하려 노력한다. 그리고 그런 환자분을 어르고 달래며 나 대신 화를 내는 보호자를 보아서라도 최선을 다하려 한다.

병원 생활은 나에게 일터에서 감정을 분리하는 법을 가르쳤다. 아무리 환자들에게 꼬집히고 욕을 듣고 침을 맞더라도 인턴에게는 서운함을 풀 시간도 그럴 기회도 주어지지 않는다. 그런 해프닝으로 생긴 부정적인 감정을 삼키고 소화하고 배설해야 할 뿐이다. 감정을 분리한다는 뜻은 그 상황을 포기한다는 뜻일지도 모른다. 그저 포기하고 수용하자. 그런 상황에 일희일비할 정도로 인턴은 여유롭지 않다.

# 지하철역에서 발생한
# 응급상황

올해 휴가 때 쓸 여권을 만들고 집으로 돌아오는 길이었다. 평소처럼 좋아하는 음악을 들으며 지하철에서 내리고 있었는데 이어폰 너머로 웅성거리는 소리가 들렸다. 지하철역이야 원래 시끄럽다지만 이번에는 평소와는 다른 느낌의 웅성거림이었다. 연속 36시간 근무를 하고 여권까지 만들고 오느라 피곤한 상태였지만, 혹시 무슨 일이 있나 싶어 소리가 들리는 쪽으로 걸음을 옮겼다. 웅성거림의 끝에는 웬 사람들이 원을 두르며 서 있었고 그 가운데에는 할머니 한 분이 누워 계셨다. 옆에서 "괜찮으세요?"를 연발하며 팔다리를 주무르고 있는 사람들을 보니 직감적으로 좋지 않은 일이 생겼다는 것을 알 수 있었다.

예전부터 이따금 이런 상황을 상상하곤 했다. 비행기나 지하철에서 발생한 응급상황 그리고 의사를 찾는 사람들. 친구들과 맥주잔을 기울이며 이

의사로 한번 살아보겠습니다

주제로 여러 번 이야기를 나누기도 했다. 우리는 의사의 응급처치로 환자가 위험한 상황을 넘기고, 무사히 치료받은 환자가 나중에 그 의사를 찾아가 감사함을 전하는 해피엔딩을 꿈꾸었지만 현실은 그렇지 않았다. 응급상황에서 심폐소생술을 했더니 성추행으로 고소당한 사건들, 가슴압박 과정에서 갈비뼈가 부러져 상해로 고소당한 사건들, 응급처치에도 불구하고 환자가 후유증이 생기거나 사망하거나 경우 형사처벌을 받았던 사건들이 심심치 않게 일어나고 있는 것이 우리 사회의 현실이었다. 사람을 살리겠다는 선한 의도와는 다르게 오히려 경찰 조사를 받고, 피해를 보는 의료진이 생기는 현실 때문에 선뜻 나서기 힘들 것 같다는 친구들도 있었다. 나는 그때 어떻게 이야기했더라.

"의사입니다. 무슨 일인가요?"

나는 이 상황을 해결하기로 마음먹었고 곧바로 행동하기 시작했다. 둘러싸인 인파를 제치고 누워 있는 할머니에게 다가가자, 할머니의 팔다리를 주무르고 있던 사람들의 시선들이 일제히 나에게로 쏠렸다. 의사라는 말을 듣는 순간 그들의 눈동자에 비쳤던 두려움은 안도감으로 바뀌었다. 주위에서는 다행이라는 말과 함께 안도의 한숨을 내쉬었지만, 사람들의 마음이 가벼워진 만큼 나의 어깨는 무거워졌다. 이 상황을 주도하기를 자처했으니 나는 실수 없이 최선을 다해야 했다.

나는 그동안 수백 번 연습했던 심폐소생술 프로토콜을 떠올리며 눈을 감고 있는 할머니의 어깨를 치며 큰 소리로 의식을 확인했다. 다행히 할머니는 눈을 뜨셨고 말씀을 하실 수 있는 상태였다. 이어 경동맥을 만져보니 맥박도 세게 뛰고 있었다. 다행히 최악의 상황은 아니었다. 이어 주위 사람들에게 119에 신고를 부탁했고 상황을 전후 사정을 파악하기 시작했다. 지하철을 타던 중 소변이 너무 마려우셨던 할머니는 급하게 열차에서 내리다가 갑자기 정신을 잃고 넘어지셨다고 했다. 할머니께서 넘어지는 모습을 본 사람이 있는지 주위를 둘러보았으나 아무도 그 상황을 제대로 목격하지 못한 상황이었다. 넘어지면서 머리를 다쳤을 가능성이 있어 꼼꼼하게 머리를 살펴보았으나 다친 흔적은 발견되지 않았다. 그럼에도 불구하고 혹시나 모를 경추 손상의 가능성으로 머리를 움직이지 않도록 지시했다. 환자분과 대화를 통해 여기가 어디인지, 성함이 어떻게 되는지 여쭤보며 인지 상태를 파악했고, 팔다리 감각이나 움직임에 이상이 없는지도 확인했다. 곧이어 도착한 119 대원에게 상황을 설명하고 함께 지하철 CCTV를 확인했다. 넘어지면서 머리를 세게 부딪힌 것으로 확인되어 환자를 주위 병원 응급실로 이송하는 것으로 상황은 마무리되었다.

이번 경험으로 느낀 점들이 몇 가지 있다. 우리나라의 심폐소생술 교육은 여전히 부족하다. 물론 쓰러진 할머니를 외면하지 않고 도움을 주셨던 주변의 많은 분들은 더할 나위 없이 감사한 분들이다. 그러나 이 상황이 심정지 상황이었다면 아쉬웠을 상황들이 많았다. 그 자리에 있던 사람들 중 그 누구도 가슴 압박과 맥박 확인을 하지 않았다. 분명 처음에는 할머니가 의식이 없으셨는데도 말이다. 이유를 물어보니 가슴압박을 할지 제세동기를 해야 할지 몰라서, 혹시나 잘못된 처치를 할까 봐 혈액순환이 잘되도록 팔다리를 주무르고 있었다고 했다.

물론 국민 모두가 의료인이 아니기 때문에 이 상황을 어떻게 대처해야 하는지 잘 모를 수 있다. 하지만 심폐소생술은 의료인이 아니더라도 교육만 받는다면 어렵지 않게 시행할 수 있다. 제세동기까지는 아니더라도 의식과 맥박 확인 그리고 가슴압박 정도는 우리나라 모든 국민이 할 줄 알아야 한다는 생각이 강하게 들었다. 본인과 주위 사람들을 위해 모두가 심폐소생술 교육을 필수적으로, 또 주기적으로 이수해야 할 필요가 있다.

그리고 의료진은 언제 어디서 이런 상황과 마주치더라도 바로 응급조치를 할 수 있도록 늘 준비되어 있어야 했다. 나는 의과대학 시절 응급의학과 수업을 통해 전문적으로 심폐소생술을 배웠다. 국가고시 실기시험을 위해 심폐소생술을 수백 번 연습했고 심지어 심폐소생술 자격증이 있었다. 그러나 연습과 실제 상황은 달랐다. 나만 바라보고 있는 수많은 사람, 시끄럽고 혼란스러운 환경 등 연습 때는 생각지도 못하던 많은 요소가 상당한 부담으로 다가왔다. 응급처치를 하기로 마음먹었으면 그 어떤 상황에서라도 행동이 자연스럽게 나올 수 있도록 준비되어 있어야 했다.

마지막으로 오늘 같은 상황이 생긴다면 앞으로도 주저 없이 행동 해야겠다고 다짐했다. 아직도 내가 나타났을 때 주위 사람들이 내쉬던 안도의 한숨을 잊지 못한다. 응급상황에서 사람들이 의지할 수 있는 사람은 결국 의료진밖에 없었다. 그러나 응급처치의 결과로 의료진이 피해를 보는 상황이 여러 번 있어 온 만큼, 역사를 반복하지 않기 위해 이 문제들에 지속적으로 관심을 가져야 할 필요성 또한 느꼈다. 더 나은 방향으로 제도가 변하기 위해서는 끊임없이 목소리를 내야 하는 법이니까. 좋은 의도가 좋은 결과로 이어지기 위해서는 결국 시스템이 가장 중요하다. 내가 사회에 필요한 사람이라는 것을 알게 되었고, 앞으로 더 열심히 공부하고 배워야 할 이유가 하나 더 생긴 하루였다.

의사로 한번 살아보겠습니다

# 나의 과거와
# 미래를 마주하다

요즈음 우리 병원은 평소보다 더 북적거린다. 물론 갑자기 일교차가 커진 탓에 목이 칼칼하긴 하지만 다행히도 환자 수가 는 것은 아니었다. 대신에 그동안 보이지 않던 새로운 얼굴들이 병원에서 삼삼오오 모여 다니기 시작했다. 방금 다린 듯한 빳빳한 가운, 그 안으로 보이는 단정한 넥타이, 매장에서 갓 꺼내 온 듯한 구두 그리고 꼿꼿이 편 허리와 긴장 가득한 표정까지. 군기가 바짝 들어 있는 이들의 정체는 본과 3학년 학생들인 병원 실습생 일명 PK이다. 어느새 PK들의 병원 실습이 시작되었나 보다.

병원 실습생을 부르는 용어는 여러 가지가 있다. 일반적으로 사용하는 PK는 종합병원을 의미하는 독일어 'Poliklinic'에서 유래했다. Poliklinic을 피케이라고도 부르고 폴리클이라고도 부른다. 혹은 'Student doctor'에서 유래한 'SD'라는 용어를 사용하기도 한다. PK들을 보고 있으니 나의 본과 3학년 시절이 떠오른다. 처음 경험하는 병원 생활로 바짝 긴장했던 나의 PK 시절. 지금 실습하고 있는 PK들도 나의 그때와 크게 다르지 않을 것이다.

병원에서 PK는 어떤 존재인가. 여기에 대한 답은 내가 PK 시절에 생각했던 것과 지금 생각하는 것에 큰 차이가 있다. 3년 전 나는 PK가 있는 듯 없는 듯 희미한 농도를 갖고 있는 병원 안의 먼지 같은 존재라고 생각했다. 너무 열심히도 아니고 너무 대충도 아닌 뜨뜻미지근하게, 그리고 알아서 눈치껏 실습하는 조용한 존재라고 말이다. 그래서 나는 실습을 하는 내내 늘 조심스러웠고 혹시나 내 존재가 선생님들에게 방해가 되지는 않을까 전전긍긍했다. 그러나 이제는 생각이 달라졌다. 어디 감히 PK들을 먼지 취급을 할 수 있겠는가. PK는 적지 않은 등록금을 내고 병원에 실습하러 온 피교육자이다. 물론 인턴 또한 가르침을 받는 입장이지만 기본적으로는 월급을 받는 직장인이다. 병원에 돈을 주는 사람과 병원에서 돈을 받는 사람. 어느 쪽이 더 중요한 사람인지는 구태여 설명할 필요가 없다.

지난 나의 PK 시절을 돌이켜보면 병원 실습을 기점으로 나의 많은 부분에서 변화가 생겼다. 우선 생활 반경이 학교에서 병원으로 변했다. 트레이닝복에 모자를 쓰고 학교에 다니던 내가 어느새 셔츠와 슬랙스 차림에 구두를 신고 병원에 가기 시작했다. 칠판을 보며 수업을 듣던 내가 갑자기 교수님 뒤를 따라다니며 회진을 돌았고, 교수님께서 진료하시는 모습을 참관하기 시작했다. 나름 본과 3학년이라고 학교 안에서 어깨가 꽤 올라갔었는

의사로 한번 살아보겠습니다

데, 실습을 시작하는 순간 병원의 막내가 되어버렸다. 그 당시에는 인턴도 하늘처럼 높아 보였다.

좋은 성적만이 능사가 아니라는 것 그리고 친화력과 적극성이 성적보다 중요할 수 있다는 것도 깨닫게 되었다. 병원에는 의사 이외에도 수많은 직군이 존재하며 의사만으로는 결코 병원이 운영될 수 없다는 것 또한 배울 수 있었다. 밤낮없이 일하시는 선생님들의 모습을 통해 미래의 내 모습을 상상해 볼 수 있었고, 의사는 사실 독이 든 성배가 아닐까 하는 생각을 하기 시작했다. 막연히 인기가 많은 과에 가고 싶다는 생각에서 정말 나와 잘 맞는 과에 가고 싶다는 생각으로 바뀌게 되었고, 여러 교수님들의 조언을 들으며 앞으로의 인생을 진지하게 설계하기 시작했다.

이전과는 달라진 마음가짐 덕분에 병원 실습을 했던 1년 동안 많은 것들에 도전해 볼 수 있었다. 나는 병원 실습을 하면서 조금씩 글을 쓰기 시작했다. 나의 경험을 다른 사람들과 공유하고 싶었고 기록으로 남기고 싶었다. 시간이 흘러 나이가 지긋한 의사가 되어서도 PK시절 적었던 글을 읽으며 나의 빛났던 청춘을 추억하고 싶었다. 이제 글쓰기는 단순히 기록을 넘어 둘도 없는 나의 취미가 되었다. 나이가 들어 알게 되었지만, 마음이 잘 맞아 깊게 친해진 친구 같은 존재로 남게 되었다.

부족한 체력을 기르기 위해 헬스도 시작했다. 남는 시간에 헬스장이나 가자는 마음으로 가볍게 시작했지만, 운동을 하다 보니 더 잘하고 싶은 욕심이 생겼고 따로 공부하기 시작했다. 유산소 운동과 스트레칭이 불안을 줄여준다는 사실을 배웠고 요가를 시작했다. 운동만큼이나 식단관리 또한 중요하다는 사실을 알게 되었고 스포츠 영양학을 공부해 자격증을 취득했다.

우리 학교는 병원 실습에 총 50학점을 할당했고 3일에 걸친 시험으로 성적을 매겼다. 50학점 시험을 벼락치기로 준비할 수는 없었기에 하루에 조금씩이라도 공부하는 습관을 들이기 시작했다. 그 덕에 나는 꽤 좋은 성적으로 병원 실습을 마무리할 수 있었고 지금 근무하고 있는 병원에 인턴으로 지원할 수 있었다. 여러모로 병원 실습을 했던 그 1년 동안 지금 나의 인생의 기반들을 다질 수 있었다.

그래서 나는 PK들을 보고 있으면 마음이 쓰인다. 옛날 나의 모습이 겹쳐 보여서 그런 걸까. 괜히 다가가서 말을 걸어보고 싶고 커피를 사주고 싶다. 그러나 이런 생각을 하는 것은 나뿐만이 아니었다. PK 들이 있을 때는 병원의 분위기가 묘하게 밝아진다. 교수님들께서는 회진을 돌 때마다 PK들에게 무한한 애정을 담아 질문 세례를 퍼부으신다. 그 애정은 회진이 끝난 이후까지 이어진다. 학생 동아리가 어디예요? 집이 어디예요? 무슨 과 가고 싶어요? 궁금한 거 있어요? 하나만 말해봐요. 교수님들의 무한한 사랑에 면역이 없는 PK들은 땀을 뻘뻘 흘리고, 그 덕분에 인턴은 자연스레 교수님의 시야 밖으로 벗어날 수 있다. 궁금한 것이 없더라도 교수님께서 여쭤보시니 없는 궁금한 점도 만들어내야 하는 PK 들의 고군분투. 선생님들 덕분에 오늘 제가 편하게 있을 수 있습니다. 감사합니다. 대신 질문은 무조건 생각해 내셔야 해요. 선생님들이 생각해 내지 못하면 질문이 저에게 넘어오거든요. 설마 그런 불상사가 일어나지는 않겠죠? 하하. PK들을 보며 나는 흐뭇한 미소를 짓는다.

사실 PK들은 병원에서 과하게 열정을 불태울 필요가 없다. 그러기보다는 병원 생활과 휴식을 조율하는 연습을 시작해야 한다. 실습은 마라톤과 같다. 오버페이스로 달리기를 시작했다간 중간에 지치기 십상이다. 1년이라는 장거리 마라톤을 일정한 속도로 뛸 수 있도록 본인의 페이스를 찾고 조절하는 연습이 필요하다. 그리고 슬픈 말이지만 실습은 아무리 열심히 해도 티가 잘 안 난다. 적어도 인턴인 나는 업무에 치이느라 PK 선생님들의 열정을 느낄 새가 없었다. 그들의 존재는 알고 있지만 지금 어디에서 무엇을 하는지, 또 얼마나 열심히 하는지는 나의 관심 밖이었다. 인턴인 나도 그렇게 느꼈는데, 나와 비교도 안 될 정도로 바쁘신 레지던트 선생님들, 교수님들은 어떠실지는 길게 생각할 필요가 없다.

아침 회진을 준비하고 교수님을 기다릴 때 PK가 공부와 관련된 질문을 하면 '공부 좀 잘하는 친구인가 보다.' 하는 생각이 들 뿐 그 이상은 없다. 그러니 PK 시절 병원 실습에 매몰되지 않기를 바란다. 선생님들의 눈치를 보며 작은 것 하나하나 스트레스를 받기에는 본인들의 시간이 너무 아깝다.

그러나 훌륭한 학생으로 교수님들의 뇌리에 남고 싶다면 방법이 없는 것도 아니다. 발표를 기가 막히게 잘하면 된다. 나는 PK에게 가장 중요한 능력은 발표 능력이라고 생각한다. 지금은 마케팅의 시대이고 발표는 마케팅의 기본이며 본인이라는 상품을 홍보하는 수단이다. 나도 학년이 높아지고 여러 경험을 하며 앞에 나서는 일이 많아졌다. 그만큼 발표의 중요성을 실감하게 되었고 튼튼한 실력을 갖추는 것 그 이상으로, 겉으로 보이는 것 또한 중요하다는 사실을 깨닫게 되었다. 학생들은 본인이 담당한 환자를 완벽하게 파악하기 어렵지만, 또박또박 능숙하게 발표를 하면 왠지 열심히 한 것 같아 보이고 똑똑해 보인다.

그러나 지금까지 이야기한 것들은 전적으로 나의 경험에 빗댄 것뿐이다. 지금 실습하고 있을, 또 앞으로 실습하게 될 PK들은 나보다 더 많은 것을 보고 경험할 것이다. 평생에 한 번뿐인 병원 실습 동안 여러 가지를 경험하고 본인만의 색깔을 가진 멋진 후배들로 성장하기를 바란다.


PK들은 국가고시에 합격해 어엿한 의사가 되면 또다시 막내가 된다. 막내가 형들의 모습을 보고 배우듯 인턴은 병원에 계신 수많은 선배님의 모습을 보며 성장한다. 선배님들의 빛나는 모습은 의사의 삶을 갓 시작한 인턴들에게 뜨거운 열정을 불어넣고, 우리는 그분들처럼 되기 위해 오늘도 열심히 성장해 나간다.

하루하루 업무에 적응해가느라 진땀을 빼던 3월 인턴 대표가 단톡방에 공지를 하나 올렸다.

"신경외과 1년 차 ○○○ 선생님께서 지하 1층 빵집에 일정 금액 선결제 해놓으셨다고 합니다. 시간 나실 때 가서 커피와 빵 드시면서 근무하세요."

병원에는 NPO라는 말이 있다. 일반적으로 사용되는 NPO는 'Nil per os'라는 라틴어로 경구투여 금지, 즉 위장관을 비우기 위해 입으로 아무것도 먹으면 안 된다는 뜻의 의학용어이다. 하지만 인턴들과 레지던트 선생님들 사이에서 NPO는 다른 의미로 사용되기도 한다. NS(신경외과), PS(성형외과), OS(정형외과)에서 각각 한 글자씩 따온 NPO는 NS, PS,

OS 1년 차 선생님들은 입에 음식을 넣을 시간조차 없이 바쁘다는 뜻이다. 본인 식사를 챙길 시간도 부족하신 신경외과 1년 차 선생님께서 우리 인턴들을 챙겨주신 것이다. 처음에는 그저 감사한 마음이었지만 그 선생님이 어떤 삶을 사시는지 내 눈으로 직접 보고서는 경외심이 일었다.

그 선생님의 미담은 여기서 끝이 아니다. 내가 응급실에서 근무하던 때, 유독 신경외과 환자분들이 많이 오셨던 날이 있었다. 응급실 신경외과 환자는 경증인 경우보다는 뇌경색이나 뇌출혈처럼 응급진료가 필요한 경우가 많다. 우선 응급의학과에서 진료하고 신경외과적 진료 및 처치가 추가로 필요하다고 판단이 되면 신경외과 레지던트 선생님이 내려오신다. 그날 신경외과로 분류된 환자들의 차트를 보며 오늘 밤 신경외과 선생님들 정말 힘드시겠다고 생각하던 참이었다. 진료실의 문이 드르륵 열리면서 그 신경외과 1년 차 선생님이 빵과 커피를 양손에 가득 들고 들어오셨다.

"오늘 저희 과 환자분들이 많이 오셔서 힘드셨죠. 이것 좀 드시면서 하세요. 늘 감사합니다."

사람이 어떻게 이럴 수 있을까. 그저 눈이 부셨다. 사람은 힘들 때 본 모습이 드러난다고 하던데 이게 이 선생님의 본모습이구나. 이 선생님은 본인이 아무리 힘들어도 주위의 사람들을 챙기는 사람이구나. 그날을 계기로 그 선생님은 나의 롤모델이 되었다. 나도 그 선생님처럼 인턴들을 위해 카페에 선결제해줄 수 있는 레지던트가 되고 싶어졌다. 응급실에 우리 과 환자들이 많이 오시는 날에는 커피와 빵을 사드릴 수 있는 레지던트가 되고 싶어졌다.

병원은 의료진이 환자를 치료하는 장소이자 같은 의료진끼리 함께 일하는 곳이다. 환자에게 좋은 의사가 되는 것은 중요하지만 그만큼 동료들에게 함께 일하기 좋은 사람이 되는 것 또한 중요했다. 나는 그 소중한 사실을 날개 없는 천사, 신경외과 1년 차 선생님 덕에 배울 수 있었다.

의사로 한번 살아보겠습니다

# 이 회식은
# 제가 접수하겠습니다

　다른 직장 생활과 마찬가지로 병원 생활 역시 회식이 많다. 인턴은 한 달마다 과를 옮겨가며 근무하기 때문에 보통 한 달에 한 번씩은 인턴을 위한 회식 자리가 생기곤 한다. 한 달 동안 한 과에서 근무하더라도 교수님들을 자주 뵙지는 못한다. 그렇기 때문에 회식 자리는 교수님들께 다시 한번 인사를 드리고, 평소 궁금했던 점들을 오프 더 레코드로 여쭤볼 수 있는 기회가 된다. 교수님들의 전공의 시절 이야기, 병원 밖의 이야기, 교수로 살아가는 삶의 이야기는 언제나 흥미로웠다. 게다가 회식 자리에서는 인턴 월급으로는 엄두도 못 낼 맛있는 음식들 또한 마음껏 먹을 수 있다. 회식은 직장생활의 연속이라고 하지만 나는 그런 회식을 좋아했다.

　그동안 수많은 회식이 있었지만 유독 기억에 남는 회식이 있다. 매달 한 번씩 있는 인턴을 위한 회식은 인턴과 레지던트 선생님들 그리고 교수님들께서 참석하시는 작은 회식이다. 간혹 과에 따라서 함께 일하는 간호사 선생님들 몇몇이 참석하시기도 하지만 대개 그 규모는 그리 크지 않다. 하지만 1년에 한 번, 해당 과와 관련된 모든 직원이 한자리에 참석하는 대규모 회식이 있는데 그것이 바로 송년회다.

나는 12월에 외과에서 근무했고 송년회 역시 외과에서 보내게 되었다. 외과를 좋아했던 나는 내 병원 생활의 첫 송년회를 외과에서 보낼 수 있어서 기뻤다. 나는 외과와 학생 시절부터 인연이 있었다. 의과대학 학생 시절 6년 동안 뵈어온 나의 담당 교수님께서는 외과 교수님이셨다. PK 시절 병원에서 실습할 때 외과에서 조장을 했고, 본과 1학년 시절 세브란스 병원 외과 췌장 분과에서 서브 인턴으로 실습했다. 게다가 우리 병원 외과에는 나와 같은 대학을 졸업하신 교수님이 계셨다. 그만큼 나는 외과와 깊은 인연이 있었다.

근무 첫날 교수님들 앞에서 자기소개를 하는 시간이 있었다. 늘 해오던 자기소개와 다를 바 없이 나는 어느 지역에서 태어나서 자랐고 어느 학교를 졸업했는지를 말씀드렸다. 그리고 나의 취미에 대해 말씀드리며 학생 시절 밴드부에서 동아리 활동을 했다고 말씀드렸다. 그 말을 들은 교수님께서는 일순간 눈을 반짝이시며 "그러면 혹시 이번 달 송년회 때 노래 불러줄 수 있니?"라고 말씀하셨다. 잠시 당황했지만 생각하기도 전에 입에서 먼저 "시켜 주시면 열심히 하겠습니다."라는 대답이 나왔다. 어느덧 인턴 생활 9개월에 접어드는 나는 열정맨 그리고 예스맨이 되어 있었다.

의사로 한번 살아보겠습니다

한 달은 쏜살같이 흘러갔다. 전공의 시험과 레지던트 면접까지 치러야 했던 12월은 인턴 생활 중 가장 바쁜 한 달이었다. 이번 회식은 인턴 생활의 모든 중요한 일정이 끝난 뒤의 회식이라, 결과는 어떻게 나올지 몰라도 마음만은 홀가분했다. 나와 짝 턴 동기는 이번 달에 고생했던 만큼 그저 배가 터지도록 먹고 마시는 데 집중하기로 했다.

송년회는 대략 80명에 가까운 인원이 함께했다. 외과에서 일하는 선생님들이 이렇게 많았나 싶을 정도의 인원이었는데, 식당 하나를 통째로 빌렸음에도 회식 장소는 금세 발 디딜 틈 없이 가득 찼다. 송년회 분위기는 정말 좋았다. 올해 한 해도 고생했다며 여기저기에서 덕담이 들려왔고, 비싼 고기들이 눈앞에서 끊임없이 구워졌다. 고기 접시는 비어 있을 틈조차 없이 새로운 고기로 계속 채워졌고 맥주잔 역시 비워졌다 채워지기를 끊임없이 반복하며 회식 분위기는 서서히 무르익어갔다. 분위기를 살피시던 교수님께서는 나를 바라보시며 눈짓으로 신호를 주셨고, 나는 교수님께서 미리 준비해 주신 마이크를 집어 들고 식당 한가운데로 나갔다. 드디어 때가 왔다.

술기운 때문인지 그간의 인턴 생활로 간이 커졌기 때문인지, 나는 부담스럽기보다 이 상황이 그저 재미있었다. 식당 한가운데에 서서 간단하게 자기소개를 한 뒤 틈틈이 준비했던 가수 이문세의 〈깊은 밤을 날아서〉를 부르기 시작했다. 1절만 부르고 자리에 돌아가려던 나의 계획은 막내의 재롱을 귀엽게 봐주신 선생님들의 앵콜 세례로 수포로 돌아갔다. 이어서 남자의 가슴을 울리는 윤도현밴드의 〈사랑했나봐〉를 불렀다. 술에 노래가 더해지니 없던 흥마저 오르기 시작했고, 몸이 근질근질 하셨던 선생님들께서는 한 분 두 분씩 무대로 나와 노래를 부르기 시작했다. 점점 뜨거워지는 분위기에 평소 근엄하셨던 교수님들조차 춤과 노래로 무대를 뒤집어 놓으셨다.

회식이 끝난 뒤 교수님들께서 "한 달 동안 고생 많았다.", "부담스러웠을 텐데 용기 내줘서 고맙다.", "너는 무슨 과에 가서도 잘할 거다." 등등 따뜻한 말씀과 함께 내 어깨를 토닥이셨다. 외과에서 근무했던 한 달은 정말 쉽지 않았다. 응급수술과 밤샘 수술이 많았고 담당했던 환자의 상태가 악화되어 중환자실에서 마음을 졸이기도 했다. 어려운 보호자를 만나 마음고생도 했고 거기에 전공의 시험과 면접으로 인해 잠잘 시간도 부족했다. 하지만 한 달은 어떻게든 지나갔고 힘들었던 시간은 이내 뿌듯함으로 바뀌었다. 막내 의사에게는 무엇보다 열정이 제일 중요하다는 것을 여러 경험을 통해 배워간다. 일도 공부도 그리고 회식자리도 그저 열심히 해야 한다. 바로 그 자세가 사회 초년생이자 막내 의사인 인턴이 가져야 하는 기본자세였다.

의사로 한번 살아보겠습니다

# 25살 연상
## 친구가 생겼습니다

6개월 동안 근무했던 상반기 병원에서의 마지막 날, 나는 생각지도 못했던 친구가 한 명 생겼다. 나보다 25살 연상이던 그녀는 우리 엄마보다도 나이가 많았다. 늘 깔끔한 성격이었던 그녀의 손이 닿는 모든 곳은 언제 그랬었냐는 듯 빛이 났다. 쓰레기와 널브러져 있는 옷가지들로 가득했던 인턴 당직실은 그녀로 인해 늘 깨끗하게 유지되었다. 그녀는 늘 부지런했고 성실했으며 항상 웃는 얼굴로 주위의 분위기를 밝게 만들었다. 늘 미소와 함께 인사를 건네던 나의 새로운 친구의 정체는 바로 미화 여사님이다.

미화 여사님들은 병원의 이미지를 만드는 숨은 일등 공신이다. 보이지 않는 곳에서 늘 열심히 일해 주시는 덕분에 우리 병원은 늘 깨끗할 수 있다. 화장실, 복도, 회의실, 전공의 숙소까지 미화 여사님들의 손을 거쳤다 하면 반짝반짝 빛이 났다. 늘 당연하게 여겼던 5성급 호텔 수준의 깨끗함은 전적으로 미화 여사님들 덕분이었다.

수많은 미화 여사님 중, 전공의 당직실을 청소해 주시던 분은 한 분이셨다. 나는 당직실에서 업무를 보며 종종 '청소해 드려도 될까요?'라는 말과 함께 조용히 방문을 열곤 하셨던 미화 여사님과 마주쳤다. 몇 평 남짓한 좁은 당직실 청소는 금방 끝나서 몇 마디 나누지는 못했지만, 자주 뵙는 만큼 우리는 시나브로 친해지기 시작했다.

우리 병원은 전공의 복지에 상당히 진심이다. 식사도 걸러 가며 일해야 하는 전공의들의 생활을 잘 알기 때문에, 다른 것은 몰라도 전공의들의 식사만큼은 최선을 다한다. 정기적으로 2주에 한 번씩 있는 인턴 교육을 받으러 가는 날이면, 수련교육부 직원분들은 매번 강의실 앞에서 먹을 것이 잔뜩 들어 있는 박스를 하나씩 나누어 주셨다. 박스의 구성은 매번 달랐다. 샌드위치와 햄버거, 디저트 세트, 과일, 또 어느 날은 전통 한과세트가 들어 있기도 했다. 간식 구성만 봐도 병원이 우리의 식사에 얼마나 관심을 갖고 있는지 느껴졌다.

나는 병원에서 받은 간식 상자를 종종 미화 여사님께 드리곤 했다. 대학생 시절 학교 앞에서 자취했던 나는 청소를 하지 않으면 집이 어디까지 더러워질 수 있는지를 몸소 체험했다. 그 경험을 통해 깔끔한 공간의 뒤에는 누군가의 땀방울이 있다는 사실을 배웠다. 시커먼 남자 인턴 넷이 함께 쓰는 방에서 늘 좋은 냄새가 나고 깔끔할 수 있었던 데에는 다 이유가 있었다. 나는 감사의 마음을 간식 상자로 작게나마 표현했다.

남자 숙소가 으레 그렇듯 우리 방문에도 풀업바가 걸려 있었다. 바쁜 인

의사로 한번 살아보겠습니다

턴 생활 중에도 근 손실을 막아보겠다는 우리의 굳은 의지였다. 방에 들어가고 나올 때마다 풀업을 하곤 했는데, 가끔씩 방을 청소해 주러 오시던 미화 여사님을 운동을 하고 있는 상태에서 마주치는 때도 있었다. 창피한 일은 아니었지만 괜히 머쓱했던 나는 운동을 멈추고 방으로 들어가려 했는데, 여사님께서는 그런 나를 보고 당신의 아들 이야기를 꺼내셨다. 여사님은 아들이 한 명 있었는데 나와 나이가 비슷했고 운동을 좋아했다. 아들은 홈 트레이닝에 진심이라 푸쉬업과 풀업을 상당히 잘했고 어깨도 상당히 넓은 듯 했다. 선생님은 운동을 더 하셔야겠다는 여사님의 농담 섞인 말을 계기로 나는 얼굴 모를 여사님의 아들을 경쟁상대 삼아 전보다 더 열심히 풀업을 했다.

우리 부모님과 동년배였던 여사님은 내가 마치 아들처럼 느껴졌던 모양이다. 잠은 잘 자가면서 일하는지, 밥은 잘 먹고 있는지 등등 엄마가 매일 전화 너머로 하던 걱정들을 여사님 역시 똑같이 해주셨다. 병원은 사람과 사람이 만나는 곳이었고 그곳에서 다양한 형태의 우정이 피어나고 있었다.

근무 마지막 날 병원을 나오기 전 마지막으로 미화 여사님과 인사를 나누었다. 다음에 다시 만나게 된다면 반갑게 인사를 하자는 약속과 함께 우리는 친구가 되었다. 나는 그날 이후 다른 지역에 위치한 병원에서 일을 하느라 여사님을 다시 보지는 못했다. 하지만 새로운 직장에서 같은 복장으로 청소하고 계신 미화 여사님들을 볼 때면 가끔씩 그 여사님이 떠오르곤 한다. 그 친구는 여전히 파리도 미끄러질 정도로 병원과 인턴 기숙사를 깨끗하게 청소하고 있을 것이다. 그리고 나와 룸메이트들이 머물던 그 방에서 새로운 인턴들을 만나 또 새로운 인연을 쌓아가고 있을 것이다.

# 두 유 스피크 잉글리시?

바야흐로 세계화 시대이다. 초등학생 시절 우리나라는 단일민족으로 이루어진 국가라고 배웠으나, 한국에 거주하는 외국인의 수가 226만 명을 넘어서면서 그 말은 더 이상 무색해져 버렸다. 통계를 증명이라도 하듯 다양한 인종의 다양한 언어를 사용하는 환자들이 병원을 방문한다. 외국인 환자들의 수가 점차 늘어나면서 언어가 치료의 장벽이 되지 않기 위해 병원에는 통역사 선생님들이 계신다. 영어, 중국어, 러시아어, 프랑스어 등등 분명 이곳은 한국이지만 병원 이곳저곳에서 세계 여러 나라의 언어들이 들려온다.

인턴 역시 외국인 환자들을 마주할 일이 많다. 응급실에서 근무할 때가 유독 그렇다. 초록색 눈동자의 외국인이 배가 아프다며 오고, 파란색 눈동자의 외국인이 이마가 찢어졌다며 온다. 차트에 적힌 환자의 이름은 6글자일 때도 있고, 그보다 더 길어서 차트에 다 들어가지 않을 때도 있다. 한국어를 잘하는 외국인보다 그렇지 못한 외국인이 훨씬 많지만, 인턴은 통역사 선생님을 모셔 오는 경우가 거의 없다. 그분들이 계시면 일하기가 훨씬 수월하겠지만, 해야 할 일이 산더미처럼 쌓여 있는 인턴에게는 선생님을 모시러 가는 시간조차 아깝기 때문이다. 어떻게든 본인의 능력으로 일을 해결하는 것이 훨씬 빠르다. 그런 이유로 인턴에게 외국어 실력은 필수 아닌 필수다.

외국인 환자를 대하는 것은 한국인 환자를 대하는 것보다 더 큰 마음의 준비가 필요하다. 일상 대화도 쉽지 않은데 의학적인 대화를 나누어야 하니 심리적 부담감은 배가 된다. 내가 전달하고 싶은 내용을 정확하게 표현하기 위해 환자에게 가기 전 설명할 내용들을 미리 머릿속으로 되뇌어본다. 영어로 어떻게 말해야 할지 도저히 생각이 나지 않을 때는 인턴 생활의 필수 앱 중 하나인 〈파파고〉를 켰다.

인턴에게 파파고는 사막의 오아시스이자 굶주린 배에 죽 한 그릇이다. 파파고만 있다면 외국인 환자를 대할 때 부담이 반의반으로 줄어든다. 나는 파파고로 번역한 문장들을 외우고 심호흡을 한 뒤 환자에게 갔고, 비록 유창하지는 않아도 정확한 의미를 전달하기 위해 필수적인 단어들은 빠뜨리지 않으며 말을 이어 나간다. 나름대로 최선을 다한 나의 설명이 환자에게 전달되지 않으면 말짱 꽝이므로 중간중간 내 말을 제대로 이해했는지 확인하는 건 필수이다. 환자에게 본인의 상태를 이해시키는 데 성공했다면 다음으로는 동의서를 받아야 한다. 산 넘어 산이다. 한국인 환자에게 동의

의사로 한번 살아보겠습니다

서를 받는 것도 말을 많이 해야 해서 쉽지 않은데, 그 모든 내용을 영어로 설명해야 한다. 아 어렸을 적 영어 공부를 열심히 해야 한다고 하셨던 선생님의 말씀을 왜 듣지 않았을까. 어른들의 말씀 중에 틀린 것 하나 없었다.

　외국인 환자들을 마주할 때마다 영어의 중요성을 절절히 깨닫는다. 사실 해외여행을 가더라도 여행자의 입장에서는 굳이 영어를 능숙하게 할 필요는 없다. 식당에서 음식을 주문하고 호텔에서 체크인을 할 수 있을 정도면 충분했다. 그 이상으로 영어를 잘하면 현지인들과 의사소통을 조금 더 할 수 있겠구나 정도로 생각했을 뿐 나는 나의 영어 실력에 만족하고 살아왔다. 그러나 이제는 내 영어실력으로는 한계가 보였다. 영어를 능숙하게 해야만 하는 때가 왔다. 심지어 영어마저도 만능열쇠가 되지는 못했다. 영어와 한국어를 둘 다 못하는 외국인 환자분들도 많았다. 중국어, 러시아어, 베트남어 등등 제2외국어 앞에서는 한없이 무력해지는 나는 또다시 〈파파고〉를 켰다.

　동기들과 술 한잔을 기울이며 외국인 환자들에 대해 이야기했더니 동기들은 그동안 배웠던 영어로 그냥 대화하면 되는 거 아니냐며 별로 대수롭지 않은 반응을 보였다. 어? 너희 영어 잘해?

　그렇다. 내 앞에 있는 사람들은 이미 영어에 도가 튼 사람들이었다. 영국에서 어린 시절을 보냈던 동기, 외국어 고등학교를 졸업한 동기, 국제 학교에 다녔던 동기, 그것도 아니면 영어유치원을 다녔던 동기 등등. 다들 말은 안 했을 뿐 기본적으로 탄탄한 외국어 실력을 갖추고 있었다. 과연 동기들뿐이겠는가, 내가 산부인과에서 근무했을 때 그 과에 있던 레지던트 선생님들은 모두 미국 국적이었다. 오히려 교수님들께서 외국인 환자가 있을 때 레지던트 선생님들에게 도움을 요청할 정도로 내 주위에는 어마어마한 능력자들이 많았다. 역시 세상은 넓고 인재들은 많았다. 내 영어 실력. 지금이라도 늦지 않았으려나

의사로 한번 살아보겠습니다

# 인턴 B의 이야기

**Q. 처음 인턴으로 근무를 시작했을 당시 어떤 마음이었나요?**

Int. B    처음에는 정말 아무 생각이 없었죠. 출근하기 며칠 전 인턴을 마무리하는 선생님들에게 앞으로 어떤 일을 하게 될지, 그 일을 어떻게 해야 할지에 대해 인계받았어요. 선생님은 열심히 설명해 주셨지만, 설명을 듣는 저는 당황스럽기만 했죠. 저도 타교 출신이라 모르는 것 투성이었거든요. 병원의 구조도, 원내 프로그램 사용법도 전혀 모르는 상태에서 설명을 들으니, 인계 내용이 전혀 머리에 들어오지 않았어요. 왼쪽 귀로 들어와서 오른쪽 귀로 흘러 나가는 것만 같았죠. 그렇게 받았던 인계를 어떻게든 이해해 보려고 수도 없이 읽어보았던 기억이 나네요.

처음 출근하는 날이 되었을 때는, 눈을 뜨는 순간 딱 한 마디가 머릿속에 울렸어요. 아 뭐 되었다. 긴장감과 부담감에 도망가고 싶은 마음이 굴뚝같았지만 다 큰 성인이 그럴 수는 없잖아요. 가까스로 마음을 억누르면서 출근 버스를 탔는데 버스 요금이 엄청 저렴한 거예요. 저는 시내버스에도 조조할인이 있다는 사실을 처음 알았어요. 이렇게 이른 시간에 버스를 타본 적이 있어야 말이죠. 앞으로 1년 동안 조조할인이 적용되는 시간대에 출근해야 한다는 사실에 마음이 무거웠어요. 제때 일어나는 것도 쉽지 않겠더라고요.

출근해서 원내 프로그램을 켰는데 앞이 캄캄했어요. 분명 열심히 인계를 들었는데 어떻게 써야 하는지 하나도 기억이 안 나더라고요. 낫 놓고 기역 자 모르는 상황이었어요. 옆에 있는 동기들에게 하나씩 다시 물어가며 어떻게든 일을 해나갔죠. 심지어 제가 첫 달에 근무했던 과는 전공의 선생님들이 안 계셨던 과라 인턴이 주치의를 봐야 했어요. 게다가 인턴 한 명이 근무하는 과였기 때문에 병동 업무, 환자 차트 기록, 처방 등등 모든 일을 저 스스로 해야 했어요. 아는 건 없는데 해야 할 건 산더미였죠. 혼나고 물어보고 일하고를 하루 종일 반복했는데, 제가 살면서 보냈던 가장 긴 하루였어요.

퇴근 후 자취방으로 돌아오는 길에 '내가 이 일을 언제까지 할 수 있을까?' 하는 생각이 들더라고요. 긴장감, 무력감, 당황스러움, 낯섦 등등 수많은 감정으로 범벅이 된 하루였어요. 그날만 생각하면 아직도 아찔합니다.

의사로 한번 살아보겠습니다

## Q. 인턴 생활 중 힘들었던 기억은 무엇이 있나요?

Int. B    근무를 시작했던 그 첫 달이 가장 힘들었어요. 그 한 달은 예방접종 같았던 한 달이었어요. 정말 힘들었지만 그 한 달을 버텨냈기에 그 뒤의 열한 달이 비교적 괜찮게 느껴졌거든요. 기억에 남는 한 케이스가 있어요. 어느 날 응급실에 환자가 왔다는 연락을 받고, 환자를 보러 갔어요. 환자분은 중국인이었어요. 다행히도 한국어 의사소통이 가능했지만, 그렇다고 한국인처럼 유창하게 우리말을 하시던 분은 아니었어요. 교수님께 노티를 드리고 X-ray와 CT를 촬영해 보니 요로결석[31]이 있었고 수술을 해야 하는 상황이었죠. 번역기를 써가며 환자분께 현재 상황을 설명했고, 수술하기 위해 필요한 절차들을 하나씩 밟아갔어요. 마지막으로 마취통증의학과에 연락해서 수술방도 예약했죠.

그런데 수술까지 한 시간이 남았을 때쯤, 마취통증의학과에서 연락이 왔어요. 제가 유심히 보지 못했던 환자분의 검사 결과를 보시고, 약물을 통해 수치를 교정한 뒤에 수술을 시작하는 게 좋겠다고 하셨죠. 제 실수였어요. 환자의 안전한 수술을 위해, 그리고 교수님들의 스케줄에 지장이 없게 하기 위해 미리 교정을 해야 했었죠. 이 사실을 교수님께 말씀드렸을 땐 정말 단단히 혼이 났어요. 그때 참 허탈하더라고요. 나름대로 최선을 다하고 있는데 아직도 부족한 부분이 많구나. 좋은 의사까지는 아니더라도 기본은

---

31 요로결석 : 소변이 배설되는 길인 요로에 돌이 생겨 통증, 혈뇨 등 다양한 증상을 유발하는 질환

하는 의사가 되고 싶었는데 내 능력이 안 따라주는구나. 당시에는 심적으로 참 힘들었는데, 결국은 다 지나가더라고요. 똑같은 실수를 다시는 안 하도록 정신을 바짝 차리고 노력했더니 되레 많이 성장할 수 있었어요. 위기가 곧 기회가 된 셈이죠.

## Q. 인턴 생활 중 좋았던 기억은 무엇이 있나요?

Int. B    퇴근 후 동기들과 함께하는 시간이 가장 기억에 남아요. 내가 TV에서만 보던 직장인의 삶을 살고 있구나 하는 생각에 감격하기도 했죠. 힘든 회사 생활 그리고 동기들과 기울이는 맥주 한잔. 마치 성숙한 직장인이 된 것 같았어요. 일을 하면서 환자와 보호자분에게 감사를 받았던 경험도 기억에 남아요.

인턴은 드레싱 기계라고 불릴 정도로 드레싱을 많이 해요. 제가 담당했던 환자 중에는 전신에 욕창이 있던 분이 계셨어요. 하루에 한 번씩 최소 30분 동안 전신에 드레싱을 해야 했던 케이스였죠. 왠지 모르게 이 환자분에게 마음이 쓰였어요. 그래서 제가 잠을 30분 못 자더라도 이 환자분만큼은 꼭 매일 드레싱을 해드렸어요. 매일 소독을 하러 가니 보호자분과 안면도 트게 되었고, 제가 드레싱을 할 때 그분께서 많이 도와주시기도 했어요. 이런저런 대화를 나누며 드레싱을 할 때마다 보호자분께서는 저에게 고맙다는 말씀을 빼먹지 않으셨죠. 내가 누군가에게 도움을 주는 사람이구나

의사로 한번 살아보겠습니다

하는 생각에 정말 뿌듯했어요.

Q. 레지던트를 지원할 때 어떤 기준으로 과를 선택했나요?

Int. B   일단 저는 피부과에 지원했어요. 학생 때부터 피부과에 관심이 있었어요. 물론 일편단심은 아니었지만, 늘 고려 대상에는 있었어요. 피부과 이외에 이비인후과나 성형외과, 안과처럼 수술을 하는 과들도 관심이 있었죠. 저는 인턴을 하면서 수술과를 고려 대상에서 제외했어요. 수술과 중 하나인 산부인과에서 근무하며 두 가지를 깨달았죠. '내가 수술이 적성에 맞는구나.' '하지만 그 이상으로 내 체력이 많이 약하구나.' 의과대학 학생 시절, 수술과를 고려할 정도로 수술에 관심이 있었고 흥미도 있었지만, 그것만으로는 수술과를 선택할 수 없었어요. 수술과에서 레지던트로 4년간의 힘든 수련을 견딜 자신이 없었어요. 그래서 수술하는 것처럼 손을 많이 쓰지만 수술하지는 않는 과를 생각하니 결국에는 피부과가 남더라고요. 그렇게 피부과에 대해 알아보기 시작했고 저와 잘 맞겠다는 생각이 들었어요. 저는 눈으로 볼 수 있는, 직관적인 것들을 좋아해요. 피부는 병변과 병변이 회복되는 과정이 눈으로 명확하게 보이잖아요. 생검[32] 과정도 그렇죠. 비록 입국하기 굉장히 어려운 과지만 도전해 보고 싶었어요.

---

32 생검 : 세포 조직을 채취하여 현미경으로 검사하는 과정.

**Q. 우수한 인턴이란 어떤 인턴이라고 생각하나요?**

Int. B     일을 잘하는 인턴이죠. 병원은 더 이상 학교가 아니라 직장이니까요. 직장에서는 일을 잘하는 것이 무엇보다 중요해요. 그러면 일을 잘하는 게 과연 어떤 것인가 하는 의문이 자연스레 들 거예요. 사람마다 생각이 다르겠지만, 저는 의사소통을 잘하는 인턴이 일을 잘하는 인턴이라고 생각해요. 병원 일은 혼자서 할 수 있는 건 아무것도 없어요. 모든 일이 사람들과 함께 하는 일이죠. 교수님, 레지던트 선생님, 간호사 선생님 등등 많은 분을 돕고, 또 도움을 받아요. 톱니바퀴들이 맞물리며 돌아가는 것과 비슷해서, 서로 의사소통이 잘되는 것이 무엇보다 중요해요. 잘못된 의사소통은 고장 난 톱니바퀴죠.

그리고 일의 우선순위를 정하는 것, 그러니까 중요한 일과 중요하지 않은 일을 구분하는 것도 정말 중요해요. 같은 시간을 일해도 결과물의 차이가 나는 게 바로 이런 이유 때문이에요. 내가 레지던트 선생님과 교수님의 입장이 되어서 생각해 보면 이해가 될 거예요. 지금 당장 어떤 검사 결과가 필요하고, 환자에게 어떤 처치를 해야 하는지요.

**Q. 병원을 이동하며 근무하는 순환근무는 어땠나요?**

Int. B     지역은 달라도 같은 의료원 소속이라 병원들이 다 비슷할 것 같

의사로 한번 살아보겠습니다

았는데, 전혀 아니더라고요. 사용하는 원내 프로그램만 비슷하지 그것 이외에는 대부분이 새로웠어요. 병원 분위기, 인턴 업무의 범위, 사용하는 물품의 종류 등등. 상반기에 근무했던 병원에 이미 적응이 된 상태에서 하반기 병원에 새롭게 적응하는 데 시간이 꽤 필요했어요. 유목민족이 된 것처럼 한곳에 정착하지 않고 계속 떠돌이 생활을 하는 게 피곤하기도 했고요.

하지만 일단 적응이 되니까 여러 장점이 보였어요. 새로운 사람들을 만날 수 있고, 그들로부터 많이 배울 수 있었죠. 같은 인턴이지만 대단한 사람들이 정말 많더라고요. 역시 세상은 넓고 인재는 많았어요. 병원마다 시스템이 다른 만큼 같은 일을 여러 방식으로 해보며 다양한 관점을 가져볼 수도 있었죠. 순환근무는 한마디로 양날의 검입니다.


## Q. 인턴을 마무리하는 지금, 어떤 감정이 드시나요?


Int. B　　　인턴으로 근무했던 지난 1년 동안 저도 나름 내공이 많이 쌓였어요. 이제는 병원이 어떤 식으로 돌아가는지 어느 정도 이해하고 있거든요. 그래서 내년에 레지던트를 시작하기가 더 두려워요 하하. 인턴도 나름 힘들다고 생각했는데, 레지던트 업무에 비하면 인턴 업무는 새 발의 피였어요. 처음 인턴을 시작했을 때도 두려움을 느꼈지만, 그때의 막연한 두려움과는 다르게 지금은 구체적으로 두렵다고나 할까요. 새로운 앞날에 대한 설렘과 두려움이 공존하고 있어요. 저도 제가 잘 해냈으면 좋겠습니다. 하하

## Q. 예비 인턴들에게 해주고 싶은 조언이 있나요?

Int. B    본인의 인턴 생활을 결과 하나만으로 평가하지 않기를 바라요. 인턴은 늘 평가받고 선택받기를 바라는 입장이에요. 우리가 인턴 수련을 받는 이유는 좋은 인턴 성적을 받아 원하는 과의 레지던트가 되는 것이죠. 그렇다 보니 결과에 큰 의미를 두곤 해요. 그리고 그 결과가 본인의 지난 10개월을 대변한다고 생각하죠. 당연히 그럴 수 있어요. 누구나 기대한 결과가 안 나오면 속상하고, 슬퍼요. 열심히 해왔던 지난 시간이 부정당하는 기분이 들 수도 있어요. 하지만 결과가 좋든 안 좋든, 무던히 넘어가는 것이 가장 중요하다고 생각해요. 이 세상에 열심히 하지 않는 인턴은 단 한 명도 없어요. 모두가 잠을 줄여가면서, 식사를 걸러 가면서 일해요. 그렇게 열심히 살아온 날들은 절대 사라지지 않아요. 본인이 흘린 땀의 가치를 평가절하하지 말아요. 인턴을 하며 배웠던 것들은 살아가면서 분명 어디서든 도움이 될 테니까요. 내가 못나서 떨어진 게 아니고, 내가 잘나서 붙은 게 아니다. 그저 운이 그랬기에, 올해는 그렇게 될 운명이었기에 그런 결과가 나온 것이다. 하며 가볍게 생각하기를 바라요. 결과에 흔들리지 않는 단단한 마음을 가지기를 바랍니다.

의사로 한번 살아보겠습니다

# PART 3

# 초보 의사의
# 은밀한 사생활

# 나를 나답게 만드는
# 꾸준한 취미

오전 6시부터 오후 6시까지의 정규 근무, 다시 오후 6시부터 다음 날 오전 6시까지의 당직 근무. 꼬박 24시간 연속근무를 하고 나서야 첫 오프가 찾아왔다. 당직을 하는 내내 휴대폰 알람은 멈출 줄을 몰랐다. 나는 밤새 쌓여 있는 콜을 확인하고 피곤에 절여져 무거워진 몸을 일으켜 병동에 가기를 반복했다. 새벽의 병원은 깜깜했다. 저 멀리 켜져 있는 병동의 불을 등대 삼아 이 병동, 저 병동을 돌아다니며 쌓인 콜들을 처리했다. 당직을 버티기 위해 늦은 저녁에 마셨던 커피의 효과가 있었는지 새벽 2시까지는 버틸만했다. 그러나 그 이후로는 카페인도 눈꺼풀의 무게를 이길 수 없었고 시간이 지날수록 정신이 혼미해져갔다. 나는 눈은 뜨고 있지만 정신은 자고 있는 기묘한 상태를 유지하며 그저 모니터를 멍하니 바라보았다. 차라리 이럴 시간에 조금이라도 자자는 생각으로 당직실 침대에 몸은 뉘었다. 5분만 눈을 감고 있으려 했지만 정신을 차려보니 30분이 흘러 있었다. 시간이 이렇게 빨리 흘러갈 수가 있다니. 시간은 똑같이 흐르지 않는다는 아인슈타인의 상대성이론이 맞았다. 나는 졸린 눈을 비비며 해가 떠오를 기미조차 보이지 않는 창문 밖을 바라보았고, 얼른 퇴근 시간이 되기만을 기도했다.

영원할 것 같던 당직도 결국에는 끝이 났다. 본가가 수도권에 있는 동기들은 하나둘 본가로 향했지만, 병원에서 본가까지 편도 3시간이 넘게 걸리는 나는 짐을 싸는 대신 당직실 침대로 향했다. 퇴근을 하고도 직장에 있는 것은 슬픈 일이지만 당장 갈 곳이 없었다. 병원 앞에 있는 오피스텔은 공급보다 수요가 월등히 많아서 3월에는 도저히 빈 방이 나지 않았다. 그래서 나는 3월 한 달 동안 당직실과 호텔방을 전전하며 떠돌이 생활을 해야 했다. 거기에 감기는 눈꺼풀을 도저히 이겨낼 도리가 없었기 때문에 나는 당직실 침대에서 기절하듯 잠에 들었고 눈을 떠보니 어느새 12시가 되어 있었다.

부스스한 머리를 한 채 일어난 나는 오후에 있는 약속을 위해 좀비처럼 움직이기 시작했다. 오프 첫날에는 다른 병원에서 인턴을 하고 있는 친구와 만나기로 했다. 각자 스케줄이 달라 약속을 잡기가 쉽지 않았는데 운이 좋게도 근무 첫 주에 오프가 맞았다. 약속 장소에서 만난 그 친구는 마지막으로 얼굴을 보았던 3주 전과는 비교도 안 될 정도로 얼굴이 헬쑥해져 있었다. 인턴의 노고는 인턴이 제일 잘 알기에 누구 하나 말하지 않아도 서로가 얼마나 고생했는지 짐작할 수 있다. 가족조차 완전히 이해하지 못하는

의사로 한번 살아보겠습니다

부분을 가까운 사람과 나눌 수 있다는 건 큰 행운이다.

운이 좋게도 나의 첫 오프는 토, 일 이틀 오프였다. 둘째 날에는 약속이 없었기 때문에 이 시간을 어떻게 보내야 할까 곰곰이 생각해 보았다. 다음 날에도 당직 근무를 해야 하므로 서울 구경을 하기는 조금 부담스러웠다. 잠깐의 고민 끝에 나는 늘 해오던 취미생활을 하기로 결정했고 곧장 가까운 헬스장으로 향했다.

헬스, 그중에서도 러닝의 매력에 빠진 지는 1년 정도 되었다. 한창 국가고시를 준비하던 의과대학 학생 시절, 자기 계발 팟캐스트 영상을 보다가 러닝은 정신력 훈련이라는 흥미로운 내용의 동영상을 발견했다. 러닝은 그냥 달리기만 하면 되는 세상에서 제일 쉽고 재미없는 운동 아닌가? 유산소 운동이 체력을 기르는데 좋다는 사실은 알고 있었지만, 과연 정신력을 기를 정도의 운동일까 의심이 들었다. 나는 밑져야 본전이라는 생각으로 그 영상을 본 다음 날 직접 달려보기로 했고, 첫날부터 무리하면 안 되니까 초등학생들도 뛸 법한 3km를 목표로 했다. 자신만만하게 시작한 러닝이었지만 첫날 숨을 헐떡거리며 뛴 거리는 고작 1km였다. 러닝은 만만한 운동이 아니었다. 처음 700m 정도 뛰었을 무렵 '이제 그만할까?'라는 생각이 들기 시작했다. 뛴 거리가 800m가 넘어가면서 숨이 턱 끝까지 차오르기 시작했고, 1km를 뛰었을 때는 힘들다는 것 말고는 아무런 생각이 들지 않았다. 러닝 머신에서 내려와 물을 마시는데 갑자기 스스로가 너무 한심해 보였다. 나는 3km는커녕 고작 1km밖에 못 뛰는 사람이구나. 포기하고 싶다는 생각에 쉽게 굴복하는 사람이구나.

러닝은 정신력 운동이라는 그 영상이 무엇을 전하려고 했는지 정확히 이해되었고, 나의 나약한 정신을 뜯어고치고 싶었다. 나는 그 뒤로 하루에 50m씩 늘여가며 달리기 시작했다. 중간에 포기하고 싶은 생각이 들 때마다 '이런 것도 포기한다면 나는 등신 머저리다.'라고 채찍질했다. 신기하게도 더 이상 못 뛸 것 같다가도 포기만 하지 않으면 결국에는 뛰어졌다. 폐가 터져버릴 것 같아도, 쓰러질 거 같아도 뛰면 결국 뛰어졌다. 이렇게 시작한 러닝은 이제는 나의 취미가 되었다. 나는 시간이 될 때 종종 미니 마라톤을 뛰면서 작은 성취감을 얻고 있다. 달리기를 시작한 이후로 나는 이전보다 단단한 사람이 되었다.

나는 영화도 좋아한다. 의과대학 학생시절 영화 동아리에서 활동했고 여러 장르 중 특히 다큐멘터리 영화들을 좋아한다. 영화를 보고 나서 감독이 전하고자 하는 메시지를 곱씹어 보는 과정은 언제나 즐겁다. 영화를 통해 세상을 바라보는 감독의 시선을 엿보고 내가 미처 알지 못했던 세상을 경험할 수 있다.

세상에는 다양한 형태의 삶이 존재한다. 모든 삶에는 각자의 인생이 녹아 있고, 좋든 나쁘든 배울 점이 존재한다. 타인의 삶에서 무언가를 배우려면 그들을 만나 이야기를 나누는 것이 제일 좋지만, 그렇게 하기는 현실적으로 쉽지 않다. 그러나 우리는 영화를 통해 다른 삶을 간접적으로 경험할 수 있다. 영화 한 편에는 수많은 노력이 들어간다. 철저한 사전 조사와 고증, 배우들의 연기, 또 감각의 몰입을 도와줄 음악과 시각효과까지. 그 덕

의사로 한번 살아보겠습니다

분에 영화를 보는 순간만큼은 간접적인 경험을 넘어서, 나의 삶에서 벗어나 타인의 삶을 살아보는 경험을 할 수 있다. 요즘은 영화 퀄리티와 비슷하거나 때로는 그 이상의 퀄리티를 가진 드라마들이 많이 제작되고 있어, 경험해 볼 수 있는 삶이 더욱 많아졌다. 이 사실이 나는 더없이 기쁘다.

그리고 나는 시간이 날 때마다 글을 쓴다. 주로 지하철이나 기차에서 글을 쓰곤 하는데, 이동시간을 지루하지 않게 보낼 수 있는 나름 괜찮은 취미이다. 글쓰기는 어려운 작업이다. 얽히고설킨 나의 생각들을 다른 사람들이 쉽게 이해할 수 있는 글로 바꿔야 한다. 내가 전달하고자 하는 핵심 내용을 정하고, 기승전결을 구성한 뒤 정확하게 표현할 수 있는 단어를 골라야 한다. 우선 생각나는 대로 글을 적어보고, 이후에 쌀에서 작은 돌을 골라내듯 어색한 표현을 찾아내어 어울리는 표현으로 바꾼다. 그리고 적당한 길이로 문장을 나누어서 독자들이 글을 읽는 동안 편안함을 느끼도록 해야 한다. 글밥 작가님의 〈어른의 문장력〉에는 '우리는 쉼표에서 숨을 들이쉬고 마침표에서 숨을 내쉬곤 한다.'는 표현이 등장한다. 나는 내 글을 읽는 독자들이 호흡곤란이 오지 않도록 글을 조율하기도 한다.

나의 세 가지 취미는 내가 어디에서 무슨 일을 하든 내가 나로서 존재하게 해 준다. 인턴이 되면서 나를 둘러싼 모든 것이 변했다. 거주지가 지방에서 서울로 바뀌었고 직업도 변했다. 주위에는 낯선 사람들밖에 없고, 내가 보는 모든 것이 낯설다. 이런 낯선 공간에서는 쉬는 것조차 편하지가 않다. 그러나 운동을 하고 영화를 보고, 글을 쓸 때만큼은 이런 현실을 잊고 온전히 나로 있을 수 있다. 이전부터 계속되어온 나의 행동들이 루틴이 되어 나를 편안하게 한다.

새로운 환경에서 적응하고 있는 요즘, 가족과 친구들에게 연락을 더 자주 하게 된다. 아무래도 익숙하고 편안한 것을 찾고자 하는 인간의 본능 때문인 것 같다. 하지만 내가 아닌 다른 사람들에게 의지하는 것은 분명 한계가 있다. 결국에는 나 스스로 편안함을 느낄 수 있어야 한다. 스스로와 소통하고 내가 진정으로 좋아하는 것들을 해야 한다. 바로 그 취미들이 새로운 출발을 하는 나 같은 사람들에게 안정감을 주고, 새로운 환경에 적응할 수 있도록 도와줄 것이다.

누군가를 알아갈 때 흔히 그 사람의 직업이나 외모 혹은 성격을 보고 관계를 시작한다. 하지만 그 사람과 더욱 가까워지기 위해서는 사람의 취미를 알아야 한다. 직업이 아님에도 불구하고 많은 시간을 투자해야 하는 취미야말로 그 사람이 어떤 사람인지를 대번에 설명해 줄 수 있다.

본과 4학년 시절, 미국에서 병원 실습을 하며 미국인들과 많은 대화를 나누었다. 두 달 동안 그들과 함께 지내면서 본업만큼이나 취미생활에 진심인 그들의 모습에서 상당히 깊은 인상을 받았다. 그들은 행복한 삶을 살기 위해서는 취미가 반드시 필요하다고 말했다.

대한민국 사회는 전쟁터이다. 젊은 청춘들은 스펙을 쌓고 직업을 구하는 데 몰두하느라 본인에 대해 생각해 볼 시간이 없고, 입사 후에도 본인을 회사에 맞추고 타인에게 맞추느라 스스로를 잃어버리곤 한다. 그럴수록 우리는 취미를 가져야 한다. 남들이 보기에 그럴싸해 보이는 취미가 아니라, 진

의사로 한번 살아보겠습니다

심으로 마음이 가는 취미를 찾아야 한다. 삶이 힘들고 지칠수록, 언제 어디서든 나로서 살게 해주는 꾸준한 취미는 우리를 지켜줄 것이다.

# 행복은
# 멀리 있지 않았습니다

　세상만사 모든 일은 마음먹기에 달려 있다. 마음은 세상을 바라보는 방식을 정하고, 세상을 마주하는 태도를 정한다. 눈코 뜰 새 없는 바쁜 일상도 마음먹기에 따라 성장할 수 있는 기회라고 해석하며 행복해질 수 있다. 반대로 여유로운 삶을 특색 없는 밋밋한 인생으로 해석하며 불행해질 수도 있다. 그래서 우리는 지금 처한 상황 속에서 긍정적인 의미를 발견하고 행복을 찾아야 한다. 지금 어떤 상황에 처해 있든 간에 이 역시 지나가기 마련이고, 무슨 일을 하건 간에 그저 사람 사는 일일 뿐이다.

　행복은 목적이 아니다. 그렇기에 행복하게 사는 것은 인생의 목표가 될 수 없다. 오히려 행복은 목표를 향해 걷다가 우연하게 발견하는 것이다. 마치 길을 걷다 예상치 못하게 발견한 아름다운 풍경처럼. 어딘가에 놓여 있을 행복을 놓치지 않기 위해서는 행복을 찾아내려는 의식적인 노력이 필요하다. 행복은 '나 여기 있어요.'라고 외치지 않는다. 그저 우리가 찾아내야 할 대상일 뿐이다.

행복도 습관이다. 일을 처음 배울 때는 힘들지만 시간이 지나면 익숙해지는 것처럼 행복을 느끼는 것도 마찬가지이다. 처음에는 힘들 수 있다. 내가 언제, 어떤 상황에서 행복을 느끼는지는 그 누구도 알려주지 않는다. 행복은 너무나도 주관적이라 다른 사람이 대신 답해줄 수 없다. 나 스스로 이것저것 시도해 보며 찾아내야 한다. 그러나 일단 내가 행복해지는 상황을 알게 되면 그런 상황을 자주 만드는 것은 어렵지 않다. 행복을 느끼는 상황의 종류를 점차 늘리고, 그 상황의 빈도를 높이다 보면, 결국 우리는 습관적으로 행복해질 수 있다.


우리 병원 지하에는 '백미당'이라는 가게가 있다. 나는 입사 후 처음 알게 된 브랜드였는데, 알고 보니 꽤 유명한 브랜드였다. 동기들의 손에 이끌려 처음 경험해 본 백미당은 충격적이었다. 여러 메뉴가 있었지만 아이스크림이 정말 굉장했다. 진한 생우유와 초콜릿이 섞인 아이스크림 그리고 버터를 가득 품은 콘의 조화는 웃음이 절로 나오게 했다. 그 달콤함을 느끼는 순간만큼은 나는 의심의 여지없이 행복했다. 비록 매일 먹기에는 부담스러운 가격이었지만, 병원 안에서 확실한 행복을 찾을 수 있는 길이 바로 여기에 있었다. 아이스크림은 나에게 가볍지만 확실하고 짧지만 명확한 행복을 주었다. 그 후로 나는 피곤한 날, 여유로운 날, 특별한 날에는 꼭 백미당에 들러 아이스크림을 먹었다.

우리 당직실은 룸메이트 형 덕분에 늘 커피 향으로 가득했다. 커피에 진심이었던 그 형은 본인의 핸드 드립 세트를 당직실에 가져와 직접 드립 커피를 내려마셨다. 스틱 커피를 주머니에 넣고 다니며 간간이 물에 타 마시던 나는 그 형 덕분에 갑작스러운 호사를 누리게 되었다. 그라인더에 가득 채운 원두를 갈아내는 것은 정말 매력적이었다. 원두를 부숴버리는 데에서 오는 쾌감과 코를 찔러오는 고소한 내음. 그러면서 룸메이트들과 나누는 담소 덕분에 쿰쿰한 병원 당직실은 한낮의 브런치 카페로 변했다.

포트로 뜨거운 물을 붓는 건 꽤 세밀한 작업이었다. 손목 스냅으로 물줄기의 굵기를 조절해야 했고 종이필터에 닿지 않게 전체적으로 원두를 적셔야 했다. 스테이크를 구울 때나 있는 줄 알았던 레스팅 과정이 커피를 내릴 때도 있다는 사실도 알게 되었다. 형의 가르침을 따라 직접 커피를 내려보면서 핸드 드립 커피가 다른 커피들에 비해 비싼 이유를 드디어 이해했다. 룸메이트 형이 열어준 핸드 드립의 세계 덕분에 나는 또다시 행복해졌다. 같은 원두로 만들었음에도 불구하고 내 것보다 훨씬 맛있는 룸메이트 형이 내려주는 커피를 마시며, 언젠간 나도 이런 커피를 만들겠다는 소소한 목표가 생겼다. 작은 목표가 생긴 것 또한 행복한 일이다.

이 형은 집에서 마시던 차까지 당직실에 쾌적했다. 이 정도면 집에 있는 살림을 모조리 챙겨 온 건 아닐까 싶은데, 나야 그저 고마울 따름이었다. 백화점과 고급 카페에서만 보던 비싼 차가 당직실에 넘쳐나기 시작했다. 늦은 밤에 차 한잔 마시며 재즈음악을 듣는 게 삶의 낙이었던 나는 좋은 동기 덕분에 한층 더 행복해질 수 있었다.

우리는 생일인 동기가 있으면 늘 작은 생일파티를 열었다. 아무리 당직이라도 생일을 그냥 넘어갈 수는 없었다. 아무리 바쁘더라도 챙길 건 챙겨야 한다. 별것 아니라고 생각해 쉽게 놓아버리는 부분들이 오히려 우리의 삶을 풍요롭게 해주는 조미료가 된다. 생일에는 무슨 일이 있어도 생일 축하 노래를 부르고 케이크를 먹어야 한다.

나는 일하는 사이 짧은 틈을 이용해 지하에 있는 빵집에 내려가 케이크를 샀고 배달 음식을 주문했다. 생일 케이크와 음식의 종류는 보통 '아무거나'이다. 다들 바쁘게 일하느라 몇 시간씩 답장이 없는 경우가 잦기 때문에, 생일 파티 음식들은 생일을 맞은 사람의 취향보다도 음식을 시키는 사람의 취향이 담긴다.

생일을 맞은 동기에게 고깔모자를 씌우고 생일 축하 노래를 부르는 우리들. 비록 만난 지는 얼마 안 되었지만 온종일 함께 고생하니 무서운 속도로 정이 쌓였다. 처음 병원에 입사했을 때만 해도 혼자 서울에 덩그러니 버려진 것 같았지만, 지금은 내 주위의 사람들 덕분에 서울이 조금은 따뜻하게 느껴진다. 생일 촛불을 불고 음식을 먹기 시작할 무렵 하나둘 휴대폰이 울리기 시작한다. 휴대폰을 본 동기들은 한숨을 쉬며 자리를 비웠고, 한 명이 떠나면 한 명이 돌아오기를 반복했다. 그렇게 저녁 8시에 시작했던 생일파티는 끊어질 듯 끊어지지 않은 채로 12시까지 이어졌다.

퇴근 후에 동기들과 기울이는 술 한잔 역시 소소한 행복이다. 병원에서 매일 같이 보는 얼굴들이지만 병원 밖에서 만나면 느낌이 또 다르다. 병원만 벗어나면 다들 한층 얼굴색이 밝아지고 미소가 가득해지는데, 나라고 해서 다를 것은 없었다. 자교 출신 동기들은 병원 주변의 맛집을 모조리 꿰고 있었다. 나는 그저 동기들의 뒤를 따라다니며 실패 없는 맛집을 즐기기만 하면 되었다. 오늘 하루 얼마나 힘들었는지, 지금 근무하는 과는 어떤지, 오프 때는 무엇을 할 건지 등등 우리는 시원한 맥주와 함께 이야기를 꽃피웠다. 얼굴이 새빨개지도록 술을 마시면 근처에 있는 인생네컷으로 갔고, 최대한 우스꽝스러운 옷을 입고 괴상한 표정을 지으며 얼큰한 이 시간을 추억으로 남겼다. 이 순간 나는 더할 나위 없이 행복했다.

입사 전 전년도 인턴장 선생님께서 해주신 말씀이 있다. 인턴 생활을 하며 본인의 몸과 정신은 스스로 챙겨야 한다고. 그리고 행복 역시 스스로 찾아야 한다고 말이다. 이제는 그 선생님께서 우리에게 무슨 말을 전해주고 싶었는지 정확하게 이해한다. 인턴은 보이지 않는 곳에서 열심히 일하지만 누군가가 알아주지 않는다. 무언가를 잘해도 학생 때처럼 칭찬받지도 않고, 과도한 열정이 오히려 해가 되는 경우도 있다. 인턴의 실수는 환자의 피해로 이어지기 때문에 100번 잘하는 것보다 1번의 큰 실수를 하지 않는 것이 중요하다. 하지만 이런 상황에서조차 행복은 존재했다. 여기 있다고 외치지 않는 행복은 나의 내면에 그리고 주위 사람들에게 보란 듯이 놓여 있었다.

의사로 한번 살아보겠습니다

# 작지만 소중한
# 나의 첫 월급

모든 처음은 소중하다. 첫 입학, 첫 데이트, 첫 해외여행. 어떤 말이라도 그 앞에 '첫'이라는 단어가 붙으면 없던 소중함도 절로 생긴다. 나는 그동안 살아오면서 수많은 처음을 경험했고, 그로 인해 나의 세상은 조금씩 넓어졌고 깊어졌다. 동시에 그럴수록 나의 처음은 점차 찾아보기 힘들어졌다. 이 나이에 더 이상 처음이라고 할 게 있을까 생각하던 나에게 또다시 설레는 처음이 찾아왔다.

나는 오늘 첫 월급을 받았다. 오늘 아침이 되어서야 비로소 오늘이 월급날인지 알게 되었다. 처음 맞아보는 월급날이 낯설기도 했고, 오늘이 며칠인지 또 무슨 날인지에 관심을 꺼두었기 때문이기도 했다. 내 관심사는 그저 오프가 언제인지, 오늘이 당직인지, 오늘 점심 메뉴는 무엇인지뿐이었다. 일어나서 일하고 밥 먹고 다시 일하고 잔다. 하루살이에게 하루가 삶의 단위이듯 인턴 역시 하루 단위로 삶을 살아간다.

월급이 들어왔다며 기쁨의 환호성을 질렀던 동기 덕분에 월급이 들어왔다는 사실을 알게 되었다. 나는 병원에서 근무하느라 새로 개설한 계좌를 확인해 보았고, 나의 첫 월급은 아직은 낯선 우리 병원 이름으로 입금되어 있었다. 일한 것에 비해 그리 많은 금액은 아니었지만, 월급을 받았다는 사실만으로도 사회 초년생에게 울컥함을 안겨주기 충분했다. 이 월급은 내가 마침내 사회의 구성원이 되었다는 증표 같았고 이제 더 이상 학생이 아니라는 선언 같았다. 길고 길었던 나의 학생 생활이 이제는 정말로 막을 내렸다.

나는 소중한 나의 첫 월급을 허투루 쓸 수 없었다. 첫 월급을 어떻게 사용했는지는 내가 첫 아이를 낳고 첫 손자를 볼 때까지 오랫동안 기억에 남을 것이 분명했다. 나는 그동안 뒷바라지해 주신 부모님께 선물하기, 친구들에게 취업 턱 내기, 주변 사람들에게 선물하기 등 주위 사람들을 위해 첫 월급을 쓰기로 마음먹었다.

철이 없던 20대 초반, 나는 내가 지금까지 이뤄왔던 것들이 온전히 나의 힘으로, 내가 열심히 했기 때문에 쟁취할 수 있었다고 생각했다. 창문 밖으로 논밭이 보이는 시골 동네에서 나고 자랐던 내가 의과대학에 입학할 수 있던 것은 내가 잘나서 그런 줄만 알았다. 해외여행도 다니고, 어디에 가서든 기죽지 않았던 것은 온전히 나의 능력 덕분이라도 생각했다. 참 부끄럽고 어리석은 시절이었다.

그러나 그때는 보이지 않던 것들이 이제는 보인다. 넉넉지 못한 형편에

의사로 한번 살아보겠습니다

도 내가 하고 싶었던 모든 것들에 전폭적인 지원을 해주던 부모님, 학비뿐만 아니라 젊은 시절에 여러 경험을 쌓을 수 있도록 지원해 주었던 여러 단체들, 언제나 자신감을 잃지 않도록 도와주고 좋은 기회가 있으면 선뜻 손을 내밀던 주위 사람들. 나는 주위 사람들의 빛을 나의 빛이라고 착각하고 있었다. 나의 것이라 생각했던 많은 것들이 사실은 주변 사람들로부터 받았던 것들이었다. 주위에 감사한 사람들이 많았던 덕분에 지금의 내가 있을 수 있다는 그 당연한 사실을 비로소 이제는 안다.

첫 월급을 주위 사람들을 위해 쓰고자 다짐했지만, 어떻게 써야 할지 그저 막막하기만 했다. 어떤 선물을 골라야 할까 하는 고민이 꼬리에 꼬리를 물었다. 선물은 어렵다. 내가 받고 싶은 선물을 떠올리는 것도 쉽지 않은데, 상대방이 받고 싶은 선물을 예측하는 건 불가능에 가깝다. 비싸도 나에게 맞지 않는 선물은 좋은 선물이 아니고 비싸지 않아도 나에게 필요한 선물은 좋은 선물이 될 수 있다.

고민 끝에 나는 동네 친구들과 63빌딩에 있는 한 뷔페에 갔다. 한 사람당 10만 원이 넘는 고급 뷔페는 우리 모두가 처음이었다. 나는 뷔페를 웨이팅해서 들어가야 한다는 사실에 충격을 받았다. 서울에는 이렇게 비싼 뷔페를 찾는 사람들이 정말 많구나. 역시 서울은 서울이네. 뷔페에 차려진 수많은 음식들은 무엇 하나 맛없는 것이 없었고, 심지어 말로만 듣던 달팽이 요리까지 먹어볼 수 있었다. 최근 일 년 중 가장 고급스러운 음식들로 배를 가득 채웠고, 우리는 커피를 테이크 아웃해서 한강공원을 걸었다. 첫 월급으로 한턱을 내었다는 뿌듯함과 드디어 나도 이제 서울 사람이 되었다는 만족감 때문인지, 한강에 비친 윤슬이 평소보다 예뻐 보였다.

가족들의 선물을 고르는 것은 더욱 어려웠다. 평생 기억에 남을만한 기가 막힌 선물을 찾고 싶었는데, 아무리 생각해도 마땅한 아이디어가 떠오르지 않았다. 창의력의 한계를 느낀 나는 주위 사람들에게도 물어보고 인터넷 글도 읽어보며 여러 곳에 도움을 구했다. 첫 월급의 오랜 족보인 빨간 내복은 아무리 나라도 그다지 좋은 선택이 아니라는 것은 알 수 있었다. 영양제는 굳이 첫 월급이 아니더라도 자주 선물할 수 있었고 화장품은 이미 지난 생신 선물로 드렸었다. 옷을 드리자니 어떤 디자인의 무슨 옷을 드려야 할지 참 난감했고, 명품을 사드리기에는 월급이 턱없이 부족했다. 딸들은 센스 있는 선물을 잘만 고른다던데, 아들의 센스로는 머리에 쥐가 나도록 온종일 생각해 보아도 답이 나오지 않았다. 나는 그렇게 며칠을 더 고민한 끝에 결국 최고의 선물은 현금이라는 결론에 다다랐다.

사실 나는 그동안 현금을 선물로 드리는 것을 부정적으로 생각해왔다. 선물은 고르는 과정부터 마음이 담긴다고 믿어왔기 때문이다. 선물을 고르며 받는 사람을 생각하는 그 마음이 선물을 더욱 의미 있게 만든다고 생각했다. 그런 의미로 선물은 반드시 현금이 아닌 다른 것이어야 했다. 현금은 성의가 없어 보였고, 선물을 고르는 과정을 생략하고 싶다는 귀찮은 마음이 담긴 것만 같았다. 그러나 이런 나의 믿음은 자녀들에게 첫 월급 선물을 받았던 부모님들의 인터뷰 영상을 본 후 산산조각 났다.

'자식이 주는 선물은 그 어떤 것을 받아도 똑같이 좋다. 그러니 차라리 내

의사로 한번 살아보겠습니다

가 원하는 것을 골라서 살 수 있는 현금이 제일 좋다.'

그 영상은 평생을 자식으로만 살아본 나의 마음을 울렸다. '너도 자식을 낳아봐야 내 마음을 안다.'는 말을 귀에 못이 박히도록 했던 우리 부모님의 마음도 저렇겠구나. 튜닝의 끝은 순정이라 하던가. 선물의 끝은 현금이었다. 꼬깃꼬깃 준비한 현금봉투를 받아 드신 부모님들은 퍽 좋아하셨다. 30년을 넘는 세월 동안 월급을 받아오신 부모님께서는 첫 월급에서 떼어져 나온 이 용돈의 의미를 아시는 듯했다. 부모님은 본인께서 첫 월급을 받았던 그날의 기억이 떠오르시는 듯, 아들이 직장에서 몸고생 마음고생하며 힘들게 벌어온 이 돈을 도저히 쓸 수가 없다고 하셨다. 그러지 말고 맛있는 것도 먹고 좋은 것도 입으라는 나의 말이 무색하게, 나의 첫 월급 선물은 여전히 부모님의 품에 고이 잠자고 있다.

월급을 받아보니 깨닫게 되었다. 돈 벌기는 정말 힘들다. 남의 지갑에서 돈을 꺼내어 오기는 결코 쉽지 않았다. 이렇게 힘들게 번 돈을 본인이 아닌 자식에게 쓰셨던 부모님의 사랑은 얼마나 큰 것이었는지, 나는 짐작할 수조차 없다. 다만 그랬던 행동이 결코 당연하지 않다는 것을 이해할 뿐이다. 첫 월급은 나에게 이 사회를 살아가기 위해서는 얼마나 열심히 일해야 하는지를 가르쳐 주었다. 하루가 멀다 하고 물가와 집값은 올라가는데, 당장 먹고 생활하는 것뿐만 아니라 미래를 위한 저축까지 더하면 도대체 한 달에 얼마를 벌어야 충분한 걸까. 돈을 벌기 시작했으니 이제는 돈을 관리하는 법도 배워야 한다. 그동안 부모님들께서 내주시던 여러 공과금이나 휴대폰 요금도 직접 내기 시작해야 한다. 돈을 벌기 시작해야 어른이 된다고 했던가. 경제적으로 독립하는 진짜 어른이 되는 길은 아직 멀고도 험해 보인다.

# 이제는 방학이 아니라
# 휴가입니다

드디어 나에게도 첫 휴가가 찾아왔다. 직장인들에게 1년을 버틸 수 있는 힘이 되어준다는 바로 그 휴가. 나도 이제 그 휴가라는 것을 떠난다. 학생에서 사회인으로 신분이 바뀌었음을 실감하게 하는 것들이 있다. 내게는 그게 월급과 휴가였다. 이제 나는 용돈보다는 월급이, 방학보다는 휴가가 더 익숙해질 것이다. 방학이 아닌 휴가를 떠나게 된 나는 왠지 더욱 책임감을 가지고 어른스럽게 행동해야 할 것만 같았다.

나의 첫 휴가는 5월이었다. 너무 덥지 않은 따뜻한 날씨로 여행을 떠나기 딱 좋은 5월. 나의 첫 휴가는 시작부터 운이 좋았다. 처음 맞이하는 휴가를 제대로 즐기기 위해 나는 한 달 전부터 철저하게 준비했고, 그 과정에서 휴가는 방학과 여러 차이점이 있다는 것을 알게 되었다.

우선 비용이 저렴했다. 방학은 전국의 모든 학교가 비슷한 시기에 시작하고 비슷한 시기에 끝난다. 그래서 방학은 늘 성수기였고 어느 곳으로 여행을 떠나도 가격이 비쌌고 사람이 북적였다. 반면에 휴가는 사람마다 날짜가 달랐다. 방학 시즌이 아닌 5월은 여행 비수기에 속했고, 그 시기에 떠나는 여행은 예상했던 금액보다 훨씬 저렴했다. 여유롭지 않은 인턴의 지갑 사정으로는 5월에 떠나는 휴가보다 좋은 날짜는 없었다.

주변 사람들과 일정을 맞추기가 힘들다는 것도 큰 차이점이다. 학생 시절에는 친구들과 모든 스케줄이 똑같았다. 공부도 함께하고 여행도 함께 가는 것을 당연하게만 여겼는데, 취업을 하고 나니 더는 그럴 수 없었다. 매주 있는 오프조차 맞추기 쉽지 않은데 휴가 날짜를 맞추는 건 거의 불가능에 가까웠다. 방학 때마다 친구들과 함께 여행을 다녔던 것도 이제는 옛날이야기가 되었다. 학생 때는 돈이 없고 시간이 많지만, 직장인은 돈은 있지만 시간은 없었다. 지금이 아니면 언제 같이 놀러 다니겠냐며 학생 시절에 있는 돈 없는 돈을 긁어모아 원 없이 여행을 다녔던 건 정말 잘한 선택이었다.

휴가를 대하는 마음가짐 역시 달랐다. 1년에 4개월이나 있었던 방학은 하루하루가 크게 소중하게 느껴지지 않았다. 방학의 하루는 그저 수많은 휴일 중 하루였고, 오늘 못 놀았으면 내일 놀면 되었다. 익숙함에 속아 소중함을 몰랐다는, 연인 사이에나 쓸 법한 말이 나와 방학의 관계에서도 정확하게 들어맞았다. 하지만 휴가는 그렇지 않았다. 길어야 1주일인 휴가는 그 무엇과도 바꿀 수 없을 정도로 소중했다. 휴가의 하루는 단순한 하루가 아니었다. 하루하루를 꽉 채워서 알차게 보내는 것이 휴가에 대한 예의였

의사로 한번 살아보겠습니다

다. 방학과 이별하고 휴가와 새로운 만남을 시작한 만큼, 지난 관계에서 배운 점들을 잊지 않고 좋은 관계를 유지하기 위해 노력할 것이다.

나는 여행을 좋아한다. 특히 여행을 하며 느낄 수 있는 가벼운 자유가 좋다. 여행지에서는 나를 정의하는 여러 수식어를 벗어던질 수 있다. 그곳에서 나는 그저 한 명의 관광객일 뿐이다. 현실에서 내가 무슨 일을 하건, 어떤 상황에 있건 여행지에서만큼은 모든 것을 잊을 수 있다. 여행지에서는 새로운 것을 보고 새로운 음식을 경험하는 것에 집중할 수 있고, 머릿속에 고여 있는 생각들을 덜어내어 새로운 생각과 경험들로 물갈이할 수 있다. 그런 여행은 내게 더할 나위 없이 잘 맞는 휴가를 보내는 방법이다. 나는 수많은 여행지를 물색하다 끝내 괌으로 휴가를 떠나기로 정했다. 4시간 30분이라는 적당한 비행시간, 깔끔한 관광지, 천혜의 자연경관까지. 나의 첫 휴가에 완벽한 여행지였다.

해외여행을 가기로 정했으면 꼭 거쳐야 하는 절차가 있다. 군대를 다녀오지 않은 미필 인턴들은 국방부와 병원의 허가를 받아야 해외로 나갈 수가 있다. 쉽게 말하면 '병역을 기피하지 않을 테니 제발 해외여행 좀 보내주세요.' 하고 주장하며 국가와 병원의 허락을 받는 것이다. 현재 근무하고 있는 과 교수님의 사인을 받아 병원에 제출하고 국외여행 허가서를 받는다. 그렇게 받은 허가서를 또다시 병무청에 제출해서 최종 국외여행 허가를 받아야 한다. 근무하는 과 과장님과 병원이 국가에게 내 신분을 증명해주시는 셈이다.

그렇게 떠난 나의 첫 휴가는 상상했던 것 이상으로 좋았다. 구름 한 점 없는 맑은 하늘과 끝이 보이지 않는 태평양의 수평면을 바라보며 에메랄드 빛의 투몬비치에서 패들보드와 카약을 탔다. 시원한 열대과일 음료수를 마시며 커다란 파라솔 아래에서 챙겨간 책도 읽었고, 따뜻하게 달궈진 모래에서 올라오는 열기를 느끼며 낮잠을 잤다. 무지개는 또 얼마나 자주 생기던지 산등성이에도 생기고, 바다 위에도 생기기를 하루에도 여러 번 반복했다. 무지개가 시작되는 곳에는 보물이 묻혀 있다는 옛날이야기를 떠올리게 하는 일곱 가지 빛은 나의 동심을 불러일으켰다.

물놀이를 한 뒤 에어컨을 켠 침대에서 알람을 맞추지 않은 채 낮잠을 잤고, 일어난 후에는 피트니스 센터에서 운동을 했다. 수십 가지 메뉴가 준비된 뷔페를 먹으며 하루를 시작했고, 랍스터가 가득한 뷔페를 즐기며 하루를 마무리했다. 수영장과 바다의 경계가 모호한 인피니티풀에서 빨갛게 하늘을 불태우는 노을을 바라보았다. 귓가를 간질이던 바람 소리와 청량하게 울려 퍼지는 종소리는 아직도 귓가에 생생하게 들린다. 깜깜한 밤하늘에 쏟아지는 별을 보는 별빛 투어도 떠났다. 책에서만 보았던 별자리들을 망원경으로 직접 보며 풀벌레들의 합주를 들었다. 흰색, 빨간색, 푸른색으로 여러 빛을 내는 별들을 배경으로 잊지 못할 사진들도 여럿 남겼다. 칠흑 같은 바다와 신나는 노래, 한잔의 맥주가 있던 꿈의 밤. 이번 휴가에서 가져가는 소중한 많은 기억을 뇌리에 깊이 남겨 오랫동안 잊지 않을 것이다.

첫 휴가를 보내는 방식은 동기들마다 달랐지만 모두 어디론가 떠나고 싶어 했다. 어떤 동기는 제주도로 여행을 떠났고, 어떤 동기는 산속에 위치한

의사로 한번 살아보겠습니다

절로 템플스테이를 떠났다. 또 어떤 동기는 잃어버렸던 일상의 소중함을 찾기 위해 방 안에서 여유를 즐기기도 했다.

나는 휴가를 보내는 방식이 그 사람을 설명해 준다고 생각한다. 내가 하고 싶은 대로 살 수 있는 일 년에 며칠 안 되는 휴가 때만큼은 본인의 모습이 그대로 드러난다고 생각한다. 휴양지에서 해양 스포츠를 즐기고 석양을 바라보며 맥주 한잔을 비우는 것. 음악이 가득한 바에서 칵테일을 마시는 것. 에어컨을 빵빵하게 틀어놓은 방에서 배달 음식을 시켜 먹으며 영화 시리즈를 몰아서 보는 것. 만화책을 보거나 또는 알람을 꺼두고 하루종일 잠을 자는 것. 취향이 다를 뿐 다 멋지게 휴가를 보내는 방법이다.

학생 시절의 나는 왠지 해외여행을 가지 않으면 방학이 아쉽게 마무리되는 것 같았다. 그래서 큰 욕심이 있지 않았는데도 어디로든 해외여행을 떠났다. 지금 돌이켜보면 굳이 그렇게 하기보다는 다음 방학을 위해 한 템포 쉬어가는 시간을 가졌어도 좋았을 텐데 하는 아쉬움이 있다. 해외여행의 문턱이 낮아지고 SNS와 미디어의 영향력이 점점 커지면서 많은 사람들이 해외로 여행을 떠나고 있다. 인스타그램, 블로그, 유튜브, TV 등 여행지에서 행복한 시간을 보내고 평생 잊지 못할 추억을 만드는 모습들을 볼 수 있다. 그래서 해외여행을 가지 않으면 괜히 나만 뒤처지는 것 같고, 청춘을 허비하는 것 같이 느껴지곤 했던 것 같다. 그러나 해외여행에 그렇게 집착할 필요가 없었다. 그저 내가 행복을 느끼는 상황을 제대로 알고, 그런 환경 속에서 방학을 보내는 것만으로도 충분했다.

남과 비교하지 않고 온전히 본인의 성향에 집중하는 것은 참 어렵다. 피어 프레셔(Peer pressure) 라는 말이 있다. 주변 사람들이 다 하는 것을 왠지 나도 해야 할 것만 같은 압박이 그것이다. 남들이 아닌 자신에게 집중하고, 다른 사람들의 취향이 나의 취향이 될 수 없다는 것을 인정하는 것이 피어 프레셔에서 벗어날 수 있는 첫 단계이다. 내가 편안함을 느끼는 방식대로 휴가를 즐기는 것. 휴가지를 정했으면 그 휴가지에서 즐길 수 있는 것들에 집중할 것. 머리로는 알지만 실천하기 어려운 이것이야말로 바로 행복한 휴가를 보낼 수 있는 비결이지 않을까 생각해 본다.

의사로 한번 살아보겠습니다

# 병원 홍보사진을
# 촬영했습니다

식을 줄 모르던 여름의 열기가 한풀 꺾이고, 시원한 바람이 불어오는 11월. 본과 4학년 학생들의 가슴을 떨리게 하던 국가고시 실기시험도 얼추 정리되어 간다. 6년제인 의과대학의 특성상 다른 대학생들보다 2년을 더 입어야 했던 학생의 허물을 벗고 이제 곧 열정 가득한 의사가 될 학생들. 이들이 가진 열정만큼, 이들의 마음을 얻기 위해 또 다른 곳에서는 뜨거운 각축전이 벌어지고 있다는 사실을 그들은 알까?

대학병원을 원활하게 운영하기 위해서는 반드시 인턴이 필요하다. 슬픈 사실이지만, 과연 전공의가 아니라면 이 세상 그 누가 잠도 못 자고 밥도 못 먹어가며, 몇 년 동안 최저시급에 가까운 임금을 받아 가며 일을 하려고 할까. 오직 실력 있는 의사가 되기 위한 일념 하나로 불합리함을 참아가며 묵묵히 일하는 우리 인턴들. 막상 일하는 우리들은 자각하기 어렵지만 우리는 병원에 없어서는 안 될 존재들이다.

  예비 의사들은 단 한 번, 한 개의 병원을 선택해서 인턴을 지원할 수 있다. 만약 불합격한다면 후기 병원에 지원을 할 수도 있으나 후기 병원의 경쟁률은 더더욱 높다. 인턴 지원 시스템은 무섭고 잔인하다. 의사가 되기까지 수많은 경쟁을 거쳐왔던 예비 의사들은 인턴이 되기로 결정한 순간 또다시 뜨거운 경쟁 속에 몸을 던져야 했다. 하지만 이 경쟁에 촉각을 곤두세우는 것은 비단 인턴뿐만이 아니다. 병원 역시 비슷한 입장이다. 어느 병원은 티오보다 지원자의 수가 많은 반면, 어느 병원은 티오를 전부 채우지 못한다. 필요한 만큼 인턴을 모집하지 못한 병원은 일 년 동안 적은 인력으로 어떻게든 병원을 운영해야 한다. 인턴의 수가 적더라도 일의 총량은 달라지지 않기 때문에, 인턴 한 명에게 할당되는 일의 양이 많아져 남들보다 힘든 인턴 생활을 보내게 된다. 그 소문을 들은 후배들은 내년에 그 병원에 지원하기를 꺼려 하게 되고, 티오가 모두 찼던 병원을 위주로 찾아보곤 한다. 결국 병원마다 인턴의 빈익빈 부익부가 생기고 선순환과 악순환의 굴레가 돌아간다. 이런 이유로 병원 관계자들은 인턴 유치에 사활을 걸 수밖에 없다.

  11월이 되면 서울 경기 대구 부산 대전 등등 대한민국 수많은 도시의 수많은 병원의 발등에 불똥이 떨어진다. 오디션 프로그램 참가자들이 시청자들의 마음을 얻기 위해 매력을 뽐내는 것처럼 병원들은 적극적으로 예비 인턴들에게 병원의 장점들을 어필한다. 이때쯤 전국 의과대학 국가고시 준

의사로 한번 살아보겠습니다

비실에는 각 병원에서 보낸 수십 장의 인턴 모집 홍보 팸플릿이 쌓인다. 적극적인 병원들은 팸플릿 배포에 만족하지 않고 수련교육부에서 직접 학교로 와서 병원을 홍보한다. 오늘은 A병원, 내일은 B병원. 모두가 하나같이 인턴 수련을 위한 최고의 환경을 마련해 주겠다고 약속하며, 주저하지 말고 우리 병원에 인턴으로 지원해달라고 부탁한다. 나를 원하는 병원이 이렇게 많다니. 내가 이 정도로 중요한 사람인가? 내가 그렇게 필요한 사람인가? 이런 뜨거운 관심이 낯설기만 한 의과대학 학생들의 어깨는 그 끝을 모르고 올라간다.

그뿐만이 아니다. 몇몇 병원들은 본과 3~4학년, 빠르면 본과 1~2학년까지도 참여할 수 있는 서브 인턴 제도를 운영한다. 전국의 잠재력 있는 의과대학 학생들을 대상으로 한 프로그램을 통해 미리 인재를 유치하는 것이다. 서브 인턴 제도는 약 2주 동안 진행되고 학생들은 그동안 병원에서 먹고 자고 배우며 병원 생활을 미리 엿본다. 서브인턴 실습생들에게는 병원의 좋은 모습만 보여주기 때문에, 실습이 끝날 무렵 학생들에게는 그 병원에 가고 싶은 마음이 자연스럽게 생긴다. 나 역시 본과 1학년 시절 세브란스 병원에서 진행하는 서브 인턴 실습에 참여했다. 나까지 세 명이 한 조가되어 2주 동안 함께 실습을 돌았고, 서브 인턴이 끝날 무렵 내 머릿속에는 연세대학교 마크가 그려진 가운을 입은 채 인턴 생활을 하고 있는 미래의 내 모습이 선명했다. 본과 3학년 시절에는 삼성서울병원 서브 인턴 실습에 참여했다. 당시에는 코로나 시국이라 대면 실습을 하지는 못했지만 비대면이었음에도 불구하고 상당히 의미 있는 경험이었다. 삼성서울병원은 이후

한창 국가고시 필기시험을 준비하고 있을 12월, 볼펜과 정성 가득한 간식을 택배로 보내며 병원 홍보에 끝까지 최선을 다하는 모습을 보여주었다.

우리 의료원 홍보팀은 6월이 되자 슬슬 인턴 모집에 시동을 걸기 시작했다. 6월부터 몇 달에 걸쳐 전국에 있는 8개 병원에 다니며 매년 제작하는 홍보 팸플릿에 들어갈 사진들을 촬영했다. 사진 모델들은 다름 아닌 병원에서 근무하는 인턴과 레지던트이다. 배우들이 아닌 실제 병원에서 근무하고 있는 인턴과 레지던트의 모습을 담아 후배들에게 직접 이야기를 전하는 콘셉트는 꽤나 괜찮았다. 나 역시 수련병원을 선택할 때 선배들의 조언이 크게 작용했으니까.

홍보 모델을 뽑는 방법은 병원마다 다르다. 어느 병원은 지원자를 받았는데, 수가 많아서 면접까지 보며 경쟁해야 한다고 들었다. 우리 병원은 홍보 사진 촬영 시간에 근무를 하지 않거나, 근무 과에서 촬영을 허락해 준 인턴들을 위주로 뽑았다. 홍보 촬영이 있던 6월에 나는 응급실에서 근무했다. 응급실에서 나이트 근무를 할 경우 오전 6시부터 오후 6시까지가 휴식시간인데, 마침 촬영이 있는 날 나는 나이트 근무였다. 수련교육부에서는 내 스케줄을 보고 사진 촬영을 해 줄 수 있겠냐며 물어보았고, 나는 이 또한 재미있는 경험이 될 것 같아 그러겠다고 답했다.

촬영은 병원 안팎에서 이루어졌다. 비어 있는 회의실이 촬영장이 되었고 전공의 휴게실이 인터뷰실이 되었다. 촬영장에는 먹을 것들이 가득했다. 샌드위치부터 해서 견과류, 커피, 각종 과자 등등. 바쁜 시간을 쪼개어

의사로 한번 살아보겠습니다

촬영하는 전공의들을 위한 수련교육부의 배려였다. 촬영에 앞서 감독님께서 오늘 사진을 많이 찍겠지만, 8개 병원을 돌아다니며 촬영하는 것에 비해 홍보 책자는 몇 페이지 안 된다며 오늘 촬영한 사진이 책자에 들어가지 못할 수도 있다고 말씀하셨다. 기껏 3~4시간 동안 촬영했는데 사진이 하나도 안 들어갈 수도 있다니. 그렇게 된다면 분명 아쉽겠지만, 한편으로는 감독님께서 그렇게 말씀해 주신 덕분에 만약 팸플릿에 내 사진이 없더라도 내 얼굴이 문제가 아닐 수 있다는 변명의 여지가 생겨서 다행이었다.

우리 병원의 촬영 모델은 인턴 5명, 레지던트 선생님 2명이었다. 우리는 의자에 앉아서도 찍고 서서도 찍고 턱을 괴고 찍고 등을 돌리고 찍고 하며 수십 가지 포즈로 수백 장의 사진을 찍었다. 촬영하는 내내 계속 웃어달라고 말씀하시는 감독님 덕분에 입꼬리에 쥐가 날 것만 같았다. 그런 나와는 다르게 물 만난 물고기처럼 사진을 찍는 동기도 있었다. 모델이 적성에 맞는다는 게 저런 걸 보고 말하는 거구나. 어떻게 저렇게 다양한 포즈와 표정이 숨 쉬듯이 나오는지 그저 감탄만 나왔다. 촬영하는 중간중간 인터뷰도 있었다. 왜 이 의료원에 지원하게 되었는지, 병원에서 의료혜택을 본 적이 있는지, 수련교육부가 고마웠던 적이 있는지 등등. 사전 연락 없이 갑자기 맞닥뜨린 인터뷰여서 꽤나 당황했다. 비록 준비는 안 되어 있었지만 그간 일하며 늘었던 능청스러움으로 어찌어찌 인터뷰를 끝냈다. 내 대답이 나쁘지 않은지 감독님께서는 앞으로 만들어질 홍보 동영상에 내 인터뷰를 꼭 넣어주겠다고 약속해 주셨다.

촬영은 여러 장소에서 계속되었다. 환자가 없는 병실에서도 찍고 병원 로비에서도 찍고 성모 마리아 석상 앞에서도 찍는 등 병원에서 사진을 찍을 만한 곳은 죄다 찾아다니는 바람에 병원의 구조에 대해 훤하게 꿰게 되었다. 다음은 야외공원이었다. 감독님께서는 야외촬영의 핵심은 자연스러움이라며 아무 말이나 하며 자연스러운 분위기를 연출해 달라고 주문하셨다. 이후 찍은 사진을 보니 진지하게 의학적인 이야기를 하는 것처럼 사진이 나왔지만 사실은 눈앞에 날아다니는 벌레에 대해 이야기하는 중이었다.

짧고 굵었던 홍보 촬영은 그렇게 끝이 났다. 한여름 밤의 꿈같았던 촬영으로 들떴던 마음은 몇 시간이 채 이어지지 않았다. 촬영이 끝난 그날 저녁부터 응급실 나이트 근무를 시작해야 했기 때문이다. 그렇게 재미있었던 추억은 현실에 묻혀 기억의 저편으로 넘어갔다.

그로부터 몇 달이 흘렀을까, 어느 날 못 보던 얇은 책들이 숙소 책상 위에 놓여 있었다. 2024년 전공의 모집 요강. 이전에 촬영했던 결과물이 드디어 완성되었다. 설렘 반 긴장 반으로 열어본 팸플릿에는 내 얼굴이 군데군데 자리하고 있었다. 사진을 보고 있으니 벌써 몇 달이 흘렀음에도 촬영을 하던 현장의 분위기와 그 당시 나누었던 대화들이 마치 어제의 일처럼 생생하게 떠올랐다.

그렇게 추억을 곱씹던 중 유튜브에 홍보 영상이 올라왔으니 확인해 보라는 연락이 왔다. 30분 정도의 긴 영상이었지만 같은 시간 같은 의료원에서 근무하는 인턴들의 이야기들이 퍽 재미있어서 시간이 가는 줄 모르고 보았다. 그러던 중 익숙한 얼굴이 갑자기 화면에 나타났다. 이게 웬걸 정말 내

의사로 한번 살아보겠습니다

얼굴이었다. 동기들은 지금과는 다른 내 이전 머리 스타일에 놀랐고 나는 내 목소리와 표정, 말투에 놀랐다. 이게 정말 나라고? 남들이 듣는 내 목소리는 이렇구나, 다른 사람들이 보는 내 모습이 이렇구나. 나는 영상을 친구들과 부모님에게 보냈고, 친구들은 놀리기에 바빴지만 부모님은 꽤나 좋아하셨다.

특히 엄마는 영상을 몇 번이고 계속 돌려보셨다. 아들이 서울에서도 기죽지 않고 잘 지내는 모습이 자랑스러우셨다나. 우리 의료원 덕분에 나의 열정 넘치는 인턴 시절의 모습은 사진과 영상으로 기록되었다. 시간이 흘러도 지금 이 시간을 추억할 수 있게 해준 우리 의료원이 무척 고맙다.

# 무슨 과에 가야 좋을까?

나는 의과대학에 입학했던 순간부터 레지던트가 되기 전까지 어떤 질문을 귀에 못이 박히도록 들었다. 마치 '의과대학 학생을 만났을 때 해야 할 질문'이라는 매뉴얼이 전국에 배포된 것처럼, 언제 어디에서 누구를 만나든 심지어 오랜만에 뵙는 부모님마저도 같은 질문을 하곤 했다. 그 질문은 바로 '나중에 무슨 과 하실 거예요?'이다.

의사라는 직업을 한번 상상해 보자. 머릿속에 떠오르는 의사의 이미지는 사람마다 다를 것이다. 내과 의사, 외과 의사, 산부인과 의사, 흉부외과 의사, 정형외과 의사, 소아청소년과 의사, 신경외과 의사, 정신건강의학과 의사 등등. 의과대학 학생들 그리고 인턴들은 우리가 상상할 수 있는 모든 종류의 의사가 될 수 있다. 줄기세포가 모든 세포로 분화할 수 있는 것처럼 우리에게는 무궁무진한 가능성이 있다. 그러나 이 말을 달리 생각하면 갈 수 있는 길이 너무 많아서 어떤 길을 선택해야 할지 고르기 어렵다는 말도 된다. 이 길을 선택하려 하니 다른 길도 괜찮아 보이고, 내가 가고 싶은 과와 주변 사람들이 추천하는 과가 다르기도 하다. 많은 고민 끝에 과를 정하더라도 이 과가 정말 나랑 잘 맞을지, 잘한 선택을 한 건지, 나중에 후회하지는 않을지 하는 걱정들이 꼬리에 꼬리를 문다. 놀랍게도 과에 대한 걱정은 레지던트 원서 접수 당일까지도 계속된다.

　무슨 과에 가고 싶냐는 질문은 병원 실습을 시작하면서 더 자주 듣게 된다. 내가 실습을 할 때에는 몰랐지만 같은 질문을 학생들에게 던지고 있는 지금에서야 깨닫는다. 처음 보는 학생에게 딱히 물어볼 것도 없고, 그렇다고 엄청 궁금하지는 않은데 또 학생들이 대답을 하면 대화를 이끌어 가기 쉽기 때문에 물어보는 것이다. 그래 이건 그저 마중물 같은 질문이다.

　과를 선택하는 순서는 어느 정도 가이드라인이 정해져 있다. 환자를 직접 보지 않는 과, 소위 서비스과는 보통 실습을 돌기 이전부터 마니아층이 있다. 새로운 환경보다는 익숙한 환경을, 조용하고 잔잔한 것을 선호하는 내 주위의 사람들이 보통 그랬다. 핵의학과, 진단 검사의학과, 병리과, 직업환경의학과, 영상의학과 등등 이 포함된다. 비의료인에게는 낯설겠지만 병원에서 없어서는 안 될 정말 필수적인 과 들이다.

　서비스과가 마음에 와닿지 않는다면 내과 계열, 외과 계열로 나누어 생각해 보는 게 좋다. 특히 수술과에서 실습할 때 수술방의 분위기를 주의 깊게 보도록 하자. 수술방 특유의 분위기는 사람마다 다르게 느껴진다. 수술방은 누군가에게는 더없이 편안하고, 누군가에게는 견딜 수 없이 불편하다. 수술방의 분위기가 본인과 잘 맞는지를 생각해 보면 얼추 수술과와 비수술과 중 어디를 선택해야 할지 알게 된다. 나는 외과와 산부인과에서 실습을 하고 나의 성향을 파악할 수 있었다.

병원 실습생, 그러니까 PK들은 딱 이 정도까지만 정해도 훌륭하다고 생각한다. 그 후를 논하기엔 아직 경험한 것들이 적고 고려해야 할 것들도 많다. 본인의 가치관, 목표, 성적, 기타 현실적인 여건 등등 여러 가지를 고려해서 하나의 과를 선택해야 한다. 이 과정은 여간 어려운 게 아니기 때문에 레지던트 원서를 제출하는 그 순간까지도 끊임없이 흔들린다.

나도 인턴을 시작하기 전에는 세 개의 과가 후보지에 있었다. 내가 경험했던 것들로는 도저히 하나를 선택할 수가 없어서 그 이후는 인턴을 하며 생각하기로 했다. 여러 과에서 직접 근무하면서 경험이 쌓이자 비로소 생각이 한 단계 더 나아갈 수 있었고, 8월이 되어서야 끝내 하나의 과로 마음을 굳힐 수 있었다. 그러니 의과대학 학생들 그리고 곧 국가고시를 치를 예비 의사들은 아직 본인이 원하는 과를 정하지 못했다고 해서 너무 스트레스 받을 필요가 없다. 인턴으로 근무하며 경험하는 것들이 그동안 학생 신분으로 경험했던 것들보다 결정을 내리는 데 큰 역할을 한다. 대신에 학생 시절 스스로에 대해 치열하게 고민해 보고 실습에 성실하게 임하는 자세는 필요하다. 결국에는 본인이 해왔던 생각과 경험해 왔던 것들로 전공을 선택하게 된다. 좋은 요리를 만들기 위해선 좋은 재료가 있어야 하는 법이다.

하지만 이 모든 것들을 뛰어넘는 거대한 운명의 흐름 또한 존재한다.

의사로 한번 살아보겠습니다

본능적으로 그리고 운명적으로 막내 의사들은 본인의 운명을 따라 전공을 선택을 하게 되는데, 이 거대한 운명은 바로 모폴로지이다. 모폴로지(morphology)는 형태라는 뜻을 가진 학문적인 용어임과 동시에 병원에서는 환자의 전반적인 상태에서 보이는 느낌으로 통용된다. 하지만 사적인 장소에서는 조금 다른 뜻으로 사용된다. 모폴로지는 외모, 이미지, 풍기는 분위기 등등 많은 뜻을 담고 있지만 소위 말해 관상이다. 그럴 리는 없겠지만 만약 누군가가 '너는 컨타된 모폴로지야.'라고 한다면, 그 자리에서 드잡이질을 해도 무방하다. 컨타 (Contaminated) 된 모폴로지 (Morphology). 해석은 각자의 생각에 맡기도록 하겠다. (네 얼굴은 오염되었다는 뜻이다.)

바야흐로 PK시절 신장 내과 실습을 하던 때였다. 회진을 도시던 교수님께서 내 친구의 얼굴을 뚫어지게 보며 한마디 하셨다. "내과 학회에 가면 딱 너같이 생긴 사람들 밖에 없다. 넌 무조건 내과에 와야 할 얼굴이야." 실제로 내과에도 뜻이 있었던 내 친구는 교수님의 말씀에 허허 웃으며 감사를 표했고, 그 모습을 옆에서 지켜보던 나는 생각했다. 와 두 사람 진짜 닮았다.

내가 생각해도 내 친구는 내과와 퍽 잘 어울린다. 친구는 차분하고, 잔잔하고, 똑똑하다. 또 착하고 배려심이 깊다. 어려운 일이 있을 때 상담도 해주고, 슬픈 일이나 기쁜 일이나 늘 함께했다. 게다가 안경을 쓰고 있는 모습까지 왠지 모르게 내과와 잘 어울리는 내 친구는 왜 교수님께서 그렇게 탐을 내셨는지 이해할 수 있었다. 그런데 나는 왜 내 친구가 내과와 잘 어울린다고 생각했을까? 왜냐고 물어보면 딱히 이유라고 할 게 없다. 그냥 느낌이 그렇다. 내 친구는 내과와 너무 잘 어울렸다.

잘생긴 걸 보고 잘 생겼다고 느끼는 것, 예쁜 걸 보고 예쁘다고 느끼는 것, 귀여운 걸 보고 귀엽다고 느끼는 것. 내과에 잘 어울리는 걸 보고 내과에 잘 어울린다고 느끼는 것. 그저 그런 것이다. 그동안 보아왔던 내과 전공의 선생님들, 교수님들께서 갖고 있던 여러 부분이 내 친구에게도 있었기 때문이 아닐까. 놀라운 점은 내과 전공의 선생님들께서는 그분들끼리, 또 교수님들께서는 그분들끼리 느낌이 비슷하다. 이게 대체 어떻게 된 일일까?

비단 내과뿐만이 아니다. 정형외과 선생님들은 정형외과 선생님들끼리, 마취과 선생님들은 마취과 선생님들끼리 분위기가 비슷하다. 마치 무협지에 등장하는 문파들이 문파마다 고유의 특징을 갖고 있는 것과 흡사하다. 나는 하루에 매일 읽어야 할 양을 정해두고 틈이 날 때마다 읽을 만큼 무협지를 좋아하는데, 이 취미 덕분에 일상에서 보고 느끼는 것들을 무협지와 비교해 보는 비밀스러운 취미가 있다. 무협지 덕후인 내가 보았을 때 문파와 의국은 어느 정도 일맥상통한다. 도를 닦는 도사이면서 속가적인 성향이 강하고, 쾌속하고 화려한 검술을 사용하는 화산파는 성형외과를 연상케 한다. 담대하고 낭만 있는 백색의 검사들, 명예를 중요시하고 우직한 남궁세가는 외과와 잘 어울린다. 명석한 두뇌와 지략으로 전쟁의 판세를 제 손위에 올려놓는 제갈세가는 영상의학과, 호탕한 성격에 거침없고 날카로운 패도의 길을 걷는 하북팽가는 흉부외과, 부처의 말씀을 바탕으로 중생을

　　　　　　　　　의사로 한번 살아보겠습니다

어여삐 여기지만 대의를 위해서라면 강력한 무위로 적을 섬멸하는 소림은 정신건강의학과. 맹독과 외상의 절대강자인 사천당가는 두말할 것도 없이 응급의학과를 떠올리게 한다. 하여간 무협지에 등장하는 문파들이 고유의 특징이 있는 것처럼 병원의 과들 역시 특유한 분위기가 있다.

비슷한 분위기의 사람들이 같은 과에 모이는 걸까, 아니면 같은 곳에서 근무하다 보면 분위기가 비슷해지는 걸까? 비슷한 사람들이 비슷한 과에 모여있는 건 확실하지만 그 선후관계에 있어서는 사람마다 묘하게 의견이 다르다. 닭이 먼저일까 계란이 먼저일까 하는 논쟁처럼 말이다.

주위 사람들이 말했던 나와 잘 어울리는 과는 지금껏 여러 개가 있었다. 외과, 정형외과, 비뇨의학과, 그리고 성형외과. 전부 수술과인 걸 보면 내가 왠지 수술할 것 같은 모폴로지인가 보다. '사람은 태어날 때부터 거스를 수 없는 운명이 있다.', '사람은 생긴 대로 살아간다.' 나이가 지긋하신 어르신들께서 내게 자주 하셨던 말씀이다. 시대가 바뀌면서 젊은 의사들이 선호하는 인기과는 계속 변하고 있지만, 본인의 모폴로지에 맞는 과를 선택하는 게 어르신들이 말씀하셨던 '생긴 대로 살아간다.'는 것 아닐까.

제 모폴로지와 어울리는 과를 선택한 사람들은 안정감이 있고 편해 보인다. 마치 제 체격에 딱 맞는 옷을 입은 것처럼 말이다. 내 주변을 보아도 그렇다. 영상의학과에 합격한 동기들은 하나같이 똑똑하고 안정적인 것을 추구하며 차분하다. 전공의 시험을 준비할 때 모르는 걸 물어보면 마치 그 순간을 위해서 그동안 공부를 해 온 것처럼 막힘 없이 술술 대답해 주었다.

내과에 합격한 동기들은 새로운 지식을 알아가는 것을 즐겨 하고 술기를 굉장히 잘했다. 잘 안되는 술기를 내과를 희망하는 동기에게 부탁하면 끙끙대었던 시간이 무색해질 정도로 손쉽게 성공하곤 했다. 정형외과에 합격한 동기들은 깡다구가 있다. 그 어떤 힘든 일이 있더라도 끝까지 버티고 이겨내겠다는 의지가 강하다. 특유의 능글맞음이 있고 운동을 좋아하며 듬직한 체격을 가진 것 또한 특징이다. 소아청소년과에 합격한 동기들은 정이 많고 사람을 좋아한다. 그리고 무엇보다도 같이 이야기하고 있으면 어느새 내가 치유되는 것 같은 따뜻한 에너지를 갖고 있다.

물론 지금까지 한 모든 이야기는 전혀 과학적인 근거가 없는 내 생각일 뿐이다. 애초에 관상이니 뭐니 하는 이야기를 진지하게 할 리가 없으니까. 그러나 비슷한 성향의 사람들이 모여 같은 과 의사가 되는 것은 재미있고 또 낭만적인 문화라고 생각한다.

의사로 한번 살아보겠습니다

# 수술방이 좋은 인턴

    나는 수술방이 좋다. 수술방의 그 특유의 분위기를 좋아한다. 수술방의 공기는 마치 고즈넉한 가옥의 그것처럼 차분하게 가라앉아 있다. 느낌만 그런 것이 아니라 실제로 수술방 공기는 무겁다. 외부 공기에 섞여 있는 먼지나 미생물들이 수술방에 들어오지 못하도록 일정 수준의 압력을 유지하기 때문이다. 바로 이 시스템 덕분에 수술방 문턱을 넘는 순간 주변의 소음은 사라지고 기분 좋은 먹먹함을 느낄 수 있다. 마치 잠수할 때 느껴지는 포근함과 먹먹함처럼 말이다. 수술방 문을 넘으면 새로운 세계가 펼쳐진다. 환자 모니터링 기계에서 새어 나오는 규칙적인 알림음, 수술방을 부드럽게 감싸주는 잔잔한 음악, 환자에게 집중하는 사람들의 열정. 이 모든 것은 내가 수술방을 좋아할 수밖에 없게 만든다.

    수술방뿐만 아니라 수술 자체도 퍽 매력적이다. 나는 인과관계가 명확하고 단순 명료한 것을 좋아한다. 이런 행동을 했기 때문에 저런 결과가 나왔다. 이 과정이 명쾌하고 확실할수록 편안함을 느낀다. 이런 성향 탓에 여러 해석이 가능한, 다른 말로 하면 애매모호한 미술은 내게 범접이 불가능한 영역이다. 수술에 흥미를 느끼는 이유도 내 성향의 영향이 크다고 생각한다. 나는 오랜 기간 내과적 치료를 하며 환자가 나아지는지 경과를 관찰하는 것보다, 직접 눈으로 보고 칼로 절개하고 실로 봉합하는 직관적인 과정을 선호하고, 수술을 통해 확연하게 증세가 호전되는 환자를 보는 것에 편안함을 느낀다.

외과 계열 과에서 근무할 당시, 나는 6시에 출근해서 해야 할 일들을 처리하고 회진을 돌고 나면 곧장 수술방으로 향했다. 첫날에는 수술방까지 가는 길이 복잡한 미로 같았지만, 얼마 지나지 않아 그 길은 눈 감고도 갈 수 있을 정도로 몸에 익숙해졌다. 근무 첫날 탈의실에서 수술복으로 갈아입으며 여러 상념에 잠겼다. 수술 참관이 목적이었던 학생 시절엔 학생을 뜻하는 분홍색 모자를 쓰고 수술방에 들어갔지만 이제는 병원 직원을 의미하는 하늘색 모자를 쓴다. 앞가슴에 달린 명찰에는 학생 대신 의사라는 신분이 적혀 있다. 나라는 사람은 그대로인데 나를 지칭하는 것들과 주위를 둘러싼 환경들이 변해 있었다. 문득 병원 실습 때 한 교수님께서 하셨던 말씀이 떠올라 피식 웃음이 나왔다.

'나는 여전히 20대인 것 같은데 어느새 결혼을 했고 애가 태어났고 교수가 되어 있더라.'

의사로 한번 살아보겠습니다

환복을 마치고 난 후 수술받을 환자가 있는 수술 전 준비실로 향한다. 수술 카트에 누워 있는 수많은 환자 중 수술을 받을 우리 과 환자를 찾고 이름과 생년월일, 수술과와 수술 부위를 확인한다. 이 과정은 간단하지만 잘못된 부위에 수술을 하는 불상사를 막기 위해 꼭 거치는 과정이다. 이뿐만 아니라 수술방에 들어가서도 마취 전 환자와 수술 부위를 다시 한번 확인하고, 몸에 칼이 닿기 전에 또다시 한번 확인한다. 이렇게 환자의 안전한 수술을 위한 안전장치들이 여러 겹으로 루틴화 되어 있으며, 수술방안에서뿐만 아니라 수술방 밖에서 역시 환자 안전 캠페인과 의사 교육 등을 통해 안전의 중요성에 대해 끊임없이 일깨워준다.

환자 확인을 끝낸 뒤 수술 카트에 누워있는 환자를 이끌고 수술방으로 이동한다. 수술 카트, 정식 명칭으로 스트레처 카(Stretcher car)는 카트 무게만50kg로 꽤 무겁다. 여기에 누워 있는 환자의 무게까지 더해야만 비로소 인턴이 운반해야 하는 카트의 무게가 된다. 이때 환자분이 40kg 대의 마른 여성일 수도 있고, 100kg이 넘는 거구의 남성일 수도 있다. 내과에서 근무할 당시 병동들을 뛰어다니느라 하루에 2만 보씩 걷는 유산소운동을 했다면, 지금은 매일 근력 운동을 하고 있다. 하루가 다르게 굵어져 가는 전완근을 보며, 인턴은 근무 중에 운동을 할 수 있는 좋은 직업이라고 생각하기로 했다.

수술방으로 환자를 모시고 간 후 수술방 정중앙에 놓인 베드로 환자를 이동시킨다. 이 과정에서 낙상이 일어나면 대형 사고가 날 수 있으니 반드시 엉덩이로 움직이며 조심스레 이동하라고 안내해야 한다. 그 후 환자분을 태우고 온 스트레처 카를 수술방 밖으로 빼낸 뒤 본격적으로 수술을 준비한다. 필요한 수술 장비들을 수술 베드에 끼우고 레지던트 선생님과 함께 수술 부위를 소독하고 멸균포를 부착한다. 환자가 마취되기 전까지 환자의 옆에 서 있다가 마취통증의학과 선생님들께서 마취를 하시고 기관 삽관을 할 때 손을 보탠다. 수술방에는 수술방의 흐름이 있었고 그 흐름 위에 자연스레 올라타는 것이 중요했다.

수술 준비가 모두 끝날 때쯤 교수님께서 들어오시고 본격적인 수술이 시작된다. 이제 나의 업무는 수술을 어시스트하는 것이다. 의사가 되고 처음서 보는 수술 어시스트. 여기서 나의 역할은 무엇일까? 교수님께서 시키시는 것만 해야 하나? 눈치껏 손을 움직여야 하나? 처음 뵙는 교수님, 처음 보는 수술, 처음 뵙는 전공의 선생님들. 하나하나 부딪히고 깨지면서 파악할 수밖에 없었다. 수술기구 잡는 방법, 무영등을 맞추는 방법, 수술 과정을 읽는 방법, 상황에 맞는 어시스트 방법. 나는 두 눈을 부릅뜨고 있는 눈치 없는 눈치를 다 써가며 하나부터 열까지 배워나갔다.


수술 어시스트를 서며 수술과 인턴이 갖추어야 할 2가지 덕목을 깨달았다. 그것은 바로 체력과 눈치였다. 수술방 인턴은 체력이 좋아야 했다. 무거운 수술기구를 나르고 오랜 시간 환자의 팔다리를 들고 있거나 수술 부위를 당기고 있어야 했다. 무엇보다 오랜 시간 서 있으면서 집중력을 유지해야 했고, 센스 있게 상황에 맞는 어시스트를 해야 했다. 또 눈치가 빨라야 했다. 시키는 것만 잘하는 게 아니라 해야 할 일을 스스로 찾아낼 줄 알

의사로 한번 살아보겠습니다

아야 했고, 또 그 일을 잘해야 했다. 책에서 배우지 못하는 현장의 지식을 눈치껏 배워야 했고 그 지식을 행동으로 빠릿빠릿하게 옮겨야 했다. 그제야 나는 '수술과는 하고 싶다고 해서 할 수 있는 것이 아니다.'라는 교수님들의 말씀을 이해할 수 있었다.

수술이 끝나고 환자가 마취에서 깨어나면 환자를 회복실로 옮겨야 한다. 여기까지 마치면 수술 하나가 온전히 끝나는 것이다. 그리고 다음 환자의 수술을 위해 이 전체 과정을 반복한다. 점심시간이 되면 수술방에 있는 사람들이 번갈아가며 식사를 한다. 밥을 먹기 위해 수술을 일시 정지할 수도 없는 노릇이기에 수술 운영을 유지할 수 있는 최소 인력을 남기면서 교대로 식사를 하고 오는 것이다. 우리 병원은 이것을 '식교대'라 부른다. 수술방에 있으면 유독 빨리 배가 고파진다. 오랫동안 서 있기도 하고 계속 집중하고 있기 때문일 것이다. 내가 배고픈 만큼 다른 사람도 배고플 것이 분명하기에 아무리 길어도 30분 안에는 밥을 먹어야 다음 사람이 제때 식사를 할 수 있다.

하루 일과가 끝나면 그렇게 피곤할 수가 없다. 병원 밖을 나오는 순간 긴장이 풀려서 누적된 피로가 한꺼번에 쏟아진다. 기진맥진 녹초가 되어버린 몸을 이끌고 자취방 침대에 누워 눈을 감는다. 다음날 눈을 뜨면 또 같은 하루가 반복될 것이다. 그럼에도 불구하고 수술과는 여전히 매력적이다. 많은 매력 포인트들 중에서도 수술방 안의 사람들이 모두 한 팀이 된다는 것이 가장 큰 매력이다.

수술방 사람들은 서로 말을 하지 않아도 눈빛 하나만으로, 때로는 눈빛도 필요 없이 의사소통을 했다. 이때는 어떤 수술기구가 필요하고, 어떤 어시스트를 해야 할지 모두가 알고 있었다. 수술이 부드럽게 흘러가는 모습을 보면 하나의 예술작품을 감상하고 있는 것만 같았다. 지금의 나는 수술의 흐름을 방해하는 과속방지턱 같은 존재이지만, 하루빨리 성장해 이 수술팀의 일원이 되고 싶다. 외부인이 아니라 말없이도 소통할 수 있는 팀원이 되고 싶다. 그러기 위해선 오늘보다 더 일을 잘하는 내일의 내가 되어야만 한다. 같은 하루가 반복될 내일이지만 오늘보다 더 잘해보자.

의사로 한번 살아보겠습니다

# 중이 제 머리
# 못 깎습니다

중이 제 머리 못 깎는다는 속담이 있다. 남들의 어려운 일은 잘만 해결해 주면서도, 자기 자신의 일에는 젬병이라는 뜻이다. 하지만 중만 제 머리를 못 깎을까. 의사도 제 몸을 못 챙긴다. 담배 끊으세요, 술 끊으세요, 운동하세요, 기름지고 짠 음식은 적게 드세요. 환자분들에게 하루에도 수십 번씩 교육하는 말이지만 평소 내 생활 습관을 생각하면 교육을 하면서도 마음 한 구석이 찔려온다. 퇴근 후 동기들과 기울이는 맥주잔, 매일 같이 먹는 삼겹살과 치킨, 이런저런 핑계로 점점 멀어지는 헬스장. 내로남불이 따로 없다.

인턴 생활을 시작하면서 식습관이 조금씩 망가져 갔다. 어느새 나의 식사 시간은 배가 고플 때가 아니라 여유가 있을 때로 바뀌었다. 갓 입사했던 3월 점심시간이 되어 병원 지하 식당에 갔다. 콜이 밀려오고 있었지만, 급한 일은 끝냈으니 식사를 하고 나서 일을 해도 될 거라는 판단이었다. 식판 가득 음식을 담고 자리에 앉아 정확히 2숟가락을 먹었을 무렵 전화가 울렸다. 응급실에 환자가 왔으니 빨리 내려와달라고. 그날 나의 점심 식사는 그렇게 끝이 났다.

급한 일들이 없는 날이라도 여유롭게 식사하기는 힘들다. 식사하는 시간에도 콜이 들어온다. 밥을 씹으면서 쌓여가는 업무를 보고 있으면 마치 체할 것만 같은 불편한 느낌이 든다. 마음이 급해진 나는 밥을 입에 욱여넣고 애타게 나를 찾는 병동으로 간다. 또 병원 식당은 하루 종일 열려 있지 않다. 바쁜 일을 끝내고 병원 식당에 갔을 때 문이 굳게 닫혀 있던 적이 한두 번이 아니었다. 그렇기에 나는 식당 문이 열려 있을 적당한 타이밍에, 지금이 아니면 오늘 식사는 없다는 마음으로 허겁지겁 밥을 먹곤 했다.

식당에서 밥을 먹을 시간이 도저히 나지 않는 날에는 휴게실에서 간단하게 식사를 했다. 전공의들의 이런 현실을 누구보다 잘 알고 있는 수련교육부에서는 휴게실에 매주 갖가지 음식을 가득 채워주었다. 삼각김밥, 만두, 컵라면, 초코우유, 시리얼, 음료수, 과자, 소시지, 케이크 등등 업무를 보면서 간단하게 먹을 수 있는 음식들이다 보니 건강과는 거리가 먼 음식들이다. 하지만 그 누가 밥도 못 먹어가며 일할 때 그리고 당직을 설 때 샐러드와 닭가슴살을 먹고 싶어 할까. 이럴 때는 건강한 음식보다도 스트레스를 풀어주는 자극적인 음식을 찾게 되는 법이다. 건강을 머릿속에서 지운다면 이 모든 간식을 무한으로 즐길 수 있는 휴게실은 천국이나 다름없어진다.

당직 근무를 설 때면 동기들과 배달 음식을 자주 시켜 먹는다. 어제는 피자, 오늘은 치킨, 내일은 족발. 바로 이때가 내가 직장인이 되었다는 사실

의사로 한번 살아보겠습니다

을 실감할 때이다. 많지는 않지만 월급을 받으니 더 이상 배달 음식 가격에 연연하지 않게 되었다. 용돈을 한 푼이라도 아껴보려 각종 쿠폰에, 이벤트를 하는 음식들을 주로 찾던 학생 시절과는 다르게 이제는 먹고 싶은 것을 부담 없이 시킬 수 있다.

오후 5시가 될 즈음부터 단톡방에는 불이 나기 시작한다. 오늘은 기필코 맛있는 음식을 먹어야만 한다는 다짐으로 갖가지 음식 사진들이 올라온다. 자고로 맛있는 음식이라는 뜻은 튀기고, 맵고, 짜고, 단 음식들을 말한다. 잔뜩 시킨 배달 음식을 휴게실 책상 한가득 펼쳐놓고 동기들과 다 같이 먹으니 고된 하루를 보상하는 느낌도 들고 스트레스도 풀렸다. 오늘 밤은 왠지 일을 잘할 수 있을 것만 같다.

오랜만에 헬스장에서 재본 인바디 수치를 보고 깜짝 놀랐다. 본과 4학년 때 열심히 운동해서 인바디 점수를 높여놨건만 지금은 그 흔적을 찾아볼 수가 없었다. 오랜만에 러닝머신을 달려보니 이전보다 몸이 훨씬 무거워졌다. 이전에 뛰던 거리의 절반밖에 뛰지 않았음에도 숨이 턱 끝까지 차올랐다. 웨이트를 하더라도 이전에는 귀엽다고 생각했던 무게들이 지금 내게 적당한 무게가 되었다. 인턴 생활이 아무리 힘들어도 몸 관리는 잘하자고 다짐했건만 나의 몸과 다짐은 함께 무너지고 있었다.

최근 야간근로자 건강검진을 하며 같은 병원 출신의 직업환경의학과 선생님과 이야기를 나눌 기회가 있었다. 선생님께서는 의사들은 잠도 잘 못 자고, 운동도 안 하고, 먹는 것도 대충 먹다 보니 인턴과 레지던트를 거치면서 없던 병도 많이 생긴다고 말씀해 주셨다. 고혈압이나 이상 지질혈증은 기본이요, 본인께서는 수련받는 기간 동안 돌발성 난청[33]을 3번이나 겪으셨다고 했다. 선생님은 본인의 경험을 이야기하시며 아무리 힘들더라도 식사를 제대로 챙기고, 꾸준히 운동하는 것이 얼마나 중요한지 강조하셨다.

나는 아직 젊어서 괜찮다며 건강에 신경을 안 쓰고 살던 시절은 이제 갔다. 지금은 전날 먹었던 음식에 따라서 다음날의 컨디션이 좌우된다. 전날 배달 음식을 먹은 다음 날에는 속이 더부룩해져서 유쾌하지 못한 기분으로 하루를 시작할 때가 많았다. 이런 생활 습관을 갖고 있으면서 매일 영양제를 몇 알씩 먹으며 나름 건강을 챙기고 있다며 스스로를 위안했다. 영양제는 건강관리의 핵심이 아니라 그저 조금 도와주는 역할일 뿐이라고 환자분들에게 그렇게나 설명을 했는데, 되려 나 스스로는 어리석은 위안을 하고 있었다. 병원에서 일하며 건강하다는 것이 얼마나 큰 축복인지 매번 느끼면서도 돌아서면 금세 잊어버리곤 한다. 몸이 건강해야 마음도 건강해질 수 있고 내가 원하는 일도 오랫동안 할 수 있다. 건강은 티끌 모아 태산이요, 장거리 마라톤이다. 단순한 유희로 힘듦을 해소하려고 하지 말고 그 힘듦을 이겨낼 수 있는 몸을 만들자. 건강에 조금 더 신경 써보자. 이 세상에는 분명 제 머리 잘 깎는 중도 있을 것이다.

---

33 돌발성 난청 : 순음청력검사에서 3개 이상의 연속된 주파수에서 30dB 이상의 청력손실이 3일 이내에 발생한 감각신경성 난청

# 감정이 태도가
# 되지 않기를

'감정이 태도가 되지 않게 하자.' 요즘 매일 수도 없이 마음에 새기고 있는 문장이다. 나는 요즘 퐁당퐁당 돌을 던지고 있다. 퐁당퐁당이란 정규 근무 → 당직 → 정규 근무 → 당직을 의미하는 말로 당직에 이은 정규 근무 즉 36시간 근무를 반복하면서 몸과 마음이 점점 지쳐가고 있다. 다른 건 몰라도 체력 하나만큼은 정말 자신 있었는데 그것마저도 시들해져가고 있다. 인턴을 시작할 때 나는 늘 웃으며 1년을 열심히 살아 보내겠다고 다짐했다. 입사 전 속초 바다에서 해돋이를 보고 돌탑을 세우며 그렇게 다짐했건만 나의 다짐은 내과 당직 근무 앞에서 유명무실 해졌다.

건강한 신체에 건강한 마음이 깃든다지만 피로한 신체에 피로한 마음 역시 깃든다는 것을 깨닫는다. 얼굴에는 미소 대신 무표정이 자리했고 마음에는 여유가 사라져간다. 병동에 들어서며 간호사 선생님들께 건네던 인사도 드문드문해졌다. 사회생활의 기본은 밝은 인사라는 것을 알지만 아는 것과 나의 행동은 자꾸만 어긋났다. 인사를 하더라도 허공을 바라보며 무미건조하게 인사를 내뱉었다. 환자들에게만큼은 반드시 친절하겠다던 다짐도 흔들려간다. 아픈 환자는 본인도 모르게 화 많아진다는 사실을 이해해 줄 마음의 여유가 사라졌다. 나에게 화내는 게 아니라는 걸 알면서도 환자의 투정에 민감해지고 덩달아 욱하는 마음이 올라온다.

별거 아닌 작은 부분들도 거슬리기 시작했다. 바빠 죽겠는데 간호사 선생님들께서 일을 재촉하는 경우가 그렇다. 저 선생님은 내가 게으름이라도 피운다고 생각하는 건가? 지금 말하는 게 정말 급한 일이 맞나? 본인이 편하려고 나를 재촉하는 거 아닌가? 10개에 달하는 병동의 일들을 혼자 하고 있는 내 입장을 알기나 할까? 뱀도 한 수 접고 들어갈 만큼 꼬이고 꼬인 생각들이 모습을 드러낸다.

중환자실에 적혀 있는 오늘 해야 할 업무들을 보면서 가만히 눈을 감는다. 아침에 찍어야 할 심전도가 10개, 동맥혈 채혈이 10개. 거기에다 그 이상의 드레싱까지. 아무리 중요한 일만 빨리 한다고 하더라도 한 시간 안에 중환자실을 벗어날 길은 어디에도 보이지 않는다. 업무 표에 적혀 있는 일을 하는 중에 생길 또 다른 중환자실 일들, 실시간으로 쌓여가는 다른 병동의 업무들, 그리고 중간중간 해결해야 할 응급 업무들. 어떤 순서로 일을 해치워야 할지 정리조차 되지 않는 업무량에 그저 눈을 감고 마음속으로 나지막하게 욕설을 내뱉는다. 들숨에 짜증 한 번 날숨에 한숨 한 번을 수만

번 반복한다.

그러나 사실 알고 있다. 그 누구에게도 잘못은 없다. 그저 내가 힘들어서 짜증을 내는 것이다. 지금 느끼는 부정적인 감정의 뿌리는 결국 나에게 있다. 아무리 일이 많더라도 급한 일이면 우선 해결해야 하는 게 맞다. 환자나 보호자가 간호사 선생님께 어떤 컴플레인을 했는지, 선생님이 어떤 마음으로 재촉했는지 알지 못한 채 나는 짜증이 났다. 간호사 선생님들도 환자분들을 위해 그저 본인의 일을 열심히 하고 있는 것 뿐일 텐데. 환자분들은 나에게 화를 내는 게 아니라 나처럼 힘들고 지쳐서 이 상황에 짜증을 내고 있는 것뿐이다. 힘들수록 더 밝게 인사를 해야 기분이 나아질 수 있는 것 또한 알고 있다. 행복해서 웃는 게 아니라 웃어서 행복하다고들 하니까.

이 모든 것을 머리로는 알고 있는데 왜 나의 감정은 그렇지가 않을까? 평소에 잘만 하던 술기가 갑자기 잘 안되는 때가 있다. 사람은 기계가 아니니까 당연히 그럴 수 있다. 하지만 그럴 때는 참을 수 없는 짜증과 답답함이 머리끝까지 차오른다. 다시 시도해 보거나 다른 동기들에게 부탁하면 금방 해결할 수 있는 일인데도 혼자서 폭발해 버린다. 낙천적인 성격으로 '뭐든 잘 되겠지.' 하는 마음으로 살아가던 나는, 이전과 달라진 내 모습이 상당히 낯설게 느껴졌다.

나는 왜 스트레스를 받았을까? 나를 화나게 하는 근본적인 이유는 대체 무엇일까? 아마도 나의 성향 때문일 것이다. 나는 내가 처한 상황을 통제하는 걸 좋아한다. 좋아하는 걸 넘어서서 그래야만 마음이 편하다. 나는 MBTI

검사 결과 J가 99%, P가 1%로 나올 정도로 계획적이고 통제적인 사람이다. 예상치 못한 상황들이 동시에 이곳저곳에서 발생하는 상황에 스트레스를 받는다. 일이 많든 적든, 바쁘든 여유롭든 상황을 내 통제 아래에 두어야 마음이 편해지는 사람. 그래서 스스로에게 잣대가 엄격하고 다소 꼰대스러운 사람. 나는 그런 사람이다.

하지만 나의 성향을 바꿀 수는 없는 일이다. 사람의 성격은 달라질지 언정 성향은 달라지지 않는다. 그럼 어떻게 이 상황을 좋은 방향으로 물줄기를 틀 수 있을까. 곰곰이 생각해 본 끝에 3가지 방법을 떠올려 보았다. 퇴사하기, 체력 기르기, 마지막으로 마음가짐 바로 하기.

퇴사는 모든 직장인의 꿈이지만 그 누구도 섣부르게 시도하지 못하는 파랑새 같은 꿈이다. 본인이 견딜 수 있는 힘듦의 정도는 사람마다 모두 다르다. 똑같은 일이라도 누구에게는 견디기 힘들 수 있고, 또 누구에게는 견딜 만한 정도 일 수도 있다. 본인이 견딜 수 있는 역치를 생각해 보고, 몸과 마음을 망가뜨리지 않기 위해 퇴사를 고려해 볼 수 있다. 이 선택지의 가장 중요한 것은 판단의 기준이 본인 스스로가 되어야 한다는 점이다. 내가 얼마나 힘듦을 견딜 수 있는지는 본인만이 알 수 있으니까. 나는 그 역치가 꽤 높은 편이다. 물론 인턴 생활을 하며 몸과 마음이 지쳐가지만 그럼에도 불구하고 견딜 만했다. 그러므로 퇴사는 내게 적합한 선택지가 아니었다.

건강한 신체에 건강한 정신이 깃든다. 밥을 잘 먹고 열심히 운동하는 것은 몸뿐만 아니라 정신도 건강하게 해 준다. 불규칙한 식사, 잦은 야식, 인스턴트 위주의 식품. 나의 망가진 식습관도 지금의 나에게 분명 많은 영향

◦

을 주었을 것이다. 동서고금을 막론하고 기본이 가장 중요하다는 사실을 그토록 강조하는 데에는 이유가 있다. 건강한 음식과 운동이 가장 기본이다. 식사는 웬만하면 병원 식당에서 해결하고 상황이 안 되더라도 건강한 음식을 챙길 것. 술과 기름진 음식은 절반으로 줄일 것. 당직이 아닌 날에는 조금이라도 유산소 운동을 할 것을 마음에 다시 새겨본다.

그러나 아무리 밥을 잘 먹고 열심히 운동해도 체력의 한계가 찾아올 때가 분명히 있다. 세상에서 제일 무거운 것은 눈꺼풀이라고, 잠을 못 잔다면 앞선 이야기한 것들이 말짱 도루묵이 될 수 있다. 결국은 마음가짐을 바로 하는 게 핵심이다. 화가 날 때 속 시원하게 맞받아치는 것도 하나의 방법이 될 수 있다. 그러나 집단에 잘 녹아들기 위해서 그리고 순조로운 병원 생활을 위해서는 가급적 피해야 하는 방법이다. '상대방이 왜 이렇게 행동하고 말하는지 상대방의 입장을 이해해보기.', '정말 부당한 일이 아니고서는 자기 최면이라도 걸어서 상황을 부드럽게 해결하기.', '내가 모르는 상황이 있었겠지.', '다 이유가 있겠지.' 생각하며 마음의 평화를 유지하기를 마음에 다시 새겨본다.

사람의 진면모를 보려면 함께 고생을 해보라는 말이 있다. 여러 방법이 있겠지만 그중 최고는 두말할 것 없이 같이 인턴을 하는 것이다. 일을 같이 하다 보면 처음에는 몰랐던 이 사람의 본 모습이 점차 드러난다. 꽁꽁 숨겼던 모습들도 몸과 마음이 힘든 상황에서는 저도 모르게 나오게 되는 법이니까. 그러나 이런 상황에서조차 늘 긍정적인 에너지를 내뿜는 동기들이 있다. 아무리 바빠도 짜증을 내기는커녕, 늘 밥은 먹었는지 먼저 물어봐 주는 동기들은 결코 사람이 아니었다. 그들은 사람이 아니라 부처의 현신일지도 모른다. 정말 대단한 사람들이다. 그런 경지에 도달하지 못한 나는 힘들고 지칠 때마다 투덜거리지만, 그들의 옆에 서기 위해 안간힘을 쓴다. 세상은 넓고 배울 점이 많은 사람들이 정말 많다는 사실을 여러 번 깨닫는다.

앞으로 수년간 반복될 퐁당퐁당 돌을 던지는 길. 인생은 마라톤이고 가장 중요한 것은 지속 가능한 발전이다. 막 출발점을 떠난 지금 나는 여러 가지 시행착오를 겪고 있고, 이 모든 것이 전부 경험이 될 거라 믿는다. 쌓인 경험들을 토대로 일도 자기 관리도 조금씩 성장할 거라 믿는다. 내일도 잘해보자.

의사로 한번 살아보겠습니다

# 병원 안의 말년병장

나는 말턴이다. 한자 끝 말(末)과 인턴을 합친 용어인 말턴은 인턴 성적이 발표된 이후의 인턴을 의미한다. 레지던트 선발을 포함한 모든 일정은 12월 이내에 마무리되기 때문에, 그 후부터 인턴은 평가의 부담에서 벗어날 수 있다. 말턴은 마치 말년 병장이라도 된 것처럼 여유가 가득하다. 병원의 막내 의사라는 사실이 변하지는 않지만, 이미 말턴을 거쳐 가신 레지던트 선생님들과 교수님들께서는 지금이 가장 행복할 시간이라며 많이 쉬어두라고 말씀하신다. 지금이 아니면 평생 쉴 시간이 없을 거라는 슬픈 조언과 함께, 어서 가서 쉬라며 손에 커피도 쥐여 주신다.

이제 더는 퇴근 후에 스터디 카페로 향하지 않아도 된다. 나쁜 평가를 받을까 전전긍긍하지 않아도 된다. 무엇보다 근무 사이사이 있는 자투리 시간에 더는 책을 펴지 않아도 된다. 단 며칠 전과는 비교도 안 될 정도로 이렇게 행복해질 수 있다니. 아 물론 월급을 받는 직장인이니 해야 할 일은 당연히 해야 한다.

말턴 생활을 즐기는 요즘은 하루하루가 행복하다. 마음에 여유가 생겨서 일까 행동에도 여유가 생겼다. 우선 잘 뛰어다니지 않는다. 마치 양반이라도 된 것처럼 걸음걸이가 느려졌다. 코드 블루 상황이 아니라면 웬만해선 뛰어다닐 일이 없다. 조금이라도 자투리 시간을 만들기 위해 고군분투해야 할 이유가 사라진 것이 가장 큰 이유이다. 그렇다고 일 처리가 느린 것은 아니다. 지난 9개월 동안 쌓인 내공은 금방 사라지지 않았다.

커피 한 잔의 여유도 즐기고 휴게실에서 소시지를 세 개씩 데워 먹으며 행복은 멀리 있지 않다는 걸 다시금 느낀다. 여유로운 날에는 병원 안에 있는 헬스장에서 운동도 하고 동기들과 휴게실에 모여서 이야기를 한다. 그것도 아니면 동기가 어려운 술기를 할 때 굳이 따라가서 안 서도 될 백업을 서기도 한다.

퇴근 후에는 그동안 못 만나던 친구들을 만나고 병원 동기와 드럼을 배우러 가기도 했다. 있는 힘껏 드럼을 내려치면 없던 스트레스도 풀렸는데, 의과대학 학생 시절 밴드부에서 활동을 했던 나는 그때 키보드가 아니라 드럼을 배웠어도 좋았겠다는 생각이 들었다. 그랬다면 지난 10개월 동안 받았던 스트레스를 더 잘 해소할 수 있었을 텐데. 오프가 생기면 여행을 떠났고 부모님을 뵈러 고향에 갔다. 그래 이게 사는 거지. 나는 그동안 고생했던 것들을 보상이라도 받는 듯 마음껏 말턴 생활을 즐기고 있다.

의사로 한번 살아보겠습니다

그러나 행복하기만 했던 말턴 생활에도 단점은 있다. 갑자기 생긴 자유를 만끽하느라 공부를 등한시하다 보니, 점차 머리가 굳어가기 시작했다. 말턴 생활을 즐긴 지 한 달 정도 되었을 무렵, 다음 달부터 레지던트 1년 차가 된다는 현실에 정신이 번쩍 들었다. 슬슬 레지던트 1년 차 업무를 인계받으며 일을 배워야 할 때가 왔다. 레지던트는 인턴과 비교 선상에 서는 것 자체가 실례일 정도로 힘들다.

　인턴은 근무하는 과에서 간단한 일을 해결하는 단기 알바생에 가까웠다면, 레지던트 1년 차는 그 과의 핵심 축을 담당하는 정직원에 가까웠다. 그 과에 대한 의학지식이 있어야 효율적으로 인계받을 수 있었기 때문에 나는 뽀얗게 먼지가 쌓여가던 책을 폈다. 그 사이에 녹이 슬어버린 머리에서 삐걱거리는 소리가 나는 것만 같았다. 전공의 시험을 준비하며 공부했던 내용을 기억해 내는 것도 쉽지 않았는데, 새로 공부해야 할 내용이 눈에 들어올 리 만무했다. 인턴 처지에 과분한 행복을 누린 값이었다. 슬슬 머리에 예열을 가하고 몸도 다시 빠릿하게 움직여 버릇을 들일 때가 되었다. 더할 나위 없는 행복과 예비 1년 차로서의 긴장과 부담을 동시에 느끼고 있는 요즘이다.

# 인턴에게
# 빨간 날은 없습니다

두 손을 맞잡은 채 사랑을 속삭이는 연인들로 가득한 거리, 갖고 싶던 선물을 받아 기뻐하는 아이들과 그 모습을 흐뭇하게 바라보는 부모님들. 어디선가 들어보았지만 가사는 모르는 캐럴이 흘러나오는 가게들, 반짝거리는 전구들과 가지각색의 장식들로 꾸며진 초록색 트리. 세상을 하얗게 덮은 눈이 되레 따뜻하게 느껴지는 크리스마스이지만 나는 오늘도 어김없이 당직 근무를 선다.

사실 공휴일에 당직 근무를 서는 것은 그리 놀라운 일도, 슬플 일도 아니다. 나는 이미 지난 여러 공휴일을 병원에서 보내며, 달력에 적혀 있는 검은색과 빨간색의 숫자들은 인턴에게는 의미가 없다는 사실을 알게 되었다. 평일에도 공휴일에도 출근을 해야 하는 인턴의 달력에는 대부분의 공휴일이 검은 날이었다.

매년 새해가 시작될 때마다 전 국민의 이목을 사로잡는 이슈가 있다. 올해 평일에 공휴일이 며칠이나 있는지, 주말과 공휴일이 이어지는 이른바 '황금연휴'가 언제이고 또 며칠 동안 이어지는지. 이는 불과 작년까지만 해도 나의 이야기였다. 황금연휴가 길게 있으면 아직 여행 경비도 모으지 못했음에도 불구하고 벌써 행복했다. 어디로 여행을 갈지, 언제 비행기표를 사야 할지, 어느 숙소에 묵어야 할지를 찾아보며 펼쳐질 한 해가 더없이 기대되었다. 그러나 이 이야기는 올해부터는 남의 이야기가 되었다. 나의 관심사는 그저 당직이 언제인지일 뿐이다.

처음 인턴으로 근무를 시작했을 때는 이 사실이 조금 억울했다. 내가 무슨 부귀영화를 누리겠다고 이렇게까지 일을 해야 하나 허탈감도 들었다. 하지만 비록 불평불만이 있기는 했어도 공휴일에 근무해야 하는 운명을 받아들이지 않을 생각은 없었다. 공휴일에도 병원에는 환자가 있었고, 누군가는 병원을 지켜야 했기 때문이다. 레지던트 선생님들도 당직을 서는데 막내 의사가 앓는 소리를 할 수 없기도 했다. 게다가 당직을 혼자 서지는 않는다. 이런 날조차 함께하는 동기들이 있다. '너도 일하냐, 나도 일한다.' 동병상련 처지의 동기들과 함께라면 어떤 일이든 다 버텨낼 수 있다. 다만 그럼에도 불구하고 행복한 시간을 보내는 다른 사람들의 소식을 들을 때면 가끔 울컥하는 마음이 치밀어 오를 때도 있는데, 이럴 때는 공휴일이니까 추가 수당을 받을 수 있다고 스스로를 세뇌시키며 '오히려 좋아.'를 외쳐본다.

미처 몰랐지만 병원 안에도 크리스마스가 있었다. 한껏 꾸며 놓은 트리와 각종 장식들이 보란 듯이 병원 여기저기에 놓여있었다. 그러니 휴게실에서 캐럴을 틀어두고 배달 음식을 잔뜩 시켜 파티를 한다면, 병원 밖에서보내는 것 못지않게 행복한 크리스마스를 보낼 수 있지 않을까? 우리는 인턴장의 진두지휘 아래 인턴 휴게실을 꾸미기 시작했다. 중간에 밀려드는콜을 해치우느라 병동을 왔다 갔다 해야 하긴 했지만, 결국 휴게실은 작은파티 연회장이 되었다. 휴게실을 꾸미면서 미리 주문했던 파스타, 리조토,윙 봉, 피자 등등 여러 파티 음식도 눈이 쌓여 있는 길을 뚫고 마침내 병원에 도착했다.

음식을 받는데 문득 이 음식들을 만드시는 사장님도, 배달해 주시는 라이더님도 오늘 쉬지 않으셨기에 이 음식이 나에게 도착할 수 있었다는 생각이 들었다. 음식 배달은 365일 언제나 가능하다는 사실을 그동안 너무당연하게 생각해왔기 때문에 뒤통수를 한 대 맞은 듯했다.

그렇다. 다들 쉬는 연휴는 사실 존재하지 않았다. 빨간 날에 쉬는 사람들도 있었지만 그에 못지않게 일을 하는 사람들도 있었다. 인생을 살아간다는 건 멀리서 보면 희극 가까이서 보면 비극이라더니, 빨간 날이라고 해서막연하게 나 말고 다른 사람들은 다 쉴 것이라고 생각했던 것이다. 다른 사람들의 노고가 보이기 시작하는 것을 보니, 나도 조금씩 사회인이 되어가나 보다.

새삼 바쁘다는 이유로 즐길 수 있는 것들을 놓치고 살고 있었다는 생각이 들었다. 바쁘고 피곤하고 여유가 없다는 이유로, 시험을 준비하느라 일을 한다는 이유로 많은 사람들이 누리는 즐거움들을 사치로 생각하곤 했

의사로 한번 살아보겠습니다

다. 오늘의 즐거움을 참고, 내일의 기쁨을 참고, 모레의 행복함을 억누르며 열심히 살았지만 그로 인해서 오히려 행복할 수 있는 기회를 놓치지 않았을까. 그런 삶의 끝에서 무언가를 얻는다 해도 놓쳐버린 행복들의 합보다 더 크다고 단언할 수 있을까.

또한 바쁠수록 관습을 소중히 여기며 소속감과 안정감을 느껴야 한다는 생각도 들었다. 시험이 며칠 안 남았더라도 설날이 되면 떡국을 먹고, 아무리 바쁘더라도 추석이 되면 송편을 먹어야 한다. 그런 작은 행동으로 내가 같은 문화권에 속해 있다는 소속감을 느끼고, 내가 나를 소중히 여기고 있다는 기분도 든다. 매달 여러 과를 전전하느라 충분한 여유와 소속감을 느끼기 힘든 인턴들은 이런 작은 것들로 작지 않은 행복을 느낄 수 있다.

올해뿐만 아니라 앞으로도 수많은 공휴일을 병원에서 보낼 것이다. 이 사회에는 나뿐만이 아니라 공휴일에도 일을 하는 사람들이 많다는 사실을 잊지 않고, 관습을 소중히 여기며 작은 행복을 놓치지 않는다면 병원 안에서도 충분히 행복할 수 있을 것이다.

# 인턴 L의 이야기

**Q. 처음 인턴으로 근무를 시작했을 당시 어떤 마음이었나요?**

Int. L      걱정이 많았죠. 머릿속이 온갖 걱정으로 가득했어요. 익숙한 것이 단 하나도 없는데 당장 일을 시작해야 한다는 사실이 굉장히 부담스러웠어요. 내가 뭐라고 이렇게 중요한 일을 해야 하는 걸까, 혹시 의료사고가 나면 어떡하나 하는 생각이 떠나지 않았어요. 동맥혈 채혈처럼 간단한 술기를 할 때조차 혹시나 신경을 손상시키지는 않을까, 제대로 지혈을 못 해서 혈종이 생기면 어떡하나 하는 생각이 들더라고요. 매우 드물게 일어나는 합병증이지만 내가 그 합병증을 일으킬 수도 있겠다 싶었죠.

환자에게 소변줄을 끼울 때도 마찬가지였어요. 혹시나 요도를 손상시키면 어떡하나, 벌루닝[34]을 잘못해서 요도가 파열되면 어떡하나. 입사 전 인턴 오리엔테이션에서 교육받으며 들었던 합병증들이 눈앞에 아른거리더라고요. 하하

저는 첫 근무를 응급의학과에서 시작했어요. 응급의학과 인턴의 업무의 대부분이 술기예요. 그러니 근무를 시작하기 전날 얼마나 많은 걱정에 시달렸겠어요. 그래도 최대한 긴장한 티를 내지 않으려고 노력했어요. 의사가 떨면 환자분들은 어떤 기분이겠어요. 떨렸지만 여유로운 것처럼, 처음 해보지만 익숙한 것처럼 행동했어요. 사람들은 제가 긴장하는지도 몰랐을 거예요 하하. 일단 일은 시작했으니 어떻게든 부족한 부분들을 채우려고 많이 노력했어요. 술기를 잘하는 동기들에게 배우기도 하고, 동영상을 보며 연습도 해보곤 했죠. 저에게는 걱정이 성장의 원동력이 되었어요.

## Q. 인턴 생활 중 힘들었던 기억은 무엇이 있나요?

Int. L　내과에서 근무할 때가 가장 힘들었어요. 이렇게까지 바쁜 삶을 살아본 적이 없었거든요. 내과에서 근무하는 첫날 업무의 양은 상상을 초월했지만 저는 마음의 준비가 덜 된 상태였어요. 하루하루가 벅찼죠. 그저 오늘 하루도 버텨낸다는 마음으로 일을 했어요. 끝없이 밀려오는 일들을

---

34 벌루닝(ballooning) : 방광에 소변줄을 고정시키기 위해 멸균 증류수를 넣는 과정

조금이라도 효율적으로 하기 위해 이동 동선을 머릿속으로 그려야 했고, 급한 일과 급하지 않은 일들을 구분해야 했어요. 인턴이 거의 끝나가는 지금이야 자연스럽게 되는 것들이지만, 인턴을 시작하고 얼마 안 되었던 그때는 많은 노력을 기울여야 했어요. 익숙하지 않았으니까요.

내과에서 근무할 때, 무엇보다도 당직이 너무 힘들었어요. 우리 병원은 인턴 수가 너무 적었어요. 그래서 주말이면 내과 인턴 혼자서 병원에 있는 모든 내과환자들의 인턴 업무를 해야 했어요. 인턴을 해본 선생님들은 모두 아실 거예요. 이게 얼마나 말이 안 되는 일 인지를요. 시간도 부족하고 몸도 부족했어요. 밥 먹을 시간, 커피 마실 시간은 사치였죠. 밥 먹는 중에 당장 달려가야 하는 일들이 비일비재했으니까요. 주말 내과 당직을 설 때는 휴게실에서 먹는 에너지바가 식사였어요.

어떻게든 내과 근무를 버텨낼 수 있었던 건 모두 동기들 덕분이에요. 오프인데도 불구하고 기꺼이 병원에 나와 저를 도와주었어요. 제가 동의서를 받고 있으면 술기를 대신 해주기도 하고, 드레싱을 해주기도 했죠. 커피를 사러 갈 시간이 없는 저를 위해 병동까지 와서 아이스 아메리카노를 한 잔 주고 가기도 했어요. 아무리 힘들어도 좋은 사람들과 함께라면 어떻게든 버틸 수 있다는 걸 인턴을 하면서 배울 수 있었어요.

여담이지만 저는 환자분들에게 동의서를 받을 때 스스로에게 아쉬운 점이 많았어요. 급한 일들을 처리하면서 사이의 빈틈을 이용해 동의서를 받아야 했기 때문에 환자 파악을 제대로 하지 못한 상태에서 동의서를 받아야 했거든요. 의사로서 환자분과 보호자분이 궁금해하는 점들을 자세하게

의사로 한번 살아보겠습니다

설명해 드리고 궁금한 점들을 해결해 드려야 하는데 그러지 못할 때가 종종 있었어요. 응당 해야 하는 일이었지만 시간이 부족하다는 이유, 바쁘다는 이유로 후다닥 동의서를 받고 나면 늘 마음 한편이 불편했어요.

서류 작업이 많았던 과에서 근무할 때는 정신적으로 힘들었어요. 인턴으로 근무하다 보면 정규 출근 시간보다 일찍 출근을 해야 할 때가 많아요. 컨퍼런스를 준비하고 프리오피[35]를 챙기거나 명단을 작성하는 등 아침에 해야 할 일이 많을 때가 특히 그렇죠. 새벽 일찍 일어나 열심히 일을 했는데도 불구하고 늘 어디선가 실수는 나오더라고요. 눈을 부릅뜨고 실수하지 않기 위해 노력했는데도 말이죠. 그렇게 실수가 발견되면 제 노력과는 상관없이 열심히 하지 않은 것이 되어버리는 것이 속상했어요. 실수하지 않기 위해 촉각을 곤두세우고 확인에 확인을 거치는 과정도 스트레스가 상당했죠.

## Q. 인턴 생활 중 좋았던 기억은 무엇이 있나요?

Int. L     동기들과 함께했던 추억들이죠. 당직 때 휴게실에 모여서 배달 음식을 시켜 먹거나, 퇴근 후 함께 헬스장에 가곤 했거든요. 좋은 사람들과 함께했던 모든 순간들이 소중한 추억으로 남아 있어요. 인턴 수가 적었던

---

35 프리오피(Pre-OP) : 수술하기 전, 환자의 전반적인 상태와 수술 가능성 및 주의점을 확인하는 과정

만큼 정말 힘들었지만, 함께 고생을 많이 해서 단단한 전우애가 생겼어요. 모두가 힘들다는 걸 알기에, 조금이나마 여유가 있을 때 서로 도와주려고 했고, 어려운 상황이 생기면 다 같이 해결해보려 노력했어요. 다 같이 힘내자는 분위기가 너무 좋았습니다.

**Q. 레지던트를 지원할 때 어떤 기준으로 과를 선택했나요?**

Int. L     저는 제 성향에 따라 과를 선택했어요. 인기가 많은 과보다도 저와 잘 맞는 과를 찾으려고 했어요. 저는 저 스스로를 잘 돌보는 사람이 아니에요. 해결해야 할 일이 생기면, 저를 희생하면서까지 상황을 어떻게든 해결해야만 직성이 풀리는 성격이죠. 그래서 주치의로 근무할 때 스트레스를 많이 받았어요. 제가 담당한 환자의 상태가 늘 좋을 수는 없는 법이잖아요. 환자의 상태가 안 좋아질 때면 마음이 너무 힘들었어요. 퇴근을 해도 환자들이 머리에서 떠나지를 않았고, 쉬어도 쉬는 게 아니었죠. 그럴 바에는 차라리 병원에 있는 게 낫겠다 싶어 퇴근을 하고도 병원에 있던 적이 많아요. 그래서 저는 강제로라도 마음 편하게 쉴 수 있는 시간을 가질 수 있는 환경이 필요하다고 생각했어요. 그래야만 정신적으로도, 신체적으로도 건강하게 살 수 있고, 일도 제대로 할 수 있으니까요. 그런 점에 있어서 응급의학과가 굉장히 매력적이었죠. 응급의학과는 일하는 순간에는 힘들더라도, 퇴근을 한 이후에는 온전히 쉴 수 있잖아요. 제가 보던 환자들을 다른 선생님들께서 이어서 봐주시니까요.

물론 응급의학과 자체가 재미있기도 했죠. 본과 4학년 학생 실습을 돌면서 응급의학과가 특히 마음에 남았거든요. 다른 과들은 실습이 끝나면 그저 마음이 후련할 뿐이었는데, 응급의학과는 그렇지 않았어요. 실습이 끝나는 게 아쉬웠고 더 경험해 보고 싶었죠. 인턴으로 응급의학과에서 근무하며 제 마음을 굳혔어요. 함께 일하는 사람들도 좋았고, 많은 것들을 배울 수 있는 환경도 좋았어요. 무엇보다 제 성격과도 잘 맞고요. 저는 성격이 급하거든요. 밥을 먹다가도 콜이 있으면 뛰쳐나가요. 일이 쌓이는 것이 너무 답답하고 바로 해결을 해야 마음이 편해요.

이렇게 말은 했지만 사실 응급의학과가 저와 잘 맞을지에 대한 확신은 없어요. 아직도 의문이긴 한데 한번 가보는 거죠. 인턴으로 일하는 것과 전공의로 일하는 건 천지 차이니까요. 내가 알고 있는 지식이 부족하지는 않을까, 응급환자는 어떻게 봐야 할까 하는 걱정은 있지만 가서 배우면 어떻게든 되겠죠. 응급의학과 말고 다른 과를 가고 싶지는 않아요.

Q. 우수한 인턴이란 어떤 인턴이라고 생각하나요?

Int. L   우수한 인턴이라고 하면 교수님이나 간호사 선생님들이 인턴에게 바라는 모든 것을 충족시킬 수 있는 인턴이죠. 그렇기 때문에 저는 인턴이 훌륭하기 쉽지 않다고 생각해요. 우수해지는 데에는 끝이 없거든요. 본인을 갉아먹으면서까지 늘 위를 향해 노력해야 할 필요가 있을까요?

홀륭한 인턴이 되려고 하기보다는 스스로가 할 수 있는 범위 내에서 최선을 다하면 충분하다고 생각해요. 본인이 가진 그릇 이상으로 커지려고 하면 스스로 힘들 수밖에 없어요. 그러면 주변에 부정적인 기운을 줄 수밖에 없거든요. 본인이 주변의 분위기를 안 좋게 만든다는 사실을 알고 있으면 개선의 여지라도 있겠지만 자각하지 못하는 경우도 많아요. 그렇게까지 하면서 홀륭한 인턴이 되는 게 의미가 있을까 생각해 볼 필요가 있겠죠.


### Q. 병원을 이동하며 근무하는 순환근무는 어땠나요?

Int. L     여러 병원에서 다양한 경험을 쌓을 수 있다는 장점이 있어요. 병원들이 위치한 지역이 다 달라서 병원마다 경험할 수 있는 것들이 다르거든요. 하지만 적응이 될 만하면 다른 병원으로 옮겨야 하는 것이 큰 단점이에요. 6개월 동안 일을 했지만 새로운 병원에 가면 처음부터 다시 적응해야 하는 부분들이 분명히 있어요. 새로운 병원에 가면 '왜 이걸 아직도 못하지? 왜 이걸 모르지?' 하는 사람들의 눈빛이 느껴져요. 인계장을 꼼꼼히 읽더라도 직접 보고 몸으로 부딪치는 것과는 차이가 크기 때문에 새로운 병원에 적응하기 위해 많은 품을 들여야 해요. 노력한다는 간단한 말로는 표현하지 못하는 부분들이 상당히 많아요. 순환근무는 만만하게 볼 게 아니에요.

의사로 한번 살아보겠습니다

Q. 인턴을 마무리하는 지금, 어떤 감정이 드시나요?

Int. L    말턴이라 모든 게 불만입니다. 농담입니다. 하하. 지난 1년을 돌이켜보니 정말 쉽지 않은 시간이었네요. 그 시간을 포기하지 않고 버텨내었다는 것만으로도 아주 뿌듯해요. 인턴 점수가 어떻고를 떠나서 포기하지 않은 것만으로도 충분하다고 생각해요. 인턴으로 근무하다 보면 불공평하고 비합리적이라고 생각되는 부분들이 많아요. 세상 모든 일이 그렇듯 인턴 역시 완벽하게 공평할 수는 없거든요. 어쩔 수 없이 누군가는 일을 더 많이 하게 되고, 또 거기에 대해서 불만을 가져도 뾰족한 해결책이 없는 경우가 많아요. 중간에 그만두는 인턴이 있다던가, 아파서 병가를 내는 동기가 있거나 하면 병원에 남은 사람들이 나머지 업무를 떠맡아야 하는 구조이기도 하고요. 인턴은 상시 모집이 불가능하거든요.
    병원마다 업무의 종류, 업무의 양도 천차만별이죠. 여러모로 감정적으로도 힘들고 예민해지는 부분들이 있어요. 그래서 저는 큰 사건ㆍ사고 없이 인턴을 잘 마무리해가는 데에 의의를 두고 있습니다.


Q. 예비 인턴들에게 해주고 싶은 조언이 있나요?

Int. L    인턴을 시작하기 전에 단단히 각오하기를 바랍니다. 포기하지 않을 각오가 필요해요. 정신적인 스트레스가 상당히 많거든요. 이 글을 보고 있을 예비 인턴 선생님들, 아직 늦지 않았습니다. 인턴을 꼭 해야 하는지 다시 한번 생각해 보세요. 졸업 후에 무엇을 해야 할지 몰라서 일단 인턴을 시작해 보려는 생각이라면 진지하게 다시 생각해 보기를 바랍니다.

인턴 수련을 통해서 자신이 무엇을 얻기를 원하는지가 확실해야 해요. 그렇지 않으면 중간에 견디기 어려울 만큼 어려운 순간이 왔을 때 쉽게 포기해 버릴 수 있어요. 그렇게 되면 주위 사람들에게 큰 피해를 주게 되거든요. 1년이란 시간은 길어요.

그리고 졸업 후 자교 병원에서 수련 받을지, 다른 병원에서 수련 받을지는 온전히 본인의 기준으로 판단해야 해요. 자교에 남아서 후회를 할 수도 있고, 다른 병원으로 가서 후회할 수도 있어요. 반대로 자교에 남아서 만족할 수도, 다른 병원에 가서 만족할 수도 있죠. 인턴 수련병원을 선택하는 것은 남들의 의견에 휩쓸려서 선택할 만큼 가벼운 결정은 아니라고 생각해요. 물론 자신이 원하는 과가 인기가 많고 경쟁률이 높으면 자교 병원에 남는 게 훨씬 유리한 건 사실이에요. 하지만 대형 병원에서 수련 받는 것도 그에 못지않은 장점들이 많이 있어요. 대형 병원에서 원하는 과를 가는 것 역시 본인이 하기에 따라 불가능하지도 않죠. 고민의 고민을 거쳐 후회가 남지 않을 선택을 하길 바랍니다.

의사로 한번 살아보겠습니다

# PART 4

# 마무리는 곧
# 새로운 시작입니다

# 현대판 주경야독,
# 전공의 시험 준비

며칠 전 레지던트 원서접수가 마감되었다. 인턴을 마치고 나서 바로 레지던트가 되고 싶었던 나는 평소에 생각해 오던 성형외과에 지원했다. 오랜 고민 끝에 내린 결정이었지만 원서 접수 화면에 떠있는 '지원과: 성형외과'를 보고 있으니 마음에 무거웠다. 그동안 수많은 교수님들께서 해주셨던 말씀들이 머릿속에 맴돌았기 때문이었다. 의사 생활에서 가장 중요한 순간이 바로 전공을 선택하는 순간이라고. 그 순간의 선택이 앞으로 평생의 의사 생활을 좌지우지할 수 있다고 말이다. 나는 모니터 앞에서 눈을 감고 지난 고민의 시간들을 떠올렸다. 나는 더 이상 고민할 게 남지 않았을 정도로 충분히 고민해왔다. 지금 내게 필요한 것은 용기였다. 성형외과에 도전할 용기. 나는 굳게 마음을 먹고 원서 제출 버튼을 눌렀다.

대부분의 인턴들은 나처럼 인턴을 마치고 바로 레지던트가 되고 싶어 한다. 그러나 가끔씩 곧바로 레지던트가 되지 않기를 바라는 인턴들도 있다. 이유는 여러 가지였다. 가고 싶은 과를 아직 선택하지 못했거나, 더 이상 수련에 뜻이 없거나, 그것도 아니면 인턴 수련이 너무 힘들어서 잠시 휴식 시간을 갖고 싶은 것이 이유였다. 동기들이 나와 다른 길을 선택하는 것이 아쉬웠지만 그간 동고동락했던 그들의 선택을 그저 응원해 주기로 했다.

레지던트 원서 접수는 1년간의 인턴 생활 중 가장 뜨거운 이벤트다. 누가 이 과를 쓴다더라, 누가 저 과를 쓴다더라. 여느 병원이 그러하듯 내가 일하는 병원 역시 물밑으로 많은 이야기들이 오고 갔다. 고등학교 3학년 학생들에게 어느 대학에 지원하는지가 최대의 관심사인 것처럼, 인턴들에게는 어느 과에 지원하는지가 최대의 관심사였다. 내가 근무하는 병원은 우리나라 최대 규모의 수련 교육병원이다. 수련하는 인턴의 수가 200명이 넘고 같은 의료원 소속의 병원들이 전국 이곳저곳에 위치해 있다. 병원이 많은 탓에 어느 과에 지원하는 것을 넘어서 어떤 병원에 지원해야 할지까지 결정해야 하는 우리 의료원 소속 인턴들은, 소위 빅5라고 불리는 대형 병원 중 가장 치열한 정보의 경쟁을 벌여야 했다.

인턴으로 수련을 받는 이유는 결국 레지던트가 되기 위해서다. 어제와 오늘 흘린 땀방울은 내일 레지던트 1년 차로서 땀방울을 흘리기 위함이다. 그러나 레지던트로서 땀을 흘릴 기회는 아무에게나 주어지지 않았다. 인턴들은 레지던트가 되기 위해 필요한 조건을 갖추어야 하고, 여러 관문을 통

의사로 한번 살아보겠습니다

과해야 했다. 병원마다 차이가 있을 수 있으나 일반적으로는 의과대학 성적과 국가고시 성적, 인턴 성적, 전공의 시험 성적을 잘 갖추어야 하고 마지막으로 면접을 통과해야 한다. 그러나 의과대학 성적과 국가고시 성적은 인턴으로 입사하기 전에 이미 결정이 난 사안이고, 인턴 성적은 내가 어찌할 수 없는 영역이다. 그러므로 원하는 과의 레지던트가 되기 위해서 인턴이 가장 노력할 수 있는 부분은 바로 전공의 시험이다.

인턴으로 근무하면서 시험공부를 충분하게 할 수 있는 인턴은 없다. 어떤 과에서 근무하던 모든 인턴들은 바쁘다. 하지만 바쁘다고 공부를 안 할 수는 없는 노릇이니 우리 인턴들은 각자의 위치에서 어떻게든 공부할 시간을 확보하기 위해 필사적으로 노력한다. 외과 계열에서 근무하는 인턴들은 수술과 수술 사이 그 짧은 시간을 틈타 수술 대기실에서 공부한다. 내과 계열에서 근무하는 인턴들은 콜이 없는 시간을 틈타 휴게실에서 공부한다. 응급실에서 근무하는 인턴은 환자들이 뜸해지는 새벽 시간에 공부를 하고, 휴가를 떠난 인턴은 사실상 휴가를 반납하고 독서실과 카페로 향한다.

우리 병원 바로 앞에 있는 스터디 카페는 내 제2의 자취방이다. 자취방에 매달 월세를 내는 것처럼 스터디 카페에 매달 정기권을 끊었다. 매일 퇴근을 하고 난 뒤 나의 발길은 여지없이 스터디 카페로 향했다. 도착한 뒤 커피를 한잔 내리고 주위를 둘러보면 곳곳에서 반가운 얼굴들을 볼 수 있었다. 초록색 근무복을 입은 모습이 익숙하다 보니 사복 차림이 낯설게 보이는 인턴 동기들. 우리는 눈이 마주치면 서로 눈썹을 으쓱거리며 반가움을 표했고 모두 같은 마음으로 책에 고개를 파묻기 시작했다. 빨리 시험이 끝났으면 좋겠다고.

  전공의 시험을 준비하는 인턴은 신분이 두 가지다. 월급을 받고 일하는 직장인이자 시험 대박을 기도하는 수험생. 시험이 있는 12월이 되면 두 가지 신분으로 바쁘게 살아가는 인턴들은 주변에서 많은 배려를 받는다. 오후 회진에 나오지 말고 공부하라고 말씀해 주시는 교수님, 회진이 끝날 때마다 힘내라며 커피를 사주시는 교수님, 시험에 나올법한 내용들을 알려주시는 교수님 등등. 많은 교수님들 덕분에 나는 바쁜 인턴 생활 중 조금이나마 공부할 시간을 더 확보할 수 있었다.

  수련교육부 역시 수험생들을 위한 선물을 준비해 주었다. 우리 병원은 병원 근처 카페에서 쓸 수 있는 적지 않은 금액의 커피 쿠폰을 선물로 주었다. 사실 인턴에게 이보다 더한 응원의 선물은 있을 수 없다. 나는 매일 [SELF] PO Americano QD-BID (스스로 하루에 1~2회 아메리카노 경구투여) 처방을 내린다. 이 처방 없이는 하루를 버티기 힘들어진 나에게 우리 병원 수련교육부의 선물은 그 어떤 선물보다도 좋았다.

  많은 응원과 배려를 받았지만 시험이 가까워질수록 몸과 마음이 지쳐만 갔다. 자는 시간을 제외하면 나의 생활은 일 그리고 공부뿐이었다. 지금까지 수많은 경쟁 속에서 살아왔고 때로는 이기기도 지기도 했다. 하지만 경쟁하는 그 자체만은 언제나 즐거웠다. 그러나 이번에는 즐거움보다도 부담감이 훨씬 컸다. 내가 지원한 병원은 성형외과 레지던트를 1명 선발했는데 지원을 하고 보니, 나까지 지원자가 총 4명이 있었다. 나를 제외한 나머지

의사로 한번 살아보겠습니다

3명이 누구인지 알지는 못했지만 결코 만만치 않은 경쟁자임은 분명했다. 게다가 이번 레지던트 지원에서 떨어지면 나는 내년에 바로 입대해야 했다. 입사 필수서류로 제출한 의무사관후보생 서약서에는 전공의 수련을 멈추는 즉시 입대해야 한다고 명시되어 있었다. 그 서약서가 2024년의 나를 레지던트 혹은 군인으로 결정해버렸다.

대한민국 남자로 태어났으니 당연히 국방의 의무를 다해야 하지만 자의로 가는 군대와 타의로 가는 군대는 엄연히 다르다. 나는 어쩔 수 없이 끌려가는 군대가 아니라 내가 원하는 시기에 군대에 가고 싶었다. 인턴을 하기 전에는 인턴의 끝은 당연히 레지던트의 시작이라고 생각했었지만 사실은 전혀 당연하지 않다는 것을 이제는 알고 있다. 세상에는 결코 거저 주어지는 것은 없었다.

마음이 무겁지만 나는 늘 그래왔던 것처럼 결과가 아닌 과정에 집중하기로 했다. 나의 마음을 다잡기 위해 이 글을 적는다. 생각을 정리하고 기록으로 남기면 의지가 굳건해질 테니까. 당장 내가 할 수 있는 것에 집중하고 주변의 자극들로부터 나를 고립시켜야겠다. 동기들과 도와가며 최대한 효율적으로 일하고 남는 시간에 공부할 것이다. 떨어져도 후회가 남지 않도록 최선을 다할 것이다. 그럼에도 불구하고 레지던트에 떨어진다면 그저 나와 성형외과는 인연이 아니었던 것으로 받아들일 것이다. 나의 목표는 오늘 하루를 충실하게 사는 것임을 잊지 말자. 힘내자

책에서 패드로,
패드에서 노트북으로

　오늘은 오프날이다. 평소 같았으면 가뭄에 단비 같은 이 오프를 어떻게 쓸까 행복한 고민에 빠졌을 것이다. 하지만 전공의 시험이 얼마 남지 않은 인턴에게 오프란 그저 하루 종일 공부하는 날일뿐이다. 특히나 이번 주는 수술이 많기 때문에 공부할 시간이 거의 없었다. 내가 환타라는 것을 증명이라도 하듯 당직을 서는 밤마다 응급실에는 환자분들이 끊이지 않았다. 오시는 환자분들마다 응급수술이 필요했고, 수술방에서 뜬눈으로 밤을 지새우는 날이 많았다. 동기들보다 뒤처진 만큼 오늘 같은 오프를 이용해 그 차이를 메꾸어야 한다. 나는 굳은 의지를 불태우며 두 번째 자취방인 스터디 카페로 향했다.

　커피로 정신줄을 붙잡아가며 얼마간 공부를 했고, 쉬는 시간을 가지려던 찰나 문득 바라본 책상의 모습이 어딘가 낯설었다. 책상 위에는 책도 있고 아이패드도 있고 노트북도 있었다. 한 가지에 집중하지 못하고 이것저것 눈을 돌렸던 것은 아니었다. 그저 보기 좋게 올려둔 것 또한 아니었다. 나는 이 세 가지 모두를 공부하는 데 사용하고 있었다.

내가 의과대학에 입학했을 당시에는 공부는 종이, 그러니까 책이나 프린트로 하는 것이 일반적이었다. 예과 2년 동안 등교하는 내 가방 속에는 스테이플러가 찍혀 있는 수십 장 프린트와 삼색 볼펜 한 자루만 들어 있었다. 전날 늦게까지 술을 마시느라 프린트 챙겨가는 것을 깜빡했던 날에는 과대표가 챙겨주던 프린트를 보았고, 그것도 없으면 그저 눈으로 수업을 듣곤 했다.

시간이 지날수록 프린트는 끝도 없이 쌓여갔고, 결국 시험 하나를 준비하는데 수백 장이 넘는 프린트를 공부해야 했다. 심지어 프린트 한 장에 파워포인트 슬라이드는 4개씩 인쇄되어 있었다. 과목별로 프린트들을 모아 보았을 때 시각적인 부담이 얼마나 크던지, 숨이 턱턱 막히고 공부할 의지가 꺾였다. 그래서일까 나의 예과 시절은 공부했던 기억보다 놀았던 기억들이 수십 배 더 많다. 그러다 시험 직전이 되어서야 미리 공부하지 않았던 나를 원망하며 억지로라도 프린트를 붙잡고 있었고, 시험이 끝나자마자 프린트들을 분쇄기에 몽땅 갈아버렸다. 그때의 엄청난 쾌감을 나는 아직 잊지 못한다.

예과를 졸업하고 본과에 올라가는 시점에 우리 학교에는 패드 열풍이 불었다. 강의실에는 그동안 볼 수 없었던 가지각색 케이스를 낀 아이패드가 하나둘 늘어갔다. 격변의 시기였던 그 시절 아날로그를 추구하는 동기들은 여전히 종이로 공부했고, 신문물을 받아들였던 동기들은 종이 대신 패드로 공부했다. 공부를 패드로 한다는 것이 뭔가 멋있어 보였던 나는 그대로 패드 유행에 탑승했다. 처음에는 공부하는데 굳이 수십만 원짜리 패드를 사는 게 돈이 아까웠지만, 패드로 공부하던 첫날 나는 신세계를 마주했다.

우선 강의자료들을 컬러로 볼 수 있었다. 의학은 학문의 특성상 사진자료를 참고할 일이 굉장히 많은데, 비용을 줄이기 위해 흑백으로 인쇄된 프린트로는 교수님들께서 첨부해 놓은 사진들이 제대로 보이지 않았다. 그래서 필요할 때마다 따로 구글링을 해야 하는 불편함이 있었는데, 강의자료를 컬러로 보니 더 이상 그럴 필요가 없었다. 글씨 색을 바꾸어 강조 표시를 하셨던 부분들도 쉽게 볼 수 있었다. 강의 자료를 컬러로 보는 것만으로도 강의록을 만드신 교수님의 의도를 더 쉽게 이해할 수 있었고 복습을 할 때에도 무척 유용했다.

패드에 강의자료들을 누적해서 저장할 수 있다는 점도 아주 좋았다. 패드로 강의록에 필기해서 저장해두면 모든 강의록을 언제 어디서나 공부할 수 있었다. 심지어 검색 기능을 사용하면 여러 파일을 열어볼 것도 없이 찾고 싶던 내용을 한 번에 찾는 것도 가능했다. 실제로 나는 본과 1학년 때부터 저장해 놓은 파일들을 전공의 시험을 준비하는 지금까지 잘 활용하고 있다.

평생을 종이로 공부해 오셨던 교수님들은 시대의 변화를 무척 놀라워하셨다. 정말로 글씨가 써지냐며 패드에다 펜슬로 본인 성함을 적어보며 신기해하시는 교수님들도 계셨다. 요즘은 세상이 좋아졌다며 '라떼는 말이야.'를 시전하시는 교수님들의 이야기들은 굉장히 충격적이었다. 그때 그시절에는 몇 년 동안 모은 수천 장의 공부 자료를 묶어서 책을 만들었고, 국가고시는 직접 만든 책과 영어 교과서로 준비하셨다고 한다. 인터넷도 없던 시절에는 모르는 게 있으면 도서관에서 교과서와 사전을 찾아보는 것 말고는 방법이 없었고, 그것도 안 되면 직접 교수님들을 찾아가 여쭤보는 수밖에 없었다 하셨다. 교수님들의 라떼를 듣는 내내 이렇게 좋은 세상에 태어나서 다행이라는 생각뿐이었다. 내가 그 시대에 태어났으면 과연 의사가 될 수 있었을까

그러던 중 본과 3학년 때쯤, '알렌의 서재'라는 사이트가 생겼다. 알렌의 서재는 의과대학, 그리고 간호대학 학생들을 위한 학습 플랫폼으로, 인터넷만 있으면 언제 어디서든지 접속할 수 있는 사이트였다. 국가고시를 위한 개념 정리, 국가고시 기출문제들, 고등학생의 모의고사에 해당하는 임상 종합평가 문제들을 모아놓은 알렌의 서재로 인해 나는 또 한 번 신세계를 경험했다. 이제는 패드조차 들고 다닐 필요가 없었다. 그저 스마트폰 하나만 있으면 언제 어디에서나 수준 높은 개념 정리와 문제 해설을 공부할 수 있었다.

알렌의 서재는 등장과 동시에 의과대학 학생들에게 열화와 같은 사랑을 받았다. 알렌의 서재로 기본을 탄탄히 다지고 교수님들의 수업으로 심화학습을 한 덕분에 전국 의과대학 학생들의 수준은 말 그대로 수직 상승했

다. 알렌의 서재를 필두로 메디톡, 스터디 윗미 등등 온라인 학습 플랫폼들이 하나둘 생겨났고, 그 덕분에 의과대학 학생들뿐만 아니라 인턴들 역시 이전보다 더 좋은 환경에서 공부할 수 있게 되었다.

　동서고금을 막론하고 역대 가장 공부하기 좋은 환경에서 살고 있는 나는 더 이상 공부를 못 하겠다는 핑계를 댈 수가 없게 되었다. 휴대폰만 있으면 공부할 수 있는데 어떤 핑계를 댈 수 있을까. 종이, 패드 그리고 온라인 플랫폼. 여기에 이어서 앞으로도 분명 새로운 공부 방법들이 개발될 것이다. 20년 뒤 의과대학 학생들은 과연 어떤 방식으로 공부하고 있을까. 패드로 공부를 했던 내가 '라떼는 말이야.' 하고 나의 학생 시절을 이야기하는 날이 언젠가 올 것이다.

# 두근두근
# 인턴 성적 발표

아직 새벽의 기운이 가시지 않은 새벽 5시 기숙사 창문 밖으로 첫눈이 내렸다. 한창 꽃이 피던 봄에 인턴을 시작했는데 시간이 벌써 이렇게 흘렀다니. 그동안 참 많은 일들이 있었지. 떠오르는 상념을 뒤로하고 나는 자리에서 일어나 세수를 했다. 근무복으로 갈아입은 후 옷매무새를 다듬기 위해 옷장 문에 붙어 있는 거울을 보았다. 그곳에는 빳빳한 근무복을 입은 긴장한 표정의 인턴은 더 이상 찾아보기 힘들었다. 대신에 세탁기에 수십 번 들어갔다 나왔다 하며 헤져버린 근무복을 입고 여유로운 얼굴을 한, 그리고 불어난 배를 가진 노련한 인턴이 한 명 서 있었다. 좌충우돌 시작했던 나의 인턴생활도 이제 마지막을 향해가고 있다.

올해 1월 나는 국가고시에 합격했고 의사 면허를 받아 의사가 되었다. 그러나 면허증은 그 존재만으로는 아무런 의미가 없었다. 운전면허가 있다고 해서 운전을 다 배웠다고 할 수 없는 것처럼 의사 면허증만으로는 소위 말하는 진짜 의사가 될 수 없었다. 나는 교수님들과 선생님들의 지도하에 하나부터 열까지 모든 걸 배워 나가야 했다. 의사 면허는 그저 새로운 시작을 위한 입장권일 뿐이었다.

그동안 나는 병원이라는 커다란 사회 속에서 막내 의사로 10개월을 보냈다. 문서작업부터 심폐소생술까지, 덜 중요하다고 느꼈던 일도 아주 중요하다고 느꼈던 일들도 있었지만 그 무엇 하나 필요하지 않았던 것은 없었다. 의사의 삶을 배우면 배울수록 뼈저리게 느끼는 사실이 하나 있다. 의사는, 아니 사람은 절대로 혼자서 환자를 살려낼 수 없었다. 간호사 선생님, 인턴 동기들, 레지던트 선생님들, 교수님들, 환자를 이송해 주시는 이송 사원분들, 간호조무사 선생님들, 보안요원분들. 수많은 직군의 사람들이 본인의 일을 잘 해내야만 그 끝에 환자의 회복이 있고 생명이 있을 수 있었다. 내가 모르고 있다고 해서 아무 일도 없었던 것이 아니었다. 내가 수월하게 일할 수 있다면 그 뒤에는 누군가의 배려가 있었기 때문이었고, 내가 일을 잘하고 있다고 느껴진다면 누군가의 도움이 있었기 때문이었다.

인턴은 12월에 인턴 성적을 받게 된다. 3월부터 12월까지 총 10개월 동안 근무하며 매달 평가를 받고, 그 평가들이 모여 등급이 결정된다. 등급은 A, B, C로 총 3개로 병원마다 비율의 차이가 있지만 대략적인 비율은 A 30%, B 40%, C 30%이다. 사람마다 인턴 성적을 대하는 태도는 천차만별이다.

의사로 한번 살아보겠습니다

누군가는 인턴을 수료한 것만으로도 충분히 가치가 있다고 생각하고, 누군가는 인턴 성적으로 지난 10개월의 가치가 정해진다고 생각한다. 나는 후자에 가까운 편이었고, 인턴 성적에 적지 않은 의미를 부여하고 있었다. 단순히 레지던트에 지원할 때 좋은 성적이 필요해서만은 아니었다. 나에게 인턴 성적이란 '내가 속한 공동체에서 얼마나 잘 적응하고 있는가.'에 대한 성적이었다. 사회 초년생인 나는 공동체에 잘 적응하고 싶었고 주변 사람들에게 함께 일하고 싶은 사람이 되기를 바랐다. 적지 않은 나이에 사회로 첫발을 내디딘 만큼 일과 관계를 모두 잡고 싶었다. 과연 나는 주위 사람들에게 어떤 평가를 받았을까

'인턴 성적표를 배부하오니 수련교육부 사무실로 찾아오세요.'

인턴 성적은 예정일보다 하루빨리 발표되었다. 문자를 확인한 나는 한창 일하는 중이었지만, 마음이 들뜨는 바람에 더 이상 일에 집중하기 어려웠다. 결과는 그저 주어지는 거라 생각하며 담담하고 어른스러운 상태를 유지하려고 했지만 마음처럼 되지 않았다. 크리스마스이브 다음날 아침 머리맡에 놓일 선물상자를 빨리 확인해 보고 싶은 아이처럼, 나는 조금이라도 빨리 성적을 확인하고 싶은 마음이 가득했다.

나는 점심시간이 되자마자 동기들과 함께 수련교육부 사무실로 향했다. 병원에서 사무실까지는 3분 남짓 밖에 걸리지 않았지만, 다소 긴장한 탓에 가는 길이 그리 짧게 느껴지지 않았다. 동기들과 지난 10개월간의 노력에 대해 이야기하며 우리는 최선을 다했으니 그저 결과를 받아들이자고 마음

을 다졌다. 우리는 긴장과 기대 그리고 간절함으로 뒤섞인 감정을 삼키며
수련교육부 사무실의 문을 열었다.

　수련교육부 선생님들은 인턴들의 이름이 적힌 갈색 서류봉투 들고 계셨
다. 나는 그분들과 가볍게 인사를 나누고 내 이름이 적힌 봉투를 받아 들
었다. 내가 인턴 성적에 부여했던 무게와는 다르게 봉투는 더없이 가벼웠
다. 그 안에는 그저 종이 한 장이 들어 있었을 뿐이었다. 지난 10개월 동안
칭찬도 받고 잘했던 적도 있었지만 당최 그런 생각들은 떠오르지 않았다.
머릿속에 맴도는 실수했던 기억들과 혼났던 기억들이, 나는 낮은 성적을
받더라도 그럴 만하다고 말하는 것 같았다. 그럴지도 모르지만 나는 지난
3월로 다시 돌아간다 하더라도 이보다 더 열심히 할 자신이 없었다. 나는
내가 할 수 있는 최선을 다했기 때문에 봉투 안에 들어 있는 이 성적이 나
의 최선의 결과였다. 나는 침을 꼴깍 삼키고 그대로 봉투를 뜯어 들어 있던
종이를 꺼내 들었다.


2023년 전공의(인턴) 근무 평가표


인턴 ○ ○ ○

등급 A

　　　　　　　　　　　　　　　　　　의사로 한번 살아보겠습니다

적힌 글자를 읽어가는 내내 얼떨떨함, 기쁨, 감사함, 허탈감 등 수많은 감정이 파도처럼 밀려들었다. 그러나 그 중 가장 큰 감정은 안도감이었다. 마치 내가 사회에 첫 발자국을 성공적으로 내디뎠다고, 그동안 열심히 노력했다고 말해주는 것만 같았다. 아직 갈 길이 멀지만 지금까지 해왔던 대로 열심히 하면 내가 꿈꾸던 좋은 의사가 될 수 있을 것 같았다.

아직 전공의 시험과 면접이 저 앞에 거대한 산처럼 놓여 있다. 나는 이 성적표로 인한 뿌듯함을 그 산을 넘기 위한 연료로 삼기로 했다. 열심히 내가 할 수 있는 것은 그저 열심히 또 묵묵하게 할 일을 하는 것뿐이다. 시작된 이 좋은 흐름을 계속 이어나가 보고 싶다.

# 레지던트에
# 도전해보겠습니다

　모든 인턴의 목표이자 바람인 레지던트. 레지던트란 전문의의 자격을 얻기 위하여 인턴 과정을 마친 뒤에 밟는 전공의 과정이다. 그와 동시에 레지던트는 특정 지역의 거주자라는 뜻도 있는데, 병원 안에서는 '병원에 거주하는 사람'이라는 뜻으로 통용된다는 풍문이 있다.

　인턴으로 근무했던 1년은 나를 증명하는 시간이었다. 나는 내가 원하는 과의 레지던트가 될 만한 그릇인가를 끊임없이 증명해야 했다. 인턴 성적으로 나의 성실함과 일머리를 증명해야 했고, 평판으로 나의 성격과 인간관계를 증명해야 했다. 전공의 시험으로 나의 공부머리를 증명해야 했고, 면접으로 나의 패기와 포부를 증명해야 했다. 인턴 생활 중 무엇 하나 중요하지 않은 것이 없었고 누구 하나 간절하지 않은 사람이 없었다. 레지던트 선발은 단 한 명의 허수도 없는 진짜들의 전쟁터였다.

학생 때는 올챙이가 자라 개구리가 되듯, 인턴이 자라 레지던트가 되는 줄만 알았다. 하지만 직접 겪어보니 이건 성장이라기보다는 오히려 진화에 가까웠다. 포켓몬을 보며 자랐던 우리 세대는 안다. 파이리가 리자몽이 되기 위해 얼마나 혹독한 시간을 견뎌야 했는지. 적절한 경험과 필요한 조건이 충족되어야만 비로소 진화를 할 수 있다. 인턴이 레지던트가 되는 것도 그와 별반 다르지 않았다.

인턴으로 근무했던 지난 시간을 돌이켜보니 나는 참 운이 좋았다는 생각이 든다. 내가 1지망으로 지원했던 병원들로 근무가 배정되었고, 그곳에서 좋은 사람들을 만나 함께 성장하며 치열한 삶을 살았다. 힘든 날에는 술잔을 기울이며 함께 고민을 나누었고 기쁜 날에도 술잔을 마주치며 기쁨을 나누었다. 퇴근 후에는 동기들과 함께 운동을 했고 당직실에서 글을 썼다. 타교 출신인 나를 알뜰살뜰 챙겨주는 자교 출신 동기들을 만나, 타교로서 차별 당한다는 느낌을 단 한 번도 받지 못했다.

좋은 레지던트 선생님들을 만나 진로에 대한 고민도 나누었다. 내가 지원하려고 했던 병원의 1년 차 티오가 사라져 낙담하던 시기가 있었다. 이때 레지던트 선생님들께서는 본인의 일처럼 나서서 다른 병원을 알아봐 주시는 건 물론이고 교수님들께 어떻게 인사를 드리면 되는지, 어떻게 이력서를 준비하면 되는지 하나하나 가르쳐 주셨다. 늘 잘될 거라며 응원해 주시던 선생님들. 나를 아들처럼 대해주시며 인생에 대해서, 또 여러 지혜들을 가르쳐 주셨던 교수님들. 내 능력에 비해 과분한 '우수 전공의 상'과 '의무

기록 우수상'을 받게 도와준 수많은 선생님들. 나의 인턴생활은 수많은 사람의 응원, 격려, 도움 그리고 배려로 가득했다.

2023년 12월 17일 일요일. 기다려왔던 전공의 시험날의 아침이 밝아왔다. 결전의 날이라고 해서 평소와 다를 것은 없었다. 여느 때처럼 아침 5시 30분에 눈을 떴고 나의 두 번째 자취방인 스터디 카페로 향했다. 인턴을 시작한 이후로 매일 일찍 일어나다 보니, 평일이든 주말이든 늘 5시 30분에는 눈이 떠졌다. 동이 트기 전에 몸을 말끔히 하고 커피 한잔을 마시며 하루를 시작하는 이 루틴이 이제는 제법 익숙해졌다. 오늘은 커피 대신 선물 받은 모과 돌배차를 마시며 마음을 정리했다.

열심히 공부했지만 만족스럽지는 않았다. 월급을 받는 직장인이기에 공부보다는 늘 일이 우선이었다. 공부할 수 있는 시간이 많지 않았을 뿐더러 원체 공부라는 게 끝이 없기도 했다. 공부는 하면 할수록 부족한 점이 보이고 그만큼 공부해야 할 것이 많아지기 마련이니까. 애초에 만족스러울 만큼 공부를 한다는 말에는 어폐가 있을지도 모른다. 나는 그저 최선을 다했고, 시간을 되돌리고 싶지 않다는 것에 의의를 두었다.

나는 오늘이 오기만을 손꼽아 기다렸다. 그 기다림의 이유가 시험을 잘 볼 수 있다는 자신감이었다면 좋았겠지만 아쉽게도 그런 것은 아니었다. 나는 그저 이 답답한 생활에서 하루빨리 벗어나고 싶었다. 습기 제거제가 옷장 속의 습기를 빨아들이는 듯 전공의 시험은 나의 시간과 체력을 앗아갔다. 퇴근 후에 영화를 보고 운동도 하고, 오프 날에는 저 멀리 여행을 떠

의사로 한번 살아보겠습니다

나고 싶었다. 나는 잃어버린 나의 일상을 하루빨리 되찾고 싶었다. 바로 오늘만 지나면 속절없이 빼앗겨야 했던 나의 것들을 되찾아올 수 있다.

마음을 정리한 뒤 나는 아침 일찍 동기들과 함께 기차역으로 향했다. 시험장이 서울이었기 때문에 새벽부터 기차를 타야 했기 때문이다. 호호 입김을 불며 우리는 올해부터는 바뀐 전공의 시험에 대해 이야기를 나누었다. 다른 분야는 어떨지 모르지만 의과대학 시험, 전공의 시험에서는 더 이상 종이를 보기 어려워졌다. 대신에 패드가 그 자리를 대체하기 시작했다. 내가 졸업했던 학교에서는 본과에 올라가면서 모든 시험을 패드로 보기 시작했다. 학교 시험은 패드로, 전국에서 동시에 치르는 임상종합평가 시험은 컴퓨터로 치렀다. 문제들의 형식도 변하기 시작했다. 종이에는 담을 수 없던 미디어가 시험문제로 등장했다. 환자를 진찰하는 영상이 나오기도 하고, 심잡음이 들리기도 한다. 이제 더는 시험장에는 종이를 넘기는 소리와 연필이 사각대는 소리는 들을 수 없게 되었다. 대신에 마우스를 딸각거리는 소리와 이어폰을 끼고 패드를 터치하는 모습이 있다. 이번에 바뀐 시험 방법은 이미 의과대학 학생 시절부터 익숙해진 방법이었기에 나에게 크게 어려울 것은 없었다.

역에 도착하니 기차 출발까지 약 30분 정도가 남았다. 우리는 열려 있는 베이커리에 들어가 갓 구워진 크로플을 베어 물고 따뜻한 커피를 홀짝였다. 간단한 브런치를 만끽하며 우리는 수험생답게 그동안 공부했던 내용들과 치러졌던 시험들에 대해 이야기를 나누었다. 조용한 내 휴대폰이 낯설게만 보였다. 콜 때문에 진동이 멈추지 않던 휴대폰이 이렇게까지 조용할 줄이야. 오늘 하루만큼은 병원으로부터 자유라는 사실이 내일부터 시험공부를 하지 않아도 된다는 사실만큼이나 기뻤다.

열차 출발 시간이 가까워져 반가운 얼굴들이 삼삼오오 모였고, 다 함께 기차에 올라탔다. 쌀쌀한 바깥세상과는 달리 기차는 따뜻하고 포근했다. 배도 부르고 등도 따스우니 어김없이 잠이 몰려왔다. 잠을 아무리 많이 자도 기차에 타기만 하면 무거워지는 눈꺼풀은 어찌 할 수가 없다. 졸기와 공부하기를 반복하며 우리는 서울로 향했다.

도착할 때가 되었는데 아직도 서울의 모습이 보이지 않길래 별 생각 없이 시간을 확인해 보았다. 8시 20분. 서울 도착 예정시간은 8시 10분이었으나 기차는 서울이 아닌 동탄에 멈춰 있었다. 별거 아닐 거라는 생각으로 귀담아듣지 않았던, 얼마 전부터 반복되는 안내 방송에 귀를 기울여보았다. 기차의 결함으로 도착이 지연된다는 내용이었다. 하필 오늘 같은 날 결함이라니. 갑자기 날씨가 추워진 탓인 듯했다. 기차가 다시 출발하기를 기다리며 나는 혹시나 하는 마음에 동탄에서 시험장까지 택시로 얼마나 걸리는지 찾아보았다. 예상 소요시간은 50분 정도였다. 입실 마무리 시간인 9시 30분까지는 아직 여유가 있었지만, 이렇게 무작정 기다릴 수만은 없었다. 나는 바쁘게 어딘가로 무전을 하고 있는 직원분에게 다가가 언제쯤 기차가 다시 출발할 수 있겠냐고 물어보았고, 나의 질문에 직원분은 "정확하게 모르지만 곧 다시 출발할 테니 기다려주세요."라고 답했다. 대답을 듣고 직감적으로 알 수 있었다. 지금 당장 이 기차에서 내려야 한다고.

"곧 다시 출발할 겁니다."라는 말은 "언제 출발할지 모르겠습니다."라는

의사로 한번 살아보겠습니다

말과 다르지 않다는 사실을, 나는 지난 인턴생활을 통해 알 수 있었다. 나는 드레싱을 재촉하는 환자분에게 "금방 갈게요. 조금만 기다려주세요."라고 늘 이야기해왔다. 그 금방이 1시간이 될지 2시간이 될지는 모르지만 일단 환자분을 안심시키기 위해 말이라도 그렇게 했다. 이 직원분도 내가 그랬던 것처럼 일단 나를 안심시키기 위해 그렇게 말을 하고 있는 것이 분명했다. 이대로 기차가 출발할 때까지 기다리고 있다가는 시험을 못 볼 수도 있겠다는 생각이 들었다. 나는 기차에 타고 있던 동기들을 하나둘 불러 모으기 시작했다. "야 우리 내려야 돼, 안 내리면 시험 못 봐. 지금 택시 타고 서울 가야 돼."

우리는 굳게 닫혀 있던 기차문을 열고 가장 가까운 택시 정류장으로 뛰어갔다. 그날따라 서울로 가는 택시가 어찌나 없던지, 이리 뛰고 저리 뛰며 보이는 모든 택시를 붙잡으며 제발 서울로 가달라고 사정을 했다. 눈발이 휘날리던 날씨와는 정 반대로 우리는 땀을 흘리며 고군분투했다. 가까스로 택시를 탈 수 있었고 다시 확인해 보니 시험 장소 예상 도착시간은 9시 25분, 입실 마무리 시간은 9시 30분이었다.

여유롭게 도착해서 커피를 한잔하려던 나의 계획은 산산조각 났다. 그저 제시간에 도착해서 시험을 볼 수 있기만을 바랐다. 택시 안에서 한 동기가 나지막하게 말했다. "시험 못 보면 우리 군대 가는 거지?" 등줄기가 오싹해졌다. 내년에 논산에 가게 되더라도 이렇게 가는 건 말도 안 되는 일이었다. 정정당당한 패배는 받아들여도 실격패만큼은 받아들일 수 없었다.

우리의 간절한 마음이 하늘에 닿았는지, 일요일 아침 고속도로는 시원하게 뚫려 있었다. 평일 같았으면 절대로 도착 못 했을 거라는 기사님의 말과 함께 가까스로 늦지 않게 시험장에 도착했다. 우리는 차에서 내리자마자 배정된 교실을 확인하고 계단을 뛰어올라갔다. 마음이 급한 나머지 쾅 소리가 나도록 문을 열고 시험장으로 들어갔다. 어색할 정도로 차분한 교실 속에는 단 한자리를 제외하고 모두가 앉아 있었다. 수험번호와 좌석을 굳이 찾아보지 않아도 알 수 있었다. 바로 저 자리가 내 자리였다. 자리에 앉아 숨을 고르면서 주위를 둘러보니 바로 옆에 상반기 병원 룸메이트가 앉아 있었다. 무척 반가웠지만 상황이 상황인지라 가볍게 눈인사만을 건네었다. 아는 얼굴을 보니 조금은 긴장이 풀렸다.

120분 동안 100문제를 풀어야 하는 시험. 나는 자신 있었다. 공부를 열심히 해서가 아니다. 시험장에 오면서 더할 나위 없는 액땜을 했기 때문이다. 이 정도로 고생했는데 아는 문제만 나오겠지. 적어도 찍은 문제 중 절반은 맞추겠지 하는 믿음이 내 자신감의 근원이었다. 그렇게 전공의 시험은 시작되었다.

2시간은 순식간에 흘러갔다. 아는 문제는 아는 대로, 모르는 문제는 모르는 대로 풀었다. 모든 시험이 그렇듯 시험이 끝나자 후련함, 찜찜함, 불안감, 기대감 등 여러 감정이 비빔밥처럼 비벼진 채로 느껴졌다. 학교 밖으로 나오는 길에는 반가운 얼굴들이 참 많았다. 같은 대학을 졸업하고 같은 의료원으로 수련을 받으러 온 친구들. 같은 대학을 졸업했으나 다른 병원으로 인턴을 갔던 친구들. 한 번 더 전공의 시험을 치르는 선배들. 상반기

의사로 한번 살아보겠습니다

에 같이 근무했던 인턴 동기들. 하반기에 같이 근무하고 있는 인턴 동기들. 반가운 얼굴들과 인사를 나누다 보니 단 1년 만에 소중한 인연들이 참 많이 생겼다는 생각이 들었다. 나는 앞으로 살아가면서 얼마나 많은 인연을 더 만나게 될까. 그들이 내게 좋은 인연이 되어줄 것처럼, 나도 그들에게 좋은 인연이 될 수 있도록 노력해야지.

시험이 끝나고 상반기 인턴 동기들을 만나 시험 뒤풀이를 했다. 하반기에 각자 다른 병원에서 근무하느라 그간 보지 못했지만 내가 기억하던 바로 그 얼굴들이었다. 정신없었던 하루는 맛있는 음식과 함께 밀린 회포를 풀며 그렇게 마무리되었다.


필기시험이 끝났으니 남은 것은 면접뿐이었다. 레지던트 선발 역시 인턴 선발과 마찬가지로 번갯불에 콩 구워 먹듯 진행되었다. 면접은 필기시험이 끝나고 4~5일 뒤에 진행되었는데, 이런 촉박한 일정은 '따로 준비하려 하지 말고 평소 모습 그대로를 보여줘라.'고 지원자들에게 말하는 것만 같았다. 따로 준비할 시간이 없는 것은 모든 인턴이 마찬가지였기에 각자 최대한 짬을 내서 면접을 준비해야 했다.

병원마다 다르지만, 우리 의료원 레지던트 면접은 학술 면접과 인성 면접으로 나누어져 있다. 지원하는 과에 관련된 질문 하나, 인턴 생활을 하며 자연스레 배울 수 있는 지식 하나. 그리고 개인적인 질문들. 근무를 하면서 면접을 준비하는 것은 결코 쉽지 않았다. 제출했던 자기소개서를 다시 읽어보고, 의과대학 시절에 공부했던 성형외과 관련 강의자료를 훑어보는 것만으로도 시간이 모자랐다. 하지만 다른 인턴들도 다들 그렇겠거니 생각하니 억울할 것도 없었다.

면접 전날 근무를 마치고 인턴 면접 때 입었던 정장과 넥타이를 꺼내 들었다. 인턴으로 입사하기 전 느꼈던 설렘과 기대가 묻어 있었다. 옷을 입어 보니 그동안 먹었던 술과 고기들 덕분에 몸이 조금 끼였다. 터지지 않게 조심스레 옷을 입고 거울을 보니, 1년 전보다 피부가 푸석해져 꽤나 고생한 티가 나는 사람이 서 있었다. 그래서일까, 더 이상 정장을 입은 모습이 어색하지 않았다. 드디어 나는 진정한 사회인이 되었다.

면접 전날 나는 면접 장소 근처에서 하룻밤을 묵었다. 방에서 다음날 면접을 준비하려 했지만 당최 집중이 되지 않았다. 나는 손에 들고 있던 자기소개서를 저 멀리 던지고 천장을 바라보았다. 이제 정말 마지막이라는 생각에 부담보다 설렘이 더 컸다. 나는 지난 1년 동안 많은 경험을 했고 그만큼 성장할 수 있었다. 레지던트에 합격하기를 간절하게 바라지만 비록 떨어진다 하더라도 나의 인생은 다른 방향으로 계속될 것임을 알았다. 그렇게 나는 편한 마음으로 오래간만에 단잠을 잤다.

면접 당일 아침 유튜브의 도움을 받아 어렵사리 넥타이를 매었다. 아직도 넥타이 매는 것에 서투른 나는 얼굴만 사회인이었지 여전히 사회 초년생의 티를 벗지 못했다. 인턴 면접을 보러 갔던 그 길을 그때와 같은 복장으로 걸어갔다. 면접이 끝나고 다시 이 길을 걸을 때면 더 이상 마음의 부담은 없을 것이다. 그 어느 때보다 중요한 면접이었지만 나의 발걸음은 그 어느 때보다 들떴다.

의사로 한번 살아보겠습니다

면접은 지원하는 과별로 진행되었고 나는 성형외과 지원자들이 모여있는 대기실로 들어갔다. 어떤 사람들이 나와 같은 선택을 했을까 하는 궁금증과 함께 대기실에 들어가서는 순간 나는 단번에 느낄 수 있었다. 지금 이곳에 허수는 아무도 없었다. 지원자들은 가만히 앉아 있는 것만으로도 범상치 않은 기운을 흘리고 있었다. 앉아 있는 한 명 한 명이 성형외과와 너무나도 잘 어울렸다. 이 중 그 누가 레지던트에 합격해도 이상하지 않아 보였다. 가벼운 발걸음으로 면접장에 왔건만, 경쟁자들을 보자 그제야 긴장되기 시작했다.

그러던 중 어디선가 익숙한 얼굴이 다가와 말을 건네었다. 이 병원에서 나를 아는 사람이 있을 리가 없는데, 누구일까 하고 보니 우리 병원 수련교육부 선생님이셨다. 주위를 둘러보니 면접 장소에는 전국에 있는 같은 의료원 소속 병원에서 오신 수련교육부 선생님들이 계셨다. 면접 진행을 도와주는 겸 인턴들을 응원하기 위해 오신 것 같았다. 그 선생님과 가볍게 몇 마디를 나누며 긴장을 풀었고 면접 순서를 기다렸다.

나는 두 번째 순서였다. 매도 먼저 맞는 게 낫다고, 차라리 잘되었다고 생각했다. 자리에 앉아 첫 번째 지원자가 문밖으로 나오는 것을 확인한 뒤, 노크를 하고 방으로 들어갔다. 인턴 면접 때와 마찬가지로 열 분 정도의 교수님들께서 앉아 계셨다. 떨리는 마음을 진정시키고 자기소개를 한 뒤 학술 면접 문제를 뽑았다. 첫 번째로 성형외과 관련 문제가 나왔는데, 문제를 읽어가는 내내 진땀이 났다. 나는 답을 얼버무리지도 못할 정도로 이 문제를 풀기 위한 개념 자체가 없었다. 조금 생각할 시간을 가졌지만, 그런다고 해서 본 적도 없는 내용을 알게 될 리가 없었다. 죄송합니다. 모르겠습니다.

첫 번째 문제를 날리고 불안한 마음으로 두 번째 문제를 뽑았다. 기본 의학 지식에 대한 문제였기에 얼추 정답을 말할 수 있었으나 찜찜한 마음이 사라지지는 않았다. 이제부터는 인성 면접이었다. 사실상 면접은 지금부터 시작이라고 해도 과언이 아니다. 어떤 질문을 하실까, 열정 있는 모습을 보여드려야지. 앞에 놓인 내 프로필을 잠시 뒤척이시던 교수님께서 말씀하시기 시작했다.

"선생님께서 1년 동안 열심히 하신 건 잘 알겠습니다. 고생하셨네요. 그런데 선생님도 아시다시피 이번 저희 과 지원자들 중 쟁쟁한 사람들이 정말 많습니다. 열심히 하신 건 알겠는데, 그것과는 별개로 어려울 수도 있겠습니다."

앞이 깜깜해졌다. 이건 명확한 부정적인 시그널이었다. 그 말을 듣는 순간 직감했다. 나는 떨어졌구나. "네 알겠습니다."말고 내가 할 수 있는 답변은 없었다. 성형외과 지원자들이 대단한 사람들일 것이라고 짐작은 했지만 내 생각 이상이었나 보다. 나처럼 아니 나보다 더 열심히 했던 사람들은 많았고 똑똑한 사람들은 많았다. 지난 시간 정말 열심히 했지만 현실의 벽은 높았다. 결과가 나오기 전까지 모른다고는 하지만 이보다 더 확실한 시그널은 없었다. 교수님의 그 말을 끝으로 더 이상 성형외과와 관련된 질문은 없었다. 오히려 내가 2지망으로 지원한 외과에 대한 질문만이 있었을 뿐이다.

그렇게 짧고 길었던 나의 레지던트 면접은 끝이 났다. 병원을 나오는 길에 레지던트에 합격하면 입게 될 근무복과 가운의 치수를 쟀다. 합격을 확

의사로 한번 살아보겠습니다

신했던 인턴 면접 때와 똑같이 치수를 쟀지만 나의 마음은 그때와 전혀 달랐다. 한숨을 푹 쉬며 병원을 나와 부모님 그리고 친구들에게 전화를 돌렸다. 응원해 줘서 고맙지만 결과가 마음처럼 되지 않을 것 같다고. 짐짓 별것 아닌 것처럼 이야기했지만 말을 꺼내는 나의 마음은 타들어갔다. 나는 근처에 있는 카페에 들어가 상념에 잠겼다. 세상은 넓고 인재는 많구나. 마음이 사포질 당하는 것 같이 쓰라렸고 주문했던 커피는 식어만 갔다.

레지던트 합격 결과는 12월 26일, 크리스마스 다음 날에 발표되었다. 호의적이지 않은 분위기에서 면접을 치른 터라 이미 반쯤 마음의 준비를 한 상태였다. 그랬기에 발표 당일이라고 해서 마음의 변화는 크게 없었다. 그저 무덤덤하게 매일 같은 일상을 보낼 뿐이었다. 오전 10시 정도 되었을까, 합격 여부를 확인하라는 문자가 왔다. 차분했던 마음이 언제 그랬냐는 듯이 곤두박질치기 시작했다. 마음 편하게 결과를 확인하고 훌훌 털어버리자는 다짐은 온데간데없이 사라졌다.

분명 좋은 기억도 많았는데 좋지 않은 사실들만 머릿속에 떠올랐다. 4:1의 경쟁률, 내가 근무하지 않았던 병원으로의 지원, 기대에 못 미쳤던 시험 성적, 타교라는 신분, 그리고 면접에서의 부정적인 시그널. 거뭇거뭇한 생각들이 밀려와 범람하려 하기에, 나는 마음을 진정시키고 스스로에게 또다시 물었다. 이전으로 돌아가면 더 열심히 할 수 있겠냐고. 나는 이미 내가 할 수 있는 최선을 다했고, 오히려 내 능력 이상의 결과를 얻어냈다. 그럼 됐다. 합격과 불합격은 나의 손을 떠난 일이다. 그렇게 나는 눈을 지그시

감고 합격 조회 버튼을 눌렀다.

결과 창을 보는 순간 숨이 턱 막혔다. 내 눈으로 보고 있으면서도 보고 있는 것을 믿지 못했다. 눈은 빠르게 움직였고 숨은 가빠졌다. 내가 잘못 이해하고 있을지도 모른다는 생각에 화면에 떠오른 글자들을 몇 번이고 다시 읽었다. 분명히 '합격을 축하드립니다.'라고 적혀 있었다. 나도 모르게 됐다! 하며 소리를 내질렀다. 그 소리를 듣고 방 안에 누워있던 동기가 달려 나왔고, 모니터에 떠오른 글자들을 보자 내게 뜨거운 포옹을 안겨주었다. 고생했다. 정말 잘했다. 다행이다. 수고했다. 동기는 나의 지난 시간들을 인정해 주고, 현재의 합격을 축하해 주고, 앞으로의 날을 축복해 주었다. 이어서 다른 동기들도 하나둘 합격 조회 버튼을 눌렀고 기숙사에 있던 모든 동기가 합격의 축배를 들었다. 덕분에 우리는 그 누구의 눈치도 볼 것 없이 마음껏 기뻐하고 서로 축하해 주었다.

진정되지 않는 마음을 다잡고 나니 가족들의 얼굴이 떠올랐다. 우리는 불합격을 마주하더라도 너무 아프지 않도록 어느 정도 마음의 준비를 하고 있었다. 오늘 면접 결과가 나오는 걸 알고 있었던 부모님은 결과를 이미 예측하고 계시는 듯, 차오르는 아쉬움을 억누르며 결과가 어떻게 되었는지 물으셨다. "나 붙었어." 내 말이 끝나기 무섭게 모니터 앞에서 내가 질렀던 소리보다 더 큰 소리가 전화기 너머로 들렸다. 엄마는 내가 합격했다는 사실에 엄청난 충격을 받았고, 아빠는 그저 너무 좋다며 껄껄 웃으셨다. 동생은 내게 '미친 사람'이라는 극찬을 퍼부으며 자랑스러움을 표현했다. 합격은 내가 했는데 되려 본인들이 더 기뻐하는 우리 가족. 이런 가족들의 반응

의사로 한번 살아보겠습니다

이 나에게 더없이 큰 기쁨이 되었다.

합격의 여파는 온종일 지속되었다. 교수님, 선생님, 선배, 후배, 동기들에게서 뜨거운 축하를 받았다. 그와 동시에 앞으로의 날들을 걱정하는 그들의 눈빛을 보았다. 힘들기로 유명한 성형외과 1년 차를 걱정하는 그들의 마음을 충분히 이해했지만, 오늘만큼은 축하와 기쁨만을 받아들이기로 했다. 저녁에는 동기들과 회에 술 한잔을 걸치며 기쁨을 나누었다. 그 자리에는 더 이상 인턴은 없었다. 대신에 정형외과, 피부과, 영상의학과, 성형외과 예비 1년 차들이 있었다. 내년부터 어떤 삶을 살게 될지, 앞으로의 인생이 어떻게 흘러갈지는 아직 모른다. 올해와는 비교도 안 될 정도로 힘들 것만을 짐작할 뿐이다. 그러나 나는 어려움을 이겨내는 방법들을 배웠다. 또 포기하지 않는 법을 배웠다. 어제의 나에게 배우며 오늘의 나는 성장한다. 내일도 모레도 같은 날들을 반복하며 늘 앞으로 나아갈 것이다.

# 나는
## 성취 지향형 인간입니다

　모든 사람은 본인만의 고유한 '성향'을 가진다. 우리는 일상생활에서 '성향'보다는 '성격'이라는 말을 더 자주 쓰곤 하지만, 비슷해 보이는 이 두 단어는 엄연히 다른 뜻을 갖고 있다. 서울 아산병원 정신건강의학과 칼럼에 따르면, 성격은 한 개인이 주변 환경의 영향을 받아 형성되는 것이고, 성향은 태어남과 동시에 타고나는 것으로 구분 짓는다. 그리고 성향은 '기질'이라는 말로 통용되기도 한다.

　돌이켜보면 어린 시절의 나와 지금의 나는 많이 다르다. 어린 시절 나는 조용하고 소심했다. 숫기가 없어서 어른들 앞에서 이야기도 잘 못했고 앞에 나서는 것을 두려워했다. 내 생각을 말하는 것을 어려워했고 주위 사람들에게 맞춰주는 것이 모두와 잘 지내는 방법이라 여겼다. 남중을 다닌 탓에 또래 여자아이들의 눈도 못 마주쳤고 학원에서 다른 학교 여자아이들이 말이라도 걸면 뚝딱거리기 일쑤였다. 운동보다는 게임을 좋아하는 어디에서나 한 명쯤 있을 법한 공부 좀 하는 아이. 나는 그런 아이였다.

그러나 나이가 들고 경험하는 세상이 넓어지면서 나의 성격은 조금씩 변해갔다. 고등학생 시절 다른 학교와 연합해서 봉사활동을 다녔고 학생회 활동을 하며 적극적인 성격이 되어갔다. 대학교 시절 과 대표도 하고 방학 때는 이곳저곳 여행을 다니며 다양한 사람들을 만났다. 제주도에서 한 달 살기를 하며 게스트하우스에서 일도 해보고 미국으로 단기 해외연수를 떠나기도 했다. 안정감 있는 자교 대학병원을 떠나 아무런 연고도 없는 병원에 인턴을 지원하기도 했다. 겉으로 보기에 나는 어렸을 때와 전혀 다른 사람이 되어 있었다. 그렇더라도 나의 성향은 변하지 않았다. 다시 말해 내가 살면서 추구하는 가치는 변하지 않았다.

누군가는 삶의 질을 최고의 가치로 삼고 누군가는 돈을 최고의 가치로 삼는다. 또 누군가는 사랑을, 누군가는 명예를 추구한다. 이 세상에 있는 많은 가치들 중 내가 추구해 왔던 가치는 바로 '성취감'이었다. 어린 시절 게임에 빠졌던 것도 게임 캐릭터가 성장했을 때의 성취감, 전투에서 승리했을 때의 성취감 때문이었다. 봉사활동도, 학생회 활동도, 과 대표도, 연수도, 서울로 인턴을 지원한 것도 모두 나의 성취감을 위해 했던 일들이었다.

나에게 성취감은 단순한 뿌듯함을 넘어선다. 성취감은 인생이라는 긴 여정을 떠나는데 필요한 연료이자 더없이 큰 행복이다. 다양한 경험을 통해 여러 가지를 배우며 성장하고, 오랜 노력 끝에 결과를 얻는 바로 그 순간에 나는 비로소 살아 있음을 느낀다. 폭포수처럼 쏟아지는 도파민은 밥을 굶더라도, 잠을 안 자더라도 나를 행복하게 만들었다. 비단 커다란 무언가를 이뤄냈을 때만 성취감을 느끼는 것은 아니다. 시험에서 좋은 성적을 거두었을 때, 틈틈이 썼던 문장으로 글 한 편을 완성했을 때, 일을 잘한다고 인정받았을 때, 끝이 보이지 않는 업무를 끝내 마무리했을 등등 나의 성취감은 작고 사소한 일에서 오는 경우도 많았다. 이런 자잘한 성취감은 나에게 앞으로도 지금처럼 잘할 수 있을 거라는 힘을 주었고 오늘 하루도 열심히 살았다는 뿌듯함을 주었다.

하지만 빛이 있는 곳에 어둠이 있듯이 이런 내 성향에는 치명적인 단점이 있다. 분야를 막론하고 일정 수준의 성취를 얻기 위해서는 열심히 해야 한다. 열심히. 바로 이 '열심히'가 나의 단점이다. 물론 열심히는 단점만 있지는 않다. 무언가를 열심히 하면 실력이 는다. 실력이 늘면 자신감이 생기고 자신감이 생기면 더 많은 분야에 도전할 용기가 생기며 무슨 일이든 잘하려고 노력하게 된다. 특히 이런 성향은 학생일 때 혹은 연차가 낮을 때 긍정적인 결과를 낳는다. 결과가 좋을 뿐 아니라 내게 가르침을 주는 분들, 나를 평가하는 분들에게 좋은 평가를 받기도 한다. 그로부터 쌓인 성취감은 그런 경험을 반복하기 위해 또다시 열심히 살아갈 동력이 된다. 성취하는 것과 성취하기 위해 노력하는 것이 습관이 되기 시작한다.

하지만 열심히 사는 것에 강박이 생기고 일에 매몰된다. 때로는 여유를 잃고 초조한 마음이 든다. 목표가 생기면 머릿속은 오직 목표만으로 가득 차버린다. 목표를 이루어야 한다는 생각에 낮이고 밤이고 일에 몰두하게 되고 때로는 휴식 시간조차 아깝게 느껴진다. 사람들과 약속이 없더라도

의사로 한번 살아보겠습니다

늘 스스로와의 약속이 있기 때문에 늘 바쁘다. 혼자 있어도 바쁘고 주말에도 바쁘고 방학 때도 바쁘다. 무언가를 계속하지 않으면 죄책감이 들기도 한다. 하루 일과를 가득 채워야만 내가 잘 살아가고 있는 것 같고, 그렇지 않으면 시간을 허비하는 것같이 느껴진다. 몸은 쉬고 있어도 머리는 늘 바쁘게 굴러가고 일을 위해 잠을 줄이고 식사를 포기한다. 게다가 노력한 만큼 성과가 나오지 않으면 실망과 허무에 빠지고 나의 미래가 어두워질 거라는 생각에 불안해지기도 한다.

다행히도 지금은 장점과 단점의 양극단 사이에서 어느 정도 균형을 맞출 수 있게 되었다. 성취의 기준을 결과가 아닌 과정에 맞추기 시작했고 마음에 여유가 생겼다. 훌륭한 커리어, 사회적 성공, 타인의 인정 이외에 여러 곳에서 성취감을 얻으며 불안이 줄었다. 취미에서도 성취감을 얻기 시작하면서 자잘한 성취의 빈도가 잦아졌다. 여기에는 글쓰기의 영향이 컸다.

물론 이전에도 취미가 없었던 것은 아니다. 나는 여행을 좋아하고 음악 듣는 것을 좋아했다. 방학만 되면 배낭을 메고 해외로 떠났고, 집에 있는 스피커는 꺼져 있을 틈이 없었다. 그러나 그 취미들로부터 글쓰기로부터 오는 만큼의 성취감을 느낄 수는 없었다. 차이는 능동성에 있었다. 여행을 다니고 음악을 듣는 것은 타인의 것들을 수동적으로 소비하는 것이었다. 다른 사람들이 이미 가보고 추천해 주는 지역으로 여행을 떠났다. 음악차트 순위대로 음악을 들었고 사람들이 좋다고 추천하는 노래를 들었다. 좋은 곳으로 여행을 가고 좋은 노래를 들었지만 그것들을 나의 진정한 취미라고 할 수는 없었다. 다른 사람들의 취향이 잔뜩 묻은 것들을 그대로 답습하는 것으로는 성취감을 느낄 수 없었다.

하지만 글쓰기는 달랐다. 주제 선정부터 글을 쓰는 방식, 문장의 흐름, 선택하는 단어까지 글쓰기의 모든 것은 온전히 내 몫이었다. 다른 사람들이 지어 놓은 집을 구매하는 것이 아니라 내가 직접 바닥을 다지고 벽돌을 하나하나 쌓아가는 것 같았다. 나의 생각과 나의 색깔로 범벅이 된 문장들, 내 손끝에서 탄생한 글 한 편은 마치 내 자식처럼 같았다. 사람들이 자식을 보고 그 부모를 알아볼 수 있듯, 나의 글을 보면 나를 알아볼 수 있었다. 시간이 지날수록 쌓여가는 글들은 내게 더할 나위 없는 성취감을 주었다.

나는 이전보다 불안이 줄었고 여유가 늘었지만 내 성향의 본질인 열심히는 달라지지 않았다. 결국에는 글도 열심히 써야 차곡차곡 싸이기 마련이니까. 다만 삶의 무게중심을 조금 옆으로 옮겼을 뿐이다. 성취감이 내 삶의 원동력이라는 사실 또한 달라지지 않았다. 나는 쌓여가는 글들을 보며 열심히 살아갈 힘을 얻는다. 나는 이렇게 태어난 사람이고 나의 성향은 내가 눈 감는 그날까지 변하지 않을 것이다. 그러나 성향의 장점을 키우고 단점을 줄이는 노력은 할 수 있다. 여러 방식으로 성취감을 얻어보면서 나에게 잘 맞는 방법을 찾을 수 있다. 집착과 불안을 버리고 여유를 가지자. 마르지 않는 샘물처럼 작더라도 끊임없이 성취감을 느껴보자. 꾸준한 성취를 통해 지속 가능한 행복을 느껴보자.

# 인턴이 생각하는
# 재능과 노력

모든 분야를 막론하고 성공하기 위해서는 재능과 노력이 필요하다. 단한 번이라도 원하는 바를 쟁취하기 위해 살아본 사람이라면 공감할 수밖에 없을 것이다. 본인이 생각하기에 성공한 삶을 살고 있다고 생각하는 사람들을 열댓 명 정도 떠올려보자. 그리고 생각해 보자. 그중에 단 한 명이라도 재능과 노력 없이 그 자리에 오른 사람들이 있는지. 성공에는 공식이라도 있는 걸까. 우연한 계기로 본인의 재능을 알게 되고 그 재능을 꽃피우기 위해 노력하는 사람들의 이야기. 거기에 화룡점정으로 따라주는 운까지. 이런 소년만화의 클리셰 같은 이야기는 서점에서 흔히 볼 수 있는 자서전에서 어렵지 않게 볼 수 있다.

재능과 노력은 너무도 주관적인 영역이다. 내가 과연 재능이 있는지, 내가 노력한다고 하는 게 정말 노력이라 부를 만한 정도인지 알기란 어렵다.

재능은 눈에 보이지 않고, 노력은 사람마다 기준이 다르다. 내가 최선을 다하는 정도가 누군가에게는 그저 몸풀기일 수도 있다. 그러나 그 두 가지 모두 성공에 필요한 열쇠들이라는 것은 확실하다. 그렇다면 여기서 궁금한 점이 하나 생긴다. 과연 재능과 노력 중 어떤 부분이 성공에 있어서 더 중요할까?

재능은 세상에 태어나는 순간 본인의 의지와는 별개로 손에 쥐고 있는 능력이다. 재능은 효율 좋은 CPU와 같아서 남들이 하나를 깨우칠 시간에 열을 깨우치고, 열을 깨우칠 시간에 백을 깨우칠 수 있게 한다. 그리고 재능은 황금과도 같다. 세상 모든 사람들은 재능을 높이 평가하고 칭찬하며 동시에 갈망한다. 나도 머리가 좋았으면, 나도 노래를 잘 불렀으면, 나도 외모가 수려했으면, 나도 게임을 잘했으면, 나도 운동을 잘했으면, 나도 그림을 잘 그렸으면.

우리는 뛰어난 재능을 가진 먼치킨 캐릭터가 등장하는 작품들에 빠져들고 그들의 모습을 보며 희열과 대리만족을 느낀다. 천만 관객을 달성하고 밀리언 셀러가 되며 레전드의 반열에 오르는 작품들을 보면 우리가 어떤 시선으로 재능을 바라보고 있는지 알 수 있다.

반대로 노력은 어떤가. 나도 머리가 지끈거리도록 공부할 수 있었으면, 목이 쉬도록 노래를 연습할 수 있었으면, 근육이 찢어지도록 운동을 할 수 있었으면, 굳은살이 박이도록 그림을 그릴 수 있었으면. 상상만으로도 설레고 빛나기만 했던 재능과는 정반대의 이미지가 떠오른다. 퀴퀴한 회색빛

의사로 한번 살아보겠습니다

이 떠오르며 답답하고 왠지 모르게 땀 냄새가 날 것만 같다.

잠을 잘 시간에, 게임을 할 시간에, 술을 마실 시간에, 유튜브를 볼 시간에도 공부를 하고 일을 하고 글을 써야 한다. 심지어 이렇게 노력한다고 해서 성공이 보장된 것도 아니다. 노력은 결과를 담보로 하지 않는다. 이렇게 땀을 흘리더라도 재능이 없다면, 크게 노력하지 않는 것처럼 보이지만 저 멀리 앞서고 있는 재능 있는 동료를 바라볼 수도 있다. 뛰어난 재능은 누구나 천만금을 주고라도 사고 싶어 하겠지만, 억만금을 줄 테니 평생을 노력에 파묻혀 살라고 한다면 선뜻 승낙하는 사람들은 얼마나 있을까.

이처럼 재능과 노력은 분명 성공을 위한 필수조건이지만 이미지는 대척점에 있다. 나는 그 이유가 우리가 소위 '가성비' 좋은 삶을 바라기 때문이라고 생각한다. 가성비는 가격 대비 성능이라는 뜻으로 싸게 주고 산 물건이 성능이 좋을 때 우리는 가성비가 좋다고 이야기한다. 반대로 비싼 돈을 주고 샀는데 성능이 안 좋을 경우 가성비가 안 좋다는 뜻이다. 이것을 우리 인생에 대입해 보면 돈은 노력으로, 물건의 성능은 노력의 결과로 치환할 수 있다. 노력을 많이 했는데 결과가 안 좋으면 가성비가 안 좋은 삶. 노력을 적게 했는데 결과가 좋으면 가성비가 좋은 삶이 된다. 자본주의의 여파가 우리의 삶에 영향을 주는 것일까. 자본주의를 논하기도 전에, 이는 당연한 인간의 본능일까. 조금이라도 덜 일하고 더 많은 것을 얻고 싶은 마음은 너무나도 당연하니까.

시험 기간에 흔히 볼 수 있는 광경을 예시로 들어보자. 시험 전날 커피를 세 잔씩 마셔가며 밤새도록 공부한 의과대학 학생이 있다. 씻을 시간조차 아끼기 위해 모자를 푹 눌러쓴 채 마스크를 쓰고 시험 장소로 향했다. 시험장에 앉아 있는 동기들이라고 별반 다르지 않아 보인다. 밤을 새우느라 다들 초점이 반쯤 나가있고 다크서클로 눈두덩이 까맣다. 정리한 요약본을 들고 있는 것을 보면 누가 봐도 공부를 열심히 한 것처럼 보이지만, 이곳에 공부를 열심히 한 사람은 아무도 없다. 시험장 여기저기에서 '나 공부 진짜 안 했어. 시험 망할 거 같아.'라는 말이 들려올 뿐이다. 듣기만 해도 속이 터지는 이 말속에는 두 가지 의미가 숨어 있다. 시험을 망쳤을 경우 '나는 공부를 많이 안 했기 때문에 시험을 망쳤다.'는 이미지를 만들 수 있다. 반대로 시험을 잘 치렀을 경우 '조금밖에 노력하지 않았는데 시험을 잘 보았으니, 나는 머리가 좋다.'는 이미지를 만들 수가 있다.

나는 의과대학에서 6년을 보내면서 별의별 똑똑한 사람은 다 만나보았다. 내가 1주일 동안 열심히 공부한 내용을 시험 30분 전 간단하게 눈으로 훑고서 A+를 받아버리는 동기, 눈이 스캐너라도 되는지 한번 본 내용은 절대 잊어버리지 않는 동기, 논리회로가 얼마나 촘촘한지 단순 암기 내용조차 이해를 해버리는 동기 등등 많은 동기들은 그들의 빛나는 재능을 보여주었다.

하지만 나에게는 이런 재능이 없다. 그래서 나는 그 동기들이 어떤 식으로 가성비가 좋은 삶을 살고 있는지 모른다. 모든 일이 쉽게 느껴지려나. 그러나 30년을 가까이 살아오면서 나는 부족한 재능은 노력으로 메꿀 수 있다는 결론을 내렸다. 세상은 부족한 재능을 노력으로 메꾼 사람들이 분

의사로 한번 살아보겠습니다

명히 존재하고 우리는 그들에게 열광한다. 물론 뛰어난 재능으로 괄목할 만한 성취를 이룬 사람들 역시 멋있다. 그리고 부럽다. 하지만 부족한 재능에도 불구하고 노력으로 그들만큼의 성취를 손에 쥔 사람들은 그 이상의 감정을 불러일으킨다. 드라마 〈이태원 클래스〉의 박새로이가 우리의 마음을 울리는 것은 그의 재능 때문이 아니다. 그가 인생을 대하는 태도, 없는 재능을 노력으로 메꾸는 끈기. 그 모든 게 우리에게 낭만으로 다가오기 때문이다.

노력하는 것도 재능이라고 말하는 사람들이 있다. 나는 노력하는 재능이 부족해서 당신들 만큼 할 수 없다고. 만약 그렇게 생각한다면 더 이상 할 수 있는 말은 없다. 노력마저 재능으로 결정된다고 생각한다면, 그렇게 굳게 믿고 있다면 오히려 거꾸로 묻고 싶다. 그렇다면 내 인생을 위해 내 손으로 할 수 있는 게 과연 뭐가 남느냐고. 적어도 나는 노력으로 본인의 삶을 개척할 수 있다고 생각한다.

인턴 생활에 필요한 건 뛰어난 머리가 아니라 우직한 노력이었다. 좋은 인턴이 되기 위해서는 재능보다 노력이 필요했다. 아침 6시부터 밤 11시까지 밥도 못 먹고 일하는 데에 뛰어난 머리가 무슨 소용이 있을까. 동맥혈 채혈을 하는데, 비위관 삽관을 하는데, 드레싱을 하는데 비상한 머리가 필요하지는 않다. 그저 하루에 2만 보씩 걸어 다니고 밥을 굶어도 끄떡없는 체력이면 된다. 새벽 4시에도 벌떡 일어나 병동으로 갈 수 있는 열정이면 된다. 재능이 부족하더라도 부족하지 않은 노력을 곁들이면 된다. 그저 하루하루를 노력으로 채우면 된다. 그리고 그런 날이 일주일이고 한 달이고 계속 반복되면 된다. 인생은 우연히 갖고 태어난 재능과 운이 모든 것을 결정한다고 생각하는 '인생 운빨론'에서 하루빨리 벗어나자.

# 만일 인턴을
# 다시 한다면

나의 인턴 생활도 황혼기에 저물었다. 바로 내일이면 인턴으로 근무해야 하는 12개의 과 중 마지막 과에서 근무를 시작한다. 내가 근무하게 될 마지막 과는 소아청소년과다. 인턴의 첫 시작도 마지막도 소아청소년과에서 근무하는 나의 스케줄을 보면, 이 의료원이 내가 소아청소년과에 가기를 유도하는구나 하는 합리적 의심이 든다.

인턴의 시작도 소아청소년과에서 근무했지만 지금의 나는 그때와 전혀 다른 사람이 되었다. 작년 3월 나는 따스한 봄날의 새싹이었다. 모든 가능성을 품고 있던 나는 늘 열정이 가득했고 모든 것에 적극적이었다. 병원은 신기한 것 투성이었고 그만큼 나는 모든 것들에 미숙했다. 반면 지금의 나는 노랗게 익어 고개를 숙인 벼이다. 처음처럼 파릇파릇한 열정은 없지만 대신에 1년 동안 가득 쌓은 내공이 있다.

나는 어떤 일을 마무리 할 때 즈음 처음부터 되새김질해보는 습관이 있다. 마치 연말정산을 하며 1년간의 소비를 되돌아보듯 말이다. 내 1년을 반추하며 좋았던 기억을 가슴에 새기고 나빴던 기억에서 배움을 찾아본다. 그래 나는 인턴생활을 정산하고 있다. 만반의 준비를 했음에도 불구하고 인턴 생활은 어렵고 힘들었다. 그러나 그 이상으로 재미있었고 만족스러웠다. 나는 지층처럼 켜켜이 쌓여 있는 지난 12개월을 한 겹씩 조심스레 들춰보았다. 이때는 이래서 좋았었고 저 때는 저래서 힘들었고. 나의 인턴 생활은 온갖 희로애락으로 가득했다. 결과적으로는 마이너스보다는 플러스가 많았지만 아쉬움이 남는 것은 어쩔 수 없는 일이다. 지금 알고 있는 것들을 그때도 알았으면 얼마나 좋았을까. 이미 흘러버린 시간을 돌이킬 수는 없지만 세상에는 만약이라는 게 있다. 요즘 유행하는 여러 회귀물 작품처럼 만약 지금의 기억을 간직한 채 1년 전으로 돌아간다면, 그리고 인턴 생활을 다시 한다면 이 아쉬움들만큼은 남기지 않으리라.

첫 번째, 과하게 걱정하지 않을 것이다

누구나 처음부터 잘할 수는 없다. 이 세상 어딘가에는 그런 사람이 있을 수는 있겠지만 과연 얼마나 되겠는가. 누구에게나 처음은 어렵고 막막하다. 그러나 나는 처음부터 잘하고 싶은 마음이 컸다. '일을 잘하고 싶다.'라는 생각은 커지다 못해 '잘해야 한다.'는 강박으로 변했고 근무하는 과가 바뀌기 며칠 전부터 극심한 스트레스에 시달렸다. 첫날 실수하면 어떡하지, 내가 모르는 일들이 생기면 어떡하지. 직접 근무하기 전에는 절대 해결할

의사로 한번 살아보겠습니다

수 없는 걱정이었지만 고민은 끝없이 머릿속을 맴돌았다. 나는 사소한 것 하나하나 완벽하게 알고 있는 상태에서 근무를 시작하고 싶었다. 인계를 받았음에도 내가 이해한 것이 맞는지 두 번 세 번씩 확인하느라 인계해주었던 친구를 귀찮게 하기도 했다.

사실 이 모든 것들이 의미 없는 걱정이라는 것을 모르지 않았다. 새로운 과에서 이틀만 일해보면 지난 걱정의 시간이 무색할 정도로 금세 적응했다. 그럼에도 불구하고 나는 매달 근무과를 옮길 때마다 같은 시행착오를 반복했다.

과한 걱정만큼 인턴생활을 피폐하게 만드는 것도 없다. 걱정은 한번 시작하면 끝도 없이 커진다. 걱정은 실체가 없어서 뿌리치기 어렵고, 가만히 놔두면 스스로를 갉아먹는다. 그냥 적당히 걱정하고 적당히 준비하면 된다. 모르는 것들은 근무를 하면서 배우면 된다. 내가 그토록 걱정하던 그때가 되면 분명 잘할 수 있다. 1년 전으로 돌아갈 수 있다면 걱정으로 스트레스를 받을 시간에 차라리 잠이나 더 잘 것이다.


두 번째, 몸 관리를 잘할 것이다

계절이 변해갈수록 점점 내 체형에 변화가 생겼다. 어깨는 좁아지고 뱃살과 옆구리가 두툼해지는 일명 사과 체형으로 변해갔다. 하루에 2만 보를 넘게 걸어 다니며 힘든 하루를 보내고 나면 오늘은 꼭 맛있는 걸 먹어야겠다는 보상심리가 생긴다. 족발, 치킨, 맥주, 소주, 회, 닭발, 피자, 삼겹살, 목살, 양 꼬치, 파스타 등등 수많은 선택지 가운데 오늘 하루 고생한 나에게 어떤 것을 선물로 주어야 할지 행복한 고민에 빠진다. 기름기가 좔좔 흐르는 음식과 시원한 맥주 한잔이면 그날의 스트레스가 깔끔하게 사라질 것만 같다. 동기들과 나는 평소에 찾아두었던 병원 근처 맛집에서 1차로 삼겹살을 먹고 2차로 호프집에 갔다. 그래 이 맛에 인턴을 하는 거지. 오늘 스트레스를 풀었으니 내일도 힘내보자. 동기들과 맥주잔을 경쾌하게 부딪치며 행복하게 하루를 마무리한다.

다음날에도 2만 보를 넘게 걸어 다녔다. 힘든 하루를 보내고 나니 또다시 보상심리가 생겼다. 오늘은 맛있는 걸 먹지 않고는 못 배기겠다. 퇴근 후 동기들과 회에 소주를 한잔 걸친다. 크 그래 이 맛에 인턴 하는 거지. 내일도 힘내 보자. 나는 다음날도 힘든 하루를 보냈고 스스로에게 선물 주기를 반복했다. 점점 바지는 조여 오고, 옷은 작아졌다. 처음에는 빨래를 잘못해서 옷이 줄어들었나 생각했다. 그런데 모든 옷이 동시에 줄어들 수가 있나?

어느새 거울 속에는 웬 포동포동한 아저씨 한 명이 서 있었다. 나도 나잇살이란 게 생기는구나 하며 스스로를 속여보려고 했지만 사실은 알고 있었다. 이 살들은 그동안 정직하게 쌓여온 술과 야식의 결과라는 것을. 사실 이 살들을 없애려면 충분히 없앨 수도 있었다. 치킨을 먹더라도 짬을 내어 운동하면 살찌지 않을 수 있었다. 하지만 게을렀던 나는 그 시간에 누워서 유튜브 보기를 선택했다. 병원에서도 마찬가지였다. 3층이나 4층처럼 충분히 걸어서 올라갈 수 있는 높이는 걸어 다닐 수도 있었다. 그런데 귀찮고 힘들다는 이유로 엘리베이터를 기다리곤 했다.

스스로에게 1주일에 7번 선물을 줄 필요도 없었다. 선물도 가끔 받아야

의사로 한번 살아보겠습니다

기쁘지 매일 받으면 선물의 기쁨이 흐릿해진다. 퇴근 후 저녁에 맛있는 걸 먹는 것도 습관이 된다. 어느새 약속이 없는 날에도 집에서 치킨에 맥주를 곁들이고 있는 나 자신을 발견할 수 있었다. 친구들과 맛있는 걸 먹었다면 약속이 없는 날에는 샐러드를 먹을 수도 있었을 텐데. 만약 1년 전으로 돌아간다면 그때는 운동도 열심히 하고 술과 기름진 음식도 조금은 줄여볼 것이다.

세 번째, 생각을 하며 일할 것이다

돌이켜 보았을 때 가장 아쉬운 부분이다. 생각을 좀 하면서 일할걸. 그랬다면 지금 머릿속에 조금이라도 더 많은 지식들이 남아 있었을 텐데. 나는 너무 바쁜 나머지 그저 빠르게 일을 처리하는 데에만 집중했었다. A라는 일은 B라는 이유가 있기 때문에 C를 해야 한다고 하면, 나는 A라는 일이 있을 때 곧바로 C를 했다. 생각의 과정을 생략해 버렸다. 결과적으로는 문제없이 일이 진행되었더라도 이해가 수반되지 않는 행동은 그저 단순 작업에 지나지 않았다. 병원에 갓 입사한 막내 의사는 모든 돌다리를 하나씩 두드려 보고 건너야 했는데 나는 그렇게 하지 못했다. 환자를 통해 배울 수 있는 많은 기회를 놓쳐버렸다. 이미 알고 있기 때문에 중간 과정을 생략하는 것과 결과만 외운 것은 하늘과 땅 차이라는 것을 알면서도 말이다. 환자를 위해서 그리고 실력 있는 의사가 되기 위해서는 매 순간 배움의 자세를 취해야 했는데 그때는 왜 그랬을까

이 세상에 아쉬움 하나 없이 온전히 만족스럽기만 한 일은 없다. 인턴 생

활도 마찬가지이다. 위에 적었던 내용들 이외에도 수도 없이 아쉬웠던 점들이 많다. 하지만 이미 지나간 일일 뿐이고 나의 인턴 생활에는 아쉬운 점보다는 만족스러운 점들이 더 많았다. 다시 돌이켜보아도 나는 지난 1년간 정말 열심히 살았다. 그래서 아쉬움은 있을지언정 후회는 없다.

인턴 생활은 기껏해야 100년 사는 인생에서 1년이라는 긴 시간을 투자해야 하는 일이다. 아무런 생각 없이 아무런 소득 없이 보내기에는 너무 아쉬운 시간이다. 게다가 우리의 황금 같은 청춘을 바쳐야 하는 대가로 포기해야 하는 것들을 생각해 보면, 인턴 수련은 그저 1년의 고생이라는 말로 통칠 수 있는 게 아니다.

인턴 생활을 정산했으니 그중 단것은 뱉고 쓴 것은 삼켜야 한다. 감탄고토가 아닌 감토고탄. 만족스러웠던 부분은 마음에 묻고 지난 시간 동안 아쉬웠던 부분들을 기억해두자. 지금이라도 늦지 않았으니 남은 한 달 동안 깨달은 부분들을 잘 메꾸어 보고 싶다.

의사로 한번 살아보겠습니다

# 걱정이 많은 후배들에게

요즘 의과대학 학생들과 소통할 기회가 꽤 많다. 내가 근무하는 병원까지 찾아와 주는 학교 후배들, 병원에서 만나는 실습생들, 내 글을 읽고 댓글이나 메일을 보내주는 전국의 의과대학 학생들. 그 친구들의 고민을 듣고 있으면 나의 지난 의과대학 생활이 떠오른다. 재미있었고 또 미숙했던 나의 학생시절은 분명 내가 성장할 수 있었던 시간이었다.

여전히 부족한 점이 많지만, 학생 시절과 비교하면 지금의 나는 많은 부분에서 성장했고 미숙한 모습도 많이 지워냈다. 무엇보다도 나는 그 시절을 통해 스스로 인생을 대하는 태도를 명확하게 정립할 수 있었다. 그것만으로도 나의 의과대학 생활은 충분히 가치 있었다. 시간을 거꾸로 거슬러 올라가 보면 나의 성장은 작은 아니 그 당시에는 결코 작지 않았던 고민으로부터 시작되었다. 의과대학 학생들과 떼려야 뗄 수 없는 관계에 있는 그 고민은 선배들도 있었고, 나도 있었고, 후배들에게도 있다. 그것은 바로 성적에 대한 고민이었다.

성적이 좋은 학생도, 좋지 않은 학생도 성적에 대한 고민은 늘 따라다닌다. 그 정도는 사람마다 다르겠지만 성적이 좋지 않은 학생들의 스트레스가 더 클 테지. 성적이 좋지 않아도 마음이 편한 의과대학 학생이란 존재할 수 없으니까. 스트레스가 없다고 말하더라도 마음속으로는 늘 신경이 쓰일 것이다. 성적을 올려보려 노력해보았지만 마음처럼 되지 않아 목표를 졸업으로 바꾸었을지도 모른다.

성적에 대한 고민이 있는 학생들은 답답하고 막막했을 것이다. 그래서 어떻게든 방법을 찾아보려 노력했을 것이다. 선배들에게 물어보고, 공부를 잘하는 친구들에게 물어보고, 그럼에도 불구하고 마땅한 해결책이 나오지 않아 답답한 마음에 인터넷으로 정보를 찾아보았을 것이다. 그 누가 뭐라 해도 의과대학은 전국에서 공부로 방귀깨나 뀌는 사람들이 모인 곳이다. 고등학생 당시 내신이 좋아 수시전형으로 입학한 사람들은 학교에서 전교 5등 안에 들었을 것이고, 수능 성적이 좋아 정시전형으로 입학한 사람들은 성적표에 1등급밖에 없었을 것이다. 엄청난 경쟁 끝에 의과대학 합격증을 거머쥐었던 순간 스스로가 너무나도 자랑스러웠을 것이다. 주위의 칭찬과 격려를 듬뿍 받았을 테고, 일가친척의 자랑거리가 되었을 테지.

동시에 본인 앞에 놓일 기쁘고 행복한 나날들을 상상하며 입학하는 날만 손꼽아 기다렸을 것이다. 입학한 뒤에는 의과대학 생활의 로망인 예과 생활을 마음껏 즐기고, 난생처음 아무런 생각 없이 시험을 치렀을 것이다. 처음 받아보는 성적과 등수도 받아보겠지. 하지만 예과는 원래 그런 거라며, 유급만 피하면 된다며, 전례 없을 정도로 먹고 마시고 놀면서 예과 2년 동안 인생의 아름다운 추억을 만들었을 것이다.

그러나 행복한 예과 생활 끝에 시작한 본과 생활부터는 상황이 달라졌을 것이다. 갑자기 주위의 분위기가 달라지고 더 이상 놀기만 하는 친구들은 찾아볼 수 없었을 것이다. 인턴과 레지던트에 지원할 때 제출하는 의과대학 성적은 본과 1학년부터 4학년까지의 성적이기 때문에, 본인의 미래를 위해 정신을 바짝 차리고 열심히 공부하겠다며 다짐했을 것이다. 그러나 이 생각은 본인만 하는 것이 아니다. 전국에 있는 모든 의과대학 학생이 본과에 올라가면서 같은 생각을 한다.

예과시절 [SELF] PO alcohol QD (매일 술을 마신다는 의미)처방을 내왔던 학생들도, 유급의 칼날을 가까스로 피할 정도로 학점 2.0 부근에서 저공비행을 했던 학생들도 결국은 모두 의과대학 학생이다. 의과대학은 결코 주사위 굴리기로 입학할 수 없는 곳이다. 의과대학 정문을 넘었던 모두가 한때 동네에서 손꼽히던 수재들이었고 학교의 자랑거리였다. 그들에게는 성적에 대한 욕심이 있고 그 욕심을 충족시킬 만한 두뇌와 끈기가 있다. 그리고 좋은 성적을 거머쥐었던 과거의 경험이 있다.

세 살 버릇 여든 간다고, 의과대학 학생들의 공부 버릇은 어디 가지 않는다. 예과 시절 공부에 대한 열정과 노력을 잠시 봉인해 두었지만, 본과에 진입하는 순간 봉인되어 있었던 모든 것이 다시 마음속에 되살아난다. 그렇게 본과 생활이 시작되고 모두가 본인의 미래를 위해 성실하게 수업을 듣고 악착같이 공부한다. 지금껏 늘 그래왔던 것처럼 우수한 성적을 기대하면서 말이다.

나는 의과대학에 입학할 만큼 똑똑했으니 열심히만 하면 당연히 좋은 성적을 받을 것이다. 의과대학 본과 1학년 1학기는 모두가 마음에 품고 있었을 이 생각이 깨져버리는 순간이다. 학기가 끝나고 성적표를 받는 순간 두 눈을 의심할 것이다. 내가 이 성적을 받았다고? 그렇게 열심히 했는데? 그만큼 노력했는데 이렇게 평범한 성적을 받았다는 것이 당황스럽기만 할 것이다. 예과 시절에는 노력을 안 했기 때문에 실망감이 없었다지만 이번에는 경우가 다를 것이다.

의과대학 성적은 상대평가이다. 아인슈타인 100명에게 상대평가를 적용하는 순간 누군가는 1등의 기쁨을, 누군가는 100등의 고배를 마셔야 한다. 상대평가를 적용하는 이상 얼마나 훌륭한 사람들이 모여있든지 간에 위와 아래가 나누어진다. 요즘은 학생들의 학업 스트레스를 줄이기 위해 평가 기준을 절대평가로 바꾸는 학교들이 점점 늘어나고 있다고 하지만, 여전히 대다수의 의과대학에서는 상대평가를 적용하고 있다. 여전히 많은 학생들이 스트레스를 받고 있다는 뜻이다. 받아들이기 힘든 이 평범한 성적을 가족들에게 말하기 민망해서 말하지 않을 수도 있고, 그럼에도 얼추 눈치를 챈 가족들의 반응에 본인의 마음이 아플 수도 있다. 일가친척의 자랑거리였던 내가, 동네에서 공부로 방귀깨나 뀌던 내가 의과대학에서는 평범하거나 평범하지 않은 성적을 받다니.

그래 아직 처음이라 적응을 잘 못했겠지, 내 공부법이 어딘가 잘못되었겠지, 내가 노력을 덜 했겠지. 어떻게든 원인을 찾아보고, 문제점을 나름대로 고친 후 다음 학기는 더욱 최선을 다했을 것이다. 하지만 그 모습을 비웃기라도 하듯 제자리인 성적을 보고 무력감과 허탈감이 찾아올 것이다. 나는 분명 열심히 공부했는데, 성적이 좋은 저 친구와 비슷하게 공부하는 것 같은데 내 성적은 왜 이럴까? 도대체 뭐가 문제지? 노력이 부족한가? 이런 성적으로 원하는 병원에 갈 수 있을까? 소위 말하는 인기과에 갈 수 있을까? 걱정은 걱정에 꼬리를 물게 될 것이고, 해결책이 보이지 않는 앞날에 답답함만 커져갔을 것이다.

옵세[36] 한 학생들은 이런 현실에 답답함을 넘은 우울감을 느끼고 정신건강의학과를 다니기도 한다. 방학에는 서울에 위치한 의과대학 학생을 위한 학원에 다니면서 다음 학기 과목을 미리 선행학습을 하고, 시험을 망친 것 같으면 낮은 학점을 받을 바에 1년을 꿇겠다는 생각으로 휴학을 선택하기도 한다.

당연히 나도 성적에 대한 스트레스가 있었다. 가벼운 마음으로 보냈던 예과 생활에 이어 찾아온 본과 생활. 잘해보겠다는 굳은 결심으로 시작한 본과 1학년 1학기였지만 중간보다 못한 등수를 받았다. 처음 느낀 감정은 당황스러움이었다. 열심히 하면 당연히 좋은 결과가 나와야 하는 것 아닌가? 왜 이런 결과를 받았지? 잘하고 싶은 분야에서는 잘해야만 직성이 풀

---

36 옵세(obsessive) - 강박 관념의 라는 뜻을 가진 단어의 줄임말로 , 의과대학에서 공부에 과도하게 집착하는 사람을 부르는 용어

리는 성향 때문에 나는 답답하고 막막했다.

시골에서 태어나고 자랐던 나에게는 열심히 하면 좋은 결과가 따라온다는 건, 마치 '낮에는 밝고 밤에는 어둡다.'와 같았다. 너무나도 당연해서 의심할 여지도 없는 말. 그래서 나는 열심히 해도 결과가 안 좋을 수 있다는 사실을 받아들이기 힘들었다. 밤에도 낮처럼 밝은 백야 현상이 내 인생에도 있을 수 있다는 사실을 느꼈다. 학구열이 뜨거운 동네에서 자란 동기들, 또는 자사고나 특목고를 졸업한 동기들이 어렸을 때 깨우쳤던 인생의 진리를, 나는 의과대학 본과 1학년 때 깨닫기 시작했다.

비슷한 성적이 한 번 두 번 반복되자 나는 내 생각을 바꾸기 시작했다. 아쉽지만 나는 공부에 큰 재능은 없는 것 같다. 나는 특별하지 않다. 그저 평범할 뿐이다. 그러니 좋은 결과는 당연한 것이 아니다. 그러니까 만족의 기준을 결과에 두지 말고 과정에 두자. 과정에 후회가 없다면 결과는 받아들이자. 열심히 한 만큼 결과가 안 나오면 아쉬운 건 당연하지만 나만 그런 것이 아니다.

물론 단 하루 만에 생각이 바뀌지는 않았다. 새로운 생각이 자리를 잡을 때까지 시간이 필요했다. 그러나 시간은 약이었다. 시간이 지날수록 마음이 조금씩 편안해졌고 모든 것을 덤덤하게 받아들일 수 있게 되었다. 노력의 결과가 어떤지 크게 중요하지 않게 되었고 그저 지나온 과정에서 아쉬움이 없었냐고 스스로에게 물었다. 놀랍게도 이런 생각을 자연스럽게 할 수 있게 된 무렵부터 내 성적은 수직 상승했다. 과정을 후회하지 않기 위해 공부에 쏟는 시간이 늘었고, 결과에 대한 부담이 적어져 편안한 마음으로

의사로 한번 살아보겠습니다

시험을 치를 수 있게 되었다. 결과에 집중하지 않으니 오히려 결과가 좋아졌다.

　나는 의과대학 성적이 1등급이 아니고 국가고시도 1등급도 아니다. 1등, 1등급을 목표로 효과적인 공부법을 찾고 있는 학생들에게는 이 글이 전혀 도움이 되지 않을 수 있다. 하지만 경쟁에 지치고, 본인에게 실망하고, 기대하지 않았던 결과로 인해 좌절하고 있는 학생들에게는 이 글이 도움이 되었으면 한다. 지금 얼마나 마음고생을 하고 있고, 힘들지 잘 안다. 그러나 분명한 사실은 당신은 의과대학에 입학할 정도로 훌륭한 사람이다. 잘해왔고 잘하고 있다. 본인이 하고 있는 바로 그 고민을 지난 시간 동안 수많은 의대생들 역시 해왔고, 주위의 동기들도 하고 있다. 그 고민의 시간이 스스로 성숙해질 수 있는 기회가 될 수 있다. 많이 생각해 보고 여러 가지를 시도해 보기를 바란다. 언젠가는 지금 시간을 웃으며 이야기할 날이 올 것이다.

A턴이 되고 싶은
후배들에게

운이 좋게도 나는 A턴이 되었다. 기쁜 마음으로 A가 적혀 있는 성적표를 받았지만 내가 무엇을 잘해서 A를 받았는지, 어떤 면에서 좋은 평가를 받았는지 알 방법은 없었다. 인턴 평가 기준은 인턴들에게 공개되지 않는다. 그저 교수님, 전공의 선생님을 포함한 여러 분들이 인턴들을 평가한다는 사실만 알고 있을 뿐이다. 그러나 지난 시간을 돌이켜보면서 '아마 이런 부분들이 좋게 보였지 않았을까?'하고 생각되는 점들은 몇 가지 있다. 내 생각이기 때문에 정답이 아닐 수 있겠지만, 앞으로 인턴으로 근무할 후배들에게 나의 경험과 생각을 나누고자 한다.

### 중요 포인트 1 : 인턴 근무표

우선 제일 중요한 것은 인턴 근무표이다. 인턴은 근무하는 과에서만 평가를 받기 때문에 어떤 평가자에게 평가받는지가 가장 중요하다. 내가 똑같이 일을 해도 평가자가 다르면 평가는 달라지기 마련이다. 이 사람을 어떻게 생각하는지는 사람마다 다를 수밖에 없다. 게다가 점수를 잘 주었다고 생각하는 정도도 사람마다 다르다. 100점 만점에 90점을 높게 주었다고 생각하는 평가자도 있을 수 있고, 95점을 낮게 주었다고 생각하는 평가자도 있을 수 있다.

하지만 근무표는 인턴이 어찌할 수 있는 영역이 아니다. 인생은 운칠기삼이라고, 어떤 과에서 근무하게 되는지는 온전히 운으로 결정된다. 운이 좋으면 점수를 잘 준다고 소문이 난 과에서 근무하게 되고 운이 나쁘면 그 반대가 될 수도 있다. 행간에는 인턴 근무표가 나오는 2월에, 이미 인턴 점수가 결정된다는 말이 있을 정도로, 근무표는 인턴 점수에 큰 영향을 미친다. 병원에 따라 다르겠지만 내가 근무했던 의료원은 근무표를 수정할 수 없었다. 동기들 간 근무하는 과를 교환할 수 있는 다른 병원들이라고 해도, 점수를 잘 준다는 소문이 있는 과들을 다른 인턴들에게 양보하지는 않을 것이다. 결국 인턴이 할 수 있는 것은 주어진 근무표를 받아들이고 최선을 다하는 것뿐이다. 평가가 박한 과에서 근무하더라도 최고의 점수를 받아내겠다는 각오와 함께.

### 중요 포인트 2 : 성실함

성실함은 모든 인턴들이 지녀야 할 기본 덕목이다. 동시에 인턴이 가질 수 있는 최고의 무기이기도 하다. 본인이 생각했을 때 마땅히 내세울 만한

게 없는 것 같다면 성실함은 좋은 선택지가 될 수 있다. 나는 특출 나게 머리가 좋지 않고, 말을 청산유수로 잘하지 못한다. 또 눈에 띄게 성격이 좋지도 않고, 시선을 앗아갈 정도로 외모가 뛰어나지도 않다. 나 스스로를 객관화해 보면 무엇 하나 특출 나지 않으면서도 또 그렇다고 크게 모난 점이 있지도 않은, 어디에나 한 명쯤 있는 그런 평범한 사람이다. 나는 인턴을 하기 전부터, 그러니까 어느 정도 머리가 굵어지면서부터 이런 생각을 해왔다. 하지만 평범한 나도 자존심과 야망이 있었다. 쟁쟁한 사람들과 어깨를 나란히 하고 싶었고 내가 쥐고 태어난 것이 내 인생을 결정하도록 내버려두고 싶지 않았다. 그러기 위해서는 나만의 무기를 찾아야 했고, 내가 선택했던 무기는 바로 성실함이었다.

나는 느리더라도 꾸준히 가기를 택했다. 눈에 띄지 않더라도 땀을 흘리기를 택했다. 나는 새로운 환경에 적응하는 데에 시간이 꽤 걸리는 편이다. 그래서 일이 익숙해질 때쯤이면 새로운 과에서 새로운 근무를 시작해야 하는 인턴 생활이 내게는 결코 쉽지 않았다. 그러면서 기억력도 좋지 않았다. 머릿속에 지우개라도 있는 것처럼, 한번 보고 두 번 봐도 늘 새로웠다. 옆에 있는 동기들이 한 번만 봐도 기가 막히게 기억해 내는 것을 보며, 내 기억력은 왜 이럴까 하는 아쉬움이 있을 때가 많았다. 하지만 아쉬워해 봐야 달라지는 것은 없었다. 나는 나의 무기로 선택한 성실함으로 부족한 부분을 메꾸려고 노력했다.

다음 달에 근무하게 될 과의 업무를 인수인계 받을 때 늘 동영상을 촬영했고, 인계의 모든 것을 영상에 담았다. 여유시간이 있을 때 그 영상을 몇

의사로 한번 살아보겠습니다

번이고 돌려보며 기억에 조금이라도 남기기 위해 형광펜을 쳐가면서 인계장을 읽었다. 과가 바뀌기 전날, 새벽 일찍 일어나 아무도 없는 수술방에서 수술 준비를 해보며 하루 일과를 미리 시뮬레이션 해보았고 문서작업도 미리 해보며 연습했다. 인계를 받았어도 이해가 안 되는 부분은 커피를 사 들고 동기에게 찾아가서 물어보았다. 굳이 이렇게까지 해야 할 필요가 있냐는 소리를 들을 정도로 미련했지만 나는 나의 단점을 잘 알았고, 그 단점을 메꾸고자 하는 명확한 목표가 있었다. 결국 나의 꾸준함과 미련함은 남들에게 꼼꼼함으로 비쳐졌다. 덜렁대고 빈틈이 많은 나는 어느샌가 역설적으로 꼼꼼한 사람이라는 평가를 받고 있었다. 앞서 나가기를 포기하고 그저 뒤처지지 않기 위해 성실함을 무기로 고른 나의 선택은 틀리지 않았다.

### 중요 포인트 3 : 판단력

당장 처리해야 할 일과 급하지 않은 일을 구분하는 것 또한 인턴이 갖추어야 할 필수 덕목이다. 바로 이 판단력이 부족하면 쉬지 않고 일을 했는데도 일을 못 한다는 평가를 받게 될 수도 있다. 일을 하다 보면 여러 일을 동시에 처리해야 하는 상황이 반드시 생긴다. 이 병동에서도 빨리 와달라고 하고, 저 병동에서도 빨리 와달라고 한다. 하지만 인턴의 몸은 하나이기 때문에 그중에서도 더 급한 일을 먼저 처리해야 한다. 즉 일의 중요도를 빠르게 판단할 줄 알아야 한다. 예를 들어 갑자기 호흡곤란을 호소하는 환자가 있고, 비위관을 삽입해야 하는 환자가 있다. 이럴 때는 비위관 삽관에 필요한 물품들을 챙겨서 환자의 앞에 서 있다고 하더라도 그 즉시 호흡곤란을 호소하는 환자가 있는 병동으로 달려가야 한다.

그러나 급하지 않다고 해서 안 해도 무방하다는 것이 아니다. 이 점이 핵심이다. 급한 일이든 급하지 않은 일이든 인턴에게 들어오는 콜들은 레지던트 선생님들 혹은 교수님들께서 지시한 사항이라는 사실을 잊어서는 안 된다. 급한 일들을 정리하고 나면 숙소로 들어가서 드러눕는 게 아니라, 급하지 않다고 판단해 미뤄두었던 일을 하러 가야 한다. 잠도 못 자고 밥도 못 먹어가며 일하느라 너무 힘들고 피곤하겠지만 우리는 월급을 받고 일하는 직장인이다. 아무리 사소해 보이더라도, 우리가 하는 모든 행위들은 환자를 위한 일이라는 사실을 잊어서는 안 된다.

나는 너무 피곤해서 손 하나 까딱하기 싫을 때 스스로를 세뇌시켰다. 어차피 해야 하는 운동, 유산소 운동은 병원에서 월급을 받으며 해결한다고 말이다. 돈을 내고 헬스장에서 러닝머신을 뛰는 것보다 월급을 받는 근무 시간에 이 병동 저 병동을 뛰어다니는 것이 이득이라고 생각했다. 작은 생각의 변화였지만 그렇게 하니 일하는 게 조금이나마 즐거워졌다.

### 중요 포인트 4 : 적극성

일이든 우정이든 사랑이든, 세상 모든 것은 적극적인 사람이 쟁취하는 법이다. 특히 나처럼 졸업한 학교와 근무하는 병원이 다른 경우 새로운 집단에 적응하는 데에 적극적인 자세는 필수였다. 처음 근무를 시작했을 때 병원에 아는 사람이 단 한 명도 없었다. 같은 대학을 졸업한 선배들은 같은 의료원이지만 모두 다른 병원에서 근무하고 계셨다. 맨손으로 흙바닥에서

의사로 한번 살아보겠습니다

건물을 쌓아 올려야 하는 상황에 막막하고 겁이 났다. 그러나 내가 이 집단에서 얻고자 하는 게 있으면 집단에 잘 녹아들려는 노력이 필요했다. 가만히 입을 벌리고 누군가 떠먹여 주기만을 기다릴 수 없었다. 목이 마른 내가 우물을 파야 했다.

굴러들어 온 돌이었던 나는 병원의 구조, 원내 프로그램 사용법, 메신저 사용법 등등 알아야 할 것들 천지였다. 그럴 때면 자교 출신 동기들에게 귀찮을 정도로 물어보곤 했다. 동기들도 모르는 경우에는 간호사 선생님과 레지던트 선생님께, 또 그것도 안 되면 교수님께 여쭤보곤 했다. 한번 배웠으면 두 번 물어보지 않도록 반드시 기억하려고 노력했다. 인턴을 시작하며 준비했던 손바닥만 한 수첩은 2주일이 채 지나지 않아 빽빽한 글씨로 가득 찼다. 인턴은 병원에서 모르는 것이 제일 많은 막내이다. 새로운 환경에 적응하기 위해서, 적어도 일을 할 때 구멍을 내지 않기 위해서는 적극적인 자세가 필요하다.

### 중요 포인트 5 : 어필하기

인턴들은 열심히 일한다. 꼭두새벽부터 일어나 정규 업무를 시작하고, 밥 먹을 시간도 없이 끊임없이 들어오는 콜들을 처리한다. 동에 번쩍 서에 번쩍 병원 안을 종횡무진하고 있는데 교수님들은 이런 나의 노력을 알고 계실까? 그나저나 우리 과 교수님은 어디 계시는 거지?

실제로 일을 하면서 교수님들을 직접 뵐 일이 그리 많지 않다. 외과나 산부인과처럼 수술방에서 교수님을 뵙는 수술과들은 논외이지만 내과처럼 분과가 많은 과에서는 교수님을 뵐 일이 손에 꼽는다. 그래서 인턴들은 교수님을 직접 뵙는 얼마 없는 기회에 스스로의 능력을 최대한 어필해야만 한다. 그리고 그 기회는 보통 발표 자리가 된다. '저 인턴이 이번 달 우리 인턴이었나?' 하는 교수님들의 생각을 '저 인턴 우리 과로 데려와야겠네.'로 바꿀 수 있는 절호의 기회다.

'언젠간 나의 노고를 알아주시겠지.'라고 생각하며 묵묵히 일만 하기에는 한 달이라는 시간은 너무나도 짧다. '내가 이 정도로 능력이 있어요.' 하며 본인을 어필하는 것 또한 좋은 평가를 받기 위한 인턴의 필수 자세이다. 또박또박한 발음, 큰 목소리, 유수처럼 흘러가는 발표. 수술과 레지던트가 되고 싶었던 나는 소화기내과도 수술처럼 재미있다며 내과에 오라는 교수님의 말씀에 주먹을 불끈 쥐었다.

발표 이외에도 레지던트 선생님들이 부탁하신 일을 잘 처리하거나, 선생님들께서 바쁘신 나머지 미처 챙기지 못한 부분들을 센스 있게 챙기는 것도 하나의 방법이 될 수 있다. 병원은 아주 작은 사회라서 소문이 병원 전체로 퍼지는 데 하루가 채 걸리지 않는다. 언제 어디서나 긍정적이고 친절하게 빠른 일 처리를 보여준다면 인턴에 대한 좋은 평가는 결국 교수님과 레지던트 선생님들께 닿을 수밖에 없다. 물이 들어오지 않아도 늘 노를 젓자. 그러다 물이 들어오는 날 더욱 힘차게 노를 젓자.

의사로 한번 살아보겠습니다

## 중요 포인트 6 : 역지사지

우리는 모두 완벽하지 않은 존재이다. 누구나 실수를 하고, 일을 시작한지 얼마 안 된 사람일수록 더 많이 그리고 자주 실수를 한다. 하지만 본래 사람의 본인에게는 한없이 너그럽고 다른 사람에게는 한없이 야박하다. 내가 실수하는 것처럼 다른 인턴들, 다른 간호사 선생님들도 실수를 한다는 사실을 인정해야 하는데 그러기가 쉽지 않다.

병원에서 일을 하다 보면 서로 도움을 주고받을 일이 많다. 한 번도 해보지 않은 검사를 해야 하거나, 평소에 잘 되던 술기가 갑자기 안 되는 날도 있다. 또 급하게 처리해야 할 일들이 동시에 생기거나, 다른 병원으로 갑자기 환자 이송을 가야 하는 일이 심심치 않게 일어난다. 그럴 때 동기들의 도움은 사막의 오아시스이자, 굶주린 배에 죽 한 그릇이다. 내가 부족한 부분을 채워줄 수 있는 사람들이 있기에 오늘 하루도 버텨낼 수 있는 것이다.

내가 급할 때는 도움을 요청하지만 반대로 여유로울 때 상대방이 요청하는 부탁을 나 몰라라 해서는 안 된다. 당장은 내가 도움을 주는 것처럼 보일지라도 언젠가는 내가 도움을 받을 날이 반드시 생긴다. 화장실 들어갈 때와 나올 때가 달라서는 안 된다. 도움을 주는 동기들에게 진심으로 감사를 표현하고, 다른 동기들의 일을 마치 나의 일처럼 함께 해결해야 한다. 나도 인턴이 처음이고 동기도 인턴이 처음이다. 내가 도움이 필요한 만큼 다른 동기들도 도움이 필요하다. 역지사지 마음가짐은 성공적인 인턴 생활에 반드시 필요한 덕목이다.

## 중요 포인트 7 : 겉모습

병원은 사람과 사람이 만나는 곳이다. 의사와 환자가 만나는 공간이면서 동시에 의료진과 의료진이 만나는 공간이기도 하다. 치료와 평가를 포함한 모든 행위는 결국 사람 사이에서 이루어진다. 그렇기 때문에 내가 다른 사람들에게 어떻게 보이는지는 결코 무시할 수 없는 점이다. 잘생기고 예쁘면 좋은 평가를 받는다는 말이 아니다. 다만 사람이 풍기는 이미지는 여러모로 중요하게 작용할 수 있다. 장사는 마케팅이 전부라는 말이 있듯이 보이는 것의 힘은 결코 약하지 않다.

퀭한 눈, 떡 진 머리, 커피 얼룩이 이곳저곳에 묻어 있는 가운을 입고 다니는 인턴보다는 멀끔하고 깔끔한 인턴이 더 괜찮게 보이는 건 당연한 일이다. 평가에 영향이 있었는지는 모르겠지만, 나는 밤을 새우고 출근까지 30분이 남았으면 자는 것 대신 씻는 것을 택했다. 씻을 시간이 없다면 적어도 세수를 하고 옷에 섬유 탈취제 정도는 뿌리고 출근했다.

겉모습은 그 사람에 대해 어느 정도 판단할 근거를 준다. 출근하기 전에 적어도 머리에 지어진 까치집을 정리하고, 눈곱을 떼고, 깔끔한 가운을 입고 다니는 예의 정도는 보이는 게 좋겠다.

운동도 비슷한 맥락이다. 우락부락한 근육이 있고 없고, 3대 중량을 몇을 들고의 문제가 아니다. 운동을 하는 사람들에게는 특유의 밝은 에너지가 있다. 언제나 긍정적이고 힘든 일이 있어도 금방 포기하지 않는다. 운동으로 길러진 체력이 정신력에 영향을 주는 것이다. 괜찮은 의사가 되기 이전에 괜찮은 사람이 되려고 노력해 보자.

의사로 한번 살아보겠습니다

**중요 포인트 8 : 친절함**

친절함은 윤활유와 같다. 삐걱대며 굴러가는 자전거 바퀴도 기름칠 한 번이면 언제 그랬냐는 듯 부드럽게 굴러가는 것처럼, 친절한 태도는 아무리 어려운 일이라도 조금은 수월하게 해결할 수 있도록 도와준다. 우리는 친절함을 통해 실수를 하더라도 상대방의 이해를 받을 수 있고, 같은 말을 하더라도 두 배의 효과를 볼 수 있다. 친절함은 하나를 주면 하나를 얻는 물물교환이 아니다. 친절함은 마치 물에 떨어진 잉크와 같아서, 작은 친절함으로도 큰 파급효과를 낼 수가 있다.

한 번은 이런 적이 있다. 항암치료를 위해 주기적으로 입원 치료를 받는 젊은 환자분이 계셨다. 나는 반복적인 입원을 하는 환자들, 나와 비슷한 나이의 환자들에게 마음이 더 쓰여서 평소보다 좀 더 친절하려고 노력하는 편이다. 그러던 어느 날 간호사 선생님께서 "선생님이 그렇게 친절하다면서요?"라며 말을 건네었다. 알고 보니 그 환자와 보호자분이 간호사 선생님을 볼 때마다 내 칭찬을 입이 닳도록 해주셨던 모양이다. 뿐만 아니라 나에 대한 칭찬 카드도 몇 개나 작성해서 병원에 제출해 주셨다. 그분들 덕분에 나는 나도 모르는 사이에 친절한 인턴이 되어 있었다.

그 일 덕분인지 나는 상반기에 우수 인턴상을 받을 수 있었다. 어떻게 해야 그 상을 받을 수 있는지는 모르지만, 항간에 떠도는 소문에 의하면 칭찬 카드, 간호사 선생님들의 추천이 영향을 미친다고 한다. 나의 작은 친절이 내게 큰 파급력 불러일으켰다.

지금까지의 이야기들은 그저 나의 개인적인 생각들이다. 여러 선생님께서 어떤 기준으로 나를 어떻게 평가하셨는지 알 길은 없다. 그저 지난 시간을 돌아보았을 때 이런 부분들이 중요해 보였다고 생각할 뿐이다. 나의 이야기는 결코 정답이 아니다.

인턴 평가는 굉장히 주관적인 영역이다. 열심히 하지 않고 A턴을 받을 수는 없겠지만 열심히 해도 A턴이 아닐 수 있다. 근무표처럼 인턴 점수를 결정하는데 매우 중요하지만, 어쩔 수 없는 영역도 분명히 존재한다. 이 사실을 모두가 알고 있기 때문에 B턴도 C턴도 능력 여하에 따라 본인이 원하는 결과를 충분히 얻어낼 수 있다. 그러므로 A턴에 과하게 집착하지 않았으면 한다. 지금 한 실수로 A턴을 받지 못하는 건 아닐까, 나의 평판이 어떨까를 걱정하며 전전긍긍하기에는 우리의 10개월이 시간이 너무 아깝다. A턴이 목표가 되기 보다는 나중에 인턴 생활을 돌아보았을 때 후회가 남기지 않는 것을 목표로 하는 것이 바람직하다고 본다.

의사로 한번 살아보겠습니다

# 인턴 M의 이야기

**Q. 처음 인턴으로 근무를 시작했을 당시 어떤 마음이었나요?**

**Int. M**   솔직히 말하면 평소와 크게 다를 바는 없었어요. 걱정되는 것도, 설레는 것도 없었죠. 저 좀 강심장 같나요? 하하. 첫 출근을 하기 전, 저에게 인계를 해주었던 선생님께서 정말 친절하고 꼼꼼하게 설명해 주셨거든요. 그 선생님 덕분에 출근 전날 전반적인 하루 일과가 머릿속에 그려졌어요. 제가 도움을 많이 받은 만큼, 저 또한 이제 곧 새롭게 들어오는 인턴 선생님께 꼼꼼하게 인계해 드려야겠어요. 그러나 제 머릿속에 그려졌던 하루와 제가 맞닥뜨린 현실의 하루는 많이 달랐어요.

정규 업무가 시작되는 6시부터 휴대폰이 그렇게 미친 듯이 울려댈 줄은 몰랐거든요. 조금 힘들 수도 있다는 말은 들었지만, 이 정도일 줄은 생각도 못 했어요. '일에 압도 당한다.'고 표현할 수 있겠네요. 동시에 여러 병동에서 쏟아지는 콜을 그저 멍하니 바라봤던 기억이 나네요. 폭풍이 제안을 휩쓸고 지나가는 것만 같았어요. 물론 지금이야 일의 순서를 정하고, 급한 일부터 차례대로 해나가면 된다는 것을 알지만 갓 입사한 인턴이 그런 걸 어떻게 알겠어요. 모든 일들이 급해 보이고, 빨리 해야 할 것 같아 마음은 급한데, 몸은 안 따라주었죠. 말 그대로 패닉이었어요.

아직도 생각만 하면 가슴 떨리는 일화가 있어요. 출근 첫날, 진정 약물을 투여하고 MRI를 찍는 환자의 곁을 지키고 있었어요. 보통 진정 약물을 투여하는 경우, 의사가 필요한 상황이 생길 수 있기 때문에 인턴이 함께 하거든요. 그런 상황은 매우 드물게 일어나지만 가는 날이 장날이었죠. 환자에게 약물을 투여하고 몇 분이나 지났을까요. 갑자기 환자의 심박수가 널뛰기 시작했어요. 그 순간 머릿속에 코드블루가 스쳐 갔죠. 출근 첫날에 MRI를 찍다가 심정지가 발생하는 상황이 생길 수도 있겠구나. 이 상황을 대체 어떻게 대처해야 할까. MRI실에 의사는 저밖에 없었어요. 옆에 있던 간호사 선생님은 저에게 "선생님 어떻게 하실 거예요?" 하고 물으셨죠. 의학적 판단을 내려달라는 뜻이었던 거죠. 저는 출근한 지 하루도 안 된 새내기 의사였는데 말이죠. 하지만 새내기 의사라는 사실이 책임을 면피할 수 있는 이유가 되지는 않아요. 면허가 있는 의사니까요. 제가 그 상황을 컨트롤 해야 했어요. 긴장과 스트레스, 부담감이 엄청났죠. 교감신경이 자극되고 있다는 게 느껴졌어요. 천만 다행으로 환자분은 곧 괜찮아지셨고, 별다른 처치 없이 MRI를 촬영할 수 있었어요. 지금도 그때만 생각하면 등줄기에 식은땀이 흘러요. 만약 환자분이 금방 괜찮아지시지 않았더라면, 출근 첫날이었던 제가 제대로 된 판단을 내릴 수 있었을까요. 인턴은 더 이상 학생이 아니고, 의사라는 사실을 뼈저리게 깨닫게 되었던 일화였어요.

Q. 인턴 생활 중 힘들었던 기억은 무엇이 있나요?

Int. M     병원마다 유독 힘든 과가 있어요. 제가 근무했던 병원은 내과 인턴이 제일 힘들었어요. 하루 종일 일을 해도 늘 해야 할 일이 남아 있었으니까요. 하지만 지금은 과거가 미화되어서인지, 몸이 힘들었던 것들은 추억으로 기억하고 있어요. 내가 또 언제 이렇게 열심히 살아보겠냐는 마음으로요.

  하지만 몸보다 마음이 힘들었던 시간들은 여전히 미화되지는 않네요. 협조가 안 되는 환자분들을 만났을 때, 병원 시스템이 비합리적이라고 느껴질 때, 개인적인 일들로 힘들었을 때 등등. 가뜩이나 힘든 인턴생활에 이런 것들이 더해져서 스트레스를 많이 받았었어요. .

## Q. 인턴생활 중 좋았던 기억은 무엇이 있나요?

Int. M      동기들과 보냈던 시간들이 기억에 많이 남아요. 퇴근 후 동기들과 기울이던 술잔과 노릇하게 익어가는 고기가 아직도 종종 생각나곤 해요. 스트레스 받았던 일들, 기분 좋았던 일들, 고민거리 등등 모든 것을 동기들과 함께 했어요. 별 영양가 없는 말로 시시덕대기도 했죠. 동기들과 그저 함께 있는 것만으로도 든든했고 기운이 났어요. 의사로서 처음 살아보는 인턴들은 처음에 모든 것이 새롭고 두려워요. 그런 시기를 함께 헤쳐 나가는 동기 인턴들은 서로 전우애가 쌓이죠. 당직실에서 함께 먹고, 자며 함께하는 시간이 많으니 가까워질 수밖에요. 좋은 동기들은 제 인턴 생활을 하며 받았던 가장 큰 선물이었어요.

## Q. 레지던트를 지원할 때 어떤 기준으로 과를 선택했나요?

Int. M      저는 흔히 바이탈 과라고 불리는 필수의료과 중 하나를 선택했어요. 이런 결정을 내리기까지 정말 많이 고민했어요. 다들 알다시피 지금 우리나라의 의료 현실 상 바이탈과를 선택하는 데 큰 용기가 필요하잖아요. 제 결정을 부모님께 말씀드렸을 때, 정말 많이 걱정하셨어요. 부모님께서 의사는 아니시지만 뉴스를 통해 바이탈과의 현실을 알고 계셨으니까요. 다른 길도 많은데, 그 어려운 길을 꼭 가야겠냐며 우려하셨어요.

사실 저는 학생 때부터 바이탈과를 지망했었어요. 그럼에도 불구하고 결정의 시간이 가까워질수록 다짐이 흔들리더라고요. 이게 정말 괜찮은 선택일까, 다른 길도 많은데 이 길을 선택하는 것이 옳은 선택일까, 나중에 후회하지는 않을까. 저처럼 바이탈과를 생각하는 인턴들은 그 정도가 더 심하겠지만, 이런 고민들은 아마 모든 인턴이 했을 거예요. 특정 과가 운명처럼 끌리는 사람은 거의 없어요. 다들 여러 과를 생각해보고 치열한 고민을 하죠. 인생에 단 한 번뿐인 결정이고, 그 결정이 앞으로의 수십 년을 결정하니까요. 지원할 과를 선택하는 것은 의과대학에 입학한 이후 가장 큰 선택의 기로였어요. 결국 저는 끝내 처음 생각했던 바이탈과를 선택했어요. 수없이 고민을 하더라도, 제 마음은 바이탈과에 가 있더라고요. 이 선택으로 제 인생이 앞으로 어떻게 흘러갈 리 알 수는 없지만 지금 제 선택에 후회는 없어요.

**Q. 우수한 인턴이란 어떤 인턴이라고 생각하나요?**

Int. M    함께 일하고 싶은 사람, 그리고 일을 믿고 맡길 수 있는 사람이죠. 저는 그런 사람들을 '긍정적인 에너지를 가진 사람'이라고 표현하고 싶어요. 세상 사람들이 모두 스티브 잡스가 말했던 것처럼 사명감과 재미로 가득 찬 상태에서 일했다면 더 이야기 할 것도 없겠죠. 하지만 그건 이상일 뿐, 사실 일하는 것은 힘들거든요.

게다가 인턴은 매달 근무하는 과가 바뀌기 때문에 소속감을 느낄 일이 거의 없어요. 가족보다는 손님에 가까운 처지이죠. 일은 힘들지, 소속감도 없지. 성격이 좋은 사람들조차 긍정적인 태도를 계속 유지하기가 사실 정말 어려워요. 그러나 그 어려운 것을 해내는 사람들이 간혹 있죠. 정말 대단한 사람들이에요. 그런 사람들이 우수한 인턴이지 누가 우수한 인턴이겠어요.

Q. 병원을 이동하며 근무하는 순환근무는 어땠나요?

Int. M    상반기 6개월 근무병원과 하반기 6개월 근무병원이 다른 순환 근무는 우리 의료원만의 장점이라고 생각해요. 병원마다 특징이 다 다르거든요. 특히 어떤 지역에 병원이 위치했는가에 따라서 환자군이 달라요. 두 병원에서 근무했던 덕분에 여러 경험을 쌓을 수 있어요. 새로 적응 해야 하는 등 어려운 점이 비록 있지만, 멀리 생각했을 때는 장점이 더 많다고 생각해요.

의사로 한번 살아보겠습니다

Q. 인턴을 마무리하는 지금, 어떤 감정이 드시나요?

Int. M　　　아쉬워요. 인턴이 끝나간다는 사실도 아쉽고, 인턴 생활을 더 알차게 보낼 수 있었을 텐데 하는 아쉬움이 있어요. 세상일이 다 그렇겠죠. 깨달음은 늘 나중에 찾아오니까요. 당직 아닌 날에는 꾸준히 운동을 나갔고, 휴일에는 동기들과 좋은 시간들을 보냈어요. 추억이 가득하지만 허투루 흘려보냈던 시간들이 자꾸만 눈에 밟히네요. 누워서 휴대폰을 하던 시간에 무언가를 더 할 수 있었을 텐데, 그러지 않았던 것이 아쉬워요.

　인턴 생활은 자투리 시간을 어떻게 쓰냐가 중요해요. 늦은 시간에 퇴근하고, 잠깐 눈을 감았다 뜨면 또다시 출근 시간이 되거든요. 한 번에 많은 여가시간을 내기가 어려워, 오랜 시간이 걸리는 무언가를 하기는 힘들죠. 하루 종일 병원에서 살다시피 하기 때문에, 시간 날 때 보자고 했지만 결국에는 보지 못했던 친구들이 너무 많네요. 레지던트가 되면 지금과 비교도 할 수 없이 바빠지는 만큼 지금, 남은 인턴 기간 동안 더 열심히 놀아야겠어요. 하하

Q. 예비인턴들에게 해주고 싶은 조언이 있나요?

Int. M　　　이전 질문에서 우수한 인턴이란 '긍정적인 에너지를 가진 사람'이라고 했는데요. 그 반대인 우수하지 않은 인턴, 그러니까 '부정적인 에너

지를 가진 사람'이 되지 않게 노력하라고 이야기해주고 싶어요.

뒤에서 다른 사람들을 험담하고, 자기가 할 일을 다른 사람들에게 떠넘기고, 모두가 힘든데 본인이 제일 힘들다며 짜증을 내거나 일하기 싫은 티를 내는 등등 말이에요. 언뜻 생각하면 당연히 하면 안 되는 것들 아닌가 하고 의아해할 수 있어요. 하지만 몸과 마음이 피곤하면 상황은 또 달라져요. 그러지 말아야지 하고 다짐하더라도 쉽지 않은 일이죠. 알고 있는 것을 실천하는 사람들을 우리는 대단한 사람이라 부르니까요. 주변에 긍정적인 사람들이 가득하기를 바란다면 본인이 먼저 그런 사람이 되어야 해요. 몸도 마음도 건강한 인턴 생활이 되기를 응원합니다.

의사로 한번 살아보겠습니다